一带一路
100个全球故事

THE BELT AND ROAD
PEOPLE WITH STORIES

新华通讯社
国务院国资委　　编
孔子学院总部

新华出版社

图书在版编目（CIP）数据

"一带一路"100个全球故事 / 新华通讯社, 国务院国资委, 孔子学院总部编.
——北京：新华出版社, 2017.4
ISBN 978-7-5166-3179-9

Ⅰ.①一…　Ⅱ.①新…　②国…　③孔…　Ⅲ.①新闻报道－作品集－
中国－当代　Ⅳ.①I253

中国版本图书馆CIP数据核字(2017)第067271号

"一带一路"100个全球故事

编　　　者：新华通讯社　国务院国资委　孔子学院总部

责任编辑：沈文娟　　　　　　　　封面设计：刘宝龙

出版发行：新华出版社
地　　址：北京石景山区京原路8号　邮　　编：100040
网　　址：http://www.xinhuapub.com
经　　销：新华书店、新华出版社天猫旗舰店、京东旗舰店及各大网店
购书热线：010－63077122　　　中国新闻书店购书热线：010－63072012

印　　刷：永清县晔盛亚胶印有限公司

成品尺寸：170mm×240mm
印　　张：23.5　　　　　　　　　字　　数：200千字
版　　次：2017年4月第一版　　　印　　次：2021年1月第四次印刷
书　　号：ISBN　978-7-5166-3179-9
定　　价：58.00元

《“一带一路”100个全球故事》编委会

编委会主任：

蔡名照　郝　鹏

编委会副主任：

周宗敏　马箭飞

编委会委员：

严文斌　田舒斌　夏庆丰　杨金成

责任编辑：

姜　岩　李拯宇　姬新龙　王晓梅

赵卓昀　张金庭　王　蕾　黄博娜

图片编辑：

梁霓霓　陈　寅

《"一带一路"全球故事》视频宣传片制作人员

总策划:
　　周宗敏

制片人:
　　严文斌

监　制:
　　倪四义

策　划:
　　姜　岩　尚　军　赵　宇　马轶群

导　演:
　　唐　霁

编　辑:
　　沈浩洋　王玉珏

脚　本:
　　黄尹甲子　王雅晨　骆　珺

执行导演:
　　曹晓丽

前期拍摄:
　　高　熹　武　笛　周晓雄　周　良　杨　臻　王慧娟
　　刘春涛　孙瑞博　潘思危　李何铭　Eric Nzioka
　　Rustan Elkin　Nemanja Cabric　Jibon Ashan

后期制作:
　　曹晓丽　张　桢　魏文彬

音乐编辑:
　　谈丽君

目　录
CONTENTS

草根故事

创业故事

文化故事

创新故事

绿色故事

工匠故事

感人故事

成长故事

留学故事

梦想故事

草根

"我激动得竟忘了拥抱一下习主席"

新华社记者　朱东阳　刘畅　郝云甫

"我当时真是太激动了，竟忘了代表全体厄瓜多尔人民拥抱一下习主席！"2016 年 11 月 18 日傍晚，在厄瓜多尔公共安全应急指挥中心的大厅里，52 岁的巴勃罗·科尔多瓦向记者回忆起当天，自己作为"4·16"地震幸存者代表，受到中国国家主席习近平的亲切问候时的场景，不由自主地搓着双手，仍然抑制不住内心的兴奋和激动。

当天上午，正在厄瓜多尔进行国事访问的中国国家主席习近平在首都基多同厄总统科雷亚共同出席中方援建的公共安全应急指挥中心联合实验室揭牌仪式，乔内医院奠基、科卡科多—辛克雷水电站竣工发电视频连线活动。活动结束后，习主席在科雷亚总统陪同下来到公共安全应急指挥中心大厅，与中心工作人员交流，现场通过视频连线向地震灾区波托维耶霍指挥中心的员工们致以亲切问候，向地震灾害中获救者表达慰问和祝福。

在指挥大厅，习近平主席见到了科尔多瓦，同他亲切交谈。

"我是作为震灾中获救者代表，今天上午从马纳维省首府波托维耶霍赶到这里，接受习主席接见的。"经历了一天的奔波，科尔多瓦难掩倦色，但提起见到习主席的场景不禁两眼放光，向记者滔滔不绝地讲起来。

习主席给他的第一印象是"身材高大，特别平易近人"。"我当时对习主席说：'主席好，我叫巴勃罗·科尔多瓦，是波托维耶霍市的地震幸存者。

当时在废墟下被埋了 46 个小时。我要为中国给我们国家的援助向主席先生表示衷心感谢，感谢您同我们厄瓜多尔人民在一起。'"这位中年男子对自己当时说的第一句话记得十分清楚。

"习主席非常和蔼、非常真诚。他走过来握住我的手，轻抚着我的胳膊说：'我们听说了关于你的故事，你当时受伤了吗？'我回答说：'只是被石头掉落砸伤了背，没什么大碍。'习主席欣慰地点点头，还问了我现在的工作情况。"

"我当时一心想着，一定要为中国建设的应急指挥中心对自己的救命之恩表达最真心的感谢，不是以我个人的名义，而是以所有厄瓜多尔人的名义。"

他表示，能和习主席交谈是自己一生最大的荣幸。"虽然我们交谈时间很短，但我由衷地感谢习主席、感谢中国为我们所做的一切。中国是世界大国，

2016 年 11 月 19 日，新华社记者和厄瓜多尔 "4·16" 地震幸存者代表巴勃罗·科尔多瓦在位于首都基多的公共安全应急指挥中心 (ECU911) 合影。（新华社记者朱东阳提供）

这些年给予了厄瓜多尔太多的帮助。"

地震前，科尔多瓦在波市的一家酒店做服务员。地震当晚，他在酒店二楼值夜班，灾难降临，酒店完全倒塌，他被埋在废墟下靠着学到的求生技能，顽强地坚持了 46 个小时，直到铲土机扒开他头顶的大石块才发现了他。科尔多瓦的亲友赶紧通过厄瓜多尔国家公共安全控制指挥系统（ECU911）联系后续救援人员，终于把他从层层废墟中救了出来。

"看着倒塌的整栋酒店大楼，当时谁也不会想到还有人能活下来，然而我终于活下来了。感谢上帝！"讲到动情处，科尔多瓦眼眶发红，坐在那里双手紧紧抱着膝盖。

停顿了片刻，他向记者谈起中国公司承建的 ECU911 系统。"如果没有它，我肯定活不下来。你们的帮助对我们太重要了，它在地震发生后拯救了那么多人的生命。"

目前，厄公共安全应急指挥中心已建立 16 个指挥分中心，覆盖了全国。中心采用的中方技术和设备，在今年地震救灾抢险中发挥了关键作用。

"ECU911 对我们这样地震多发的国家很有用，现在大街上都装了 ECU911 摄像头，可以随时求救。"获救后，科尔多瓦加入了厄瓜多尔公共安全应急指挥中心波市分中心，做检修员，至今入职已有 5 个月。能够从事这份有意义的工作，而且有稳定的收入养活家人，是科尔多瓦最大的心愿。

不过，眼下科尔多瓦有了新的高兴理由。他告诉记者，有新结识的中国朋友邀请他全家明年 2 月去中国访问。

"我自小在海边长大，听说北京的冬天很冷，不过再冷，那也肯定是一趟温暖的旅行。"科尔多瓦有些腼腆地笑着对记者说。

萨尔瓦多重新"发现"中国

新华社记者　肖春飞　赵晖　申宏

郑玲琴已经白发苍苍，但她还清晰记得自己年轻时走在萨尔瓦多街头的情景：当地人没有见过中国人，常常好奇地围观，甚至会尾随一段，伸手摸她的直发。

那是 1968 年，30 岁的郑玲琴带着 7 个大箱子，从香港出发，经太平洋到印度洋，绕过好望角，进入大西洋，抵达巴西圣保罗，足足 45 天海上颠簸。圣保罗是华人聚居地，郑玲琴安顿下来后，丈夫娄炳麟也过来团聚。一年后，夫妻俩来到萨尔瓦多，从此定居下来。

卖台布的中国人

萨尔瓦多，巴伊亚州首府，是巴西最古老的城市。二战期间移居巴西的著名作家斯蒂芬·茨威格在《巴西：未来之国》中写道："在这座城市（萨尔瓦多）中诞生了巴西，也诞生了整个南美洲。"

16 世纪，中国和巴西通过葡萄牙建立起了最初的贸易往来，中国的瓷器、丝绸、扇子在萨尔瓦多港登陆，成为殖民时期上层人士彰显身份的物品，至今在当地博物馆中还能看到。但是西方工业革命之后，中国的影响力在萨尔瓦多已渐趋于无，娄炳麟、郑玲琴抵达萨尔瓦多时，发现自己成了"稀有物种"。

这对夫妻最初的谋生方式，是沿街叫卖从中国带来的人工刺绣台布，郑

2016 年 10 月 31 日，在巴西萨尔瓦多，当地顾客在福建商人方金和（右一）的店铺内选购商品。（新华社记者申宏摄）

玲琴的 7 箱行李中，有 4 箱台布。她抹着口红，拎着小包，一户一户地敲门拜访推销。销路很好，用郑玲琴的话说，"那时卖 10 块台布，就能买一辆小汽车了。"这对夫妻，用一年时间，就告别了提包叫卖，开了自己的小店。

当时巴西的中产阶级群体十分可观，他们是中国刺绣台布的主要购买者。拉美国家从二十世纪三十年代起，走上了探索民族自主的现代化道路；五十年代中期，拉美的制造业产值就超过农业产值，到六十年代中期，巴西工业品的自给率已达到 85% 以上。在娄炳麟、郑玲琴夫妇来到巴西的六十年代末，这个南半球面积最大的国家，正步入"巴西奇迹"，1968 年到 1974 年这 7 年间，国内生产总值平均增长 11% 以上，不仅成为拉美实力最雄厚的国家，而且一跃成为世界第十个工业大国。

娄炳麟和郑玲琴是上海人，改革开放初期，他们回去探亲，大包小包带着巴西食品衣物和电器，很受欢迎。上海亲戚还特地拉他们出去参观一个新

鲜玩意儿——上海第一座过街天桥。

"现在上海的天桥，多得数都数不过来了！"郑玲琴感慨道。她说，前些年回去，发现上海人喝的咖啡比他们在巴西喝的还好，"上海亲戚朋友跟我们说，最好的咖啡不是你们巴西的，是哥伦比亚的。"

无处不在的商机

进入二十世纪八十年代，随着债务危机爆发，拉美经济形势急转直下，陷入严重的困境之中，譬如巴西，一年内货币曾经贬值30次。这十年，被称为拉美"失去的十年"。在积极自救之下，二十世纪九十年代，又成为拉美"有希望的十年"。而在北半球的中国，正在迅速发力，赶超上来。

今年61岁的邬克宁，跟娄炳麟、郑玲琴一样是上海人，1988年来到萨尔瓦多，并很快喜欢上了这里——不仅是因为蓝天白云大海，更是因为无处不在的商机。他大学学的是电子专业，一到萨尔瓦多就开了电器修理店，第一个月就赚了2000美元。他有一手修理绝活，当时的摩托罗拉翻盖手机，他10年里修了30多万部，利润丰厚。

邬克宁的背后，是一个国力迅猛发展的中国。他爱琢磨，每年回国，都有感悟，总能发现在萨尔瓦多大干一番的新机遇、新商机。现在他开牙科诊所，并给萨尔瓦多几家医院提供最新技术制作的烤瓷牙，仍然利润丰厚。

如今的萨尔瓦多，华人数量已增加到400余户1000多人，相比圣保罗、里约，数量仍然很少，但中国的影响力，却在这座城市处处可见。

萨尔瓦多古城的主要商业街——九月七日大道上，遍布着中国人开的商店。两年前从浙江青田来到萨尔瓦多的郑守静，已经先后开了两家店，雇佣了9名当地员工，主要销售电器、箱包、饰品。她说，店里什么好卖就卖什么，反正在中国都能采购到。不过，有一样东西她坚决不卖，那就是质量差的商品，"质量差的，即便价格再便宜，我也不进货。"

在郑守静的商店里，常常有当地商人来批发各种手机配件和小型电子产品，"质量好，一直卖得不错。"郑守静的雇工、19岁的萨尔瓦多姑娘埃丽卡所戴的耳环和手表，都是在店里买的。她给出的理由是：价格公道，质量过硬，而且技术也很先进，"无论是帮顾客挑选，还是自己花钱购物，都是一种享受"。

中巴交往的缩影

让萨尔瓦多人称赞的中国制造，远不止小商品。萨尔瓦多港矗立着的港口起重设备，大多数来自上海振华重工。来自萨尔瓦多港的数字表明，去年该港进出口中国的集装箱数量达到6万TEU。巴西经济近年来不景气，但与中国的联系越来越紧密。2015年，中国与巴西货物贸易额为663.27亿美元。中国是巴西的最大贸易伙伴、最大出口目的国和最大进口来源国，而巴西是中国在金砖国家中的最大贸易伙伴。

埃丽卡14岁时从电视里知道中国人"聪明，会做生意"，如今她选择给中国人打工，对中国人有了更深入的了解：很有礼貌，尊重员工，而且从不拖欠员工工资。她希望能够攒钱去一趟中国。

巴西人普遍热心肠、包容性强，但懒散、贪玩，很少加班。中国人的勤奋禀赋，注定了他们的成功：每个在巴西的中国人，都有一部艰苦卓绝的奋斗史。他们初来时语言不通，只能在提包叫卖的同时学习葡萄牙语，往往清晨出门，深夜归家，几乎没有休息时间。即使像娄炳麟、郑玲琴这样早年来到巴西的，也一直干到75岁才退休。这对老夫妻开过服装店、唱片店、夜总会，最后一份职业是开旅馆，曾一年被抢劫7次，郑玲琴因压力过大失聪，才最终卖掉旅馆，安享晚年。郑玲琴是上海名门之后，曾经连厨房都不进的"千金小姐"，却在巴西胼手胝足，打拼出一番天地。

这份自信，来自自己的努力，更来自一个日益强大的祖国。娄炳麟说："2008年北京奥运会，我们这些海外华人，真是把头抬得高高的！"2010年，巴西巴伊亚州华人联谊协会在萨尔瓦多举行隆重的成立仪式。这是当地华侨华人成立的首个侨团，娄炳麟出任首任会长。平日里，邬克宁、郑守静既忙自己

的生意，也在萨尔瓦多传承中华文化，帮助侨胞更好地融入当地社会，促进中巴两国文化交流和友好关系发展。

500年前，萨尔瓦多是中巴交往的一个起点。如今，历史翻开新的一页，中国人重新在这座有标志意义的城市，书写新的故事，见证中国和巴西步入一个合作交流的黄金时代。

……

萨尔瓦多市中心的碎石街道，还跟郑玲琴40多年前首次踏上时一模一样，只是如今街头小贩见到华人面孔的游客时，已经会说一句"你好"了。

瓜达尔镇的"迪拜梦"

新华社记者　刘阳　曹槟　陈杉

瓜达尔，巴基斯坦西南部一个原本以渔业为主的滨海小镇，近来吸引着一批批投资者纷至沓来。当地官员说，"最多时我们一天要接待 3 家公司"。作为中巴经济走廊的终点，今日的瓜达尔犹如昔日的迪拜一样，正利用自身独特优势实现华丽转身。

从巴基斯坦南部城市卡拉奇飞往瓜达尔只需约一个半小时。航班每周 5 次，每次都坐得满满当当。降落之前，飞机特意在瓜达尔上空盘旋一圈，让乘客得以从空中俯瞰这个滨海小镇。

瓜达尔地处干旱地带，一边是一望无际的沙漠，一边是无边无垠的大海，在黄色和蓝色的交界处，就是瓜达尔。城镇规模不大，几乎看不到高楼，大多是自带院落的平顶民居。

作为一个半岛，瓜达尔仿佛一个从陆地向海洋伸出的"锤子"，由一个南北向的"锤柄"连接一个东西向的"锤头"。"锤柄"东西两侧，形成了两个天然港湾。这两个港湾的天然深度达 14.5 米，而且在"锤头"的保护之下，即便天气恶劣，港内仍风平浪静。可以说，瓜达尔港是南亚地区条件最优良的港口之一。

巴基斯坦政府 2002 年开始开发瓜达尔港。2013 年中巴两国同意建设中巴经济走廊之后，瓜达尔引发外界更多关注。

2014 年 8 月 18 日，图为巴基斯坦瓜达尔港全景。瓜达尔港位于巴基斯坦西南部俾路支省，是印度洋沿岸的一座天然不冻良港，也是中巴经济走廊的南端起点。中国海外港口控股有限公司自 2013 年开始接管瓜达尔港的运营，目前各项工作正逐步展开。（新华社记者黄宗治摄）

　　按照规划，中巴经济走廊从中国新疆喀什起始，经过海拔 4700 米的红其拉甫口岸进入巴基斯坦并最终在瓜达尔港进入印度洋，沿途将兴建大量能源、基础设施和产业项目。这条通道一旦打通，来自新疆以及巴基斯坦内地的物资便可源源不断地通过瓜达尔港运往全世界。

　　阿弗扎德和他经营的"中国便民商店"就是这条走廊上的一个像素。三十平方米见方的店铺里摆着不少中国货品，各种挂面、酱料、罐头、饮料等堆在角落里，柜台里放着的则多是零食，比如瓜子、香肠、牛板筋，还有大家喜闻乐见的辣条。

　　"绿茶，80 卢比（1 元人民币约合 16.4 卢比）。冰红茶也是，我还有味精、鸡精，"阿弗扎德说中文带着浓浓的口音，但一气呵成，看来平时没少说。阿弗扎德说，店里这两种茶饮料卖得最好，其次是挂面、油豆皮和调味品，零食里以辣条和瓜子最受欢迎。

钟爱这些中国特色食品的自然是中国人。"以前，当中国路桥项目开工的时候，大概得有千把号人吧，"阿弗扎德说，"那个时候生意可好做了。"

阿弗扎德每个月要去中国 3 次，保证自己的货品新鲜不过期。中巴为双方跑货的人员制定了短时入境政策，阿弗扎德因此可以方便地在新疆采购货物。当然，他去中国也不仅仅满足于进货。

"我去过乌鲁木齐五六次了，"阿弗扎德说，"我喜欢那座城市，因为那里的孩子笑得很开心。"

随着基建项目逐步落实，投资者开始对瓜达尔表现出极大兴趣，这里的地价在过去两年间已经翻番，不少企业代表到此考察建厂的可行性。当地官员说，仅在 2016 年 4 月就有 300 多人次来港口考察，最多时一天要接待 3 家公司。

负责瓜达尔港开发的瓜达尔港务局局长多斯帝恩·嘉茂帝尼介绍，一批工程项目即将开工，包括高速公路、自由贸易区、酒店、输气管线等。再过两三年，这些基础设施建成后就能解决水电供应、公路交通等问题，彻底释放瓜达尔港的潜能。

当地人喜欢将今天的瓜达尔港和昔日的迪拜做比较，因为它们都曾是"养在深闺人未识"的渔村，也都拥有优越的地理条件。如今，迪拜已然成为世界最著名的城市之一，而瓜达尔人也希望能借助中巴经济走廊建设早日实现自己的"迪拜梦"。

远东渔民的"中国梦"

新华社记者　吴刚

　　符拉迪沃斯托克是俄罗斯远东地区著名的不冻港，附近海域盛产帝王蟹、龙虾和海参。由于与拥有巨大消费市场的中国相邻，这几年向中国出口海鲜的俄罗斯渔民越来越多，向中国市场出售更多的俄罗斯海鲜产品也成为这些远东渔民的"中国梦"。

　　渔民卡列耶夫在符拉迪沃斯托克从事海鲜生意多年。他告诉记者，这几年销往中国的海鲜越来越多。俄中两国相邻，对华出口具备得天独厚的优势。此外，随着中国经济发展，中国民众收入和消费能力不断提高，对生活品质有了更高要求，俄远东地区海鲜质量好，正好满足这一需求。

　　据他介绍，这两年销往中国东北地区和北京等地的帝王蟹、龙虾等海产品数量明显上涨。现在他正抓紧与相关物流公司洽谈，希望能建立运输海鲜的完善的冷链物流体系，以保证俄远东地区出产的海鲜保质保量地安全运往中国，让中国消费者满意。

　　符拉迪沃斯托克是俄罗斯远东联邦区下辖的滨海边疆区的首府，是俄罗斯进入太平洋的出海口，战略位置极其重要。而滨海边疆区与中国接壤，对于推动俄中贸易作用突出。

　　中国提出的"一带一路"倡议得到了滨海边疆区政府积极响应。滨海边疆区行政长官米克卢舍夫斯基不久前在接受记者采访时说，滨海边疆区与中国有上千公里的边界线，该区正积极开发建设从纳霍德卡港通往中国黑龙江省的"滨海1号"和从扎鲁比诺港通往中国吉林省的"滨海2号"两条交通走廊。这两条交通走廊是丝绸之路经济带的一部分，这条经济带可以将亚洲和欧洲连接起来，方便亚洲和欧洲之间的货物和人员往来，会对促进世界经济发展起到重要作用。

记者在中俄边境绥芬河—波格拉尼奇内口岸看到，俄罗斯一侧等待安检的车辆排起长队，货车上装载的主要是木材、海鲜、石油产品等，这些货物将通过绥芬河口岸发往中国各地。货车司机谢尔盖告诉记者，冬季每天往返一趟，等天气转暖了每天能往返两趟，运送的货物也多很多。

卡列耶夫说，俄罗斯很多媒体都报道了中国经济改革取得的成就，他身边很多朋友都在从事同中国的贸易，俄罗斯生产的蜂蜜、巧克力、糖果、面粉、葵花籽油等受到中国老百姓欢迎，很多俄罗斯商人计划扩大同中国伙伴的生意。

图为俄罗斯滨海边疆区的渔民在捕捞螃蟹。（图片来自 http://news-vlad.ru）

　　卡列耶夫说，俄政府正计划改进远东地区基础设施，充分发挥远东地区在促进俄中经贸关系方面的"交通走廊"作用。他早就知道中国高铁运行速度快、服务好，也希望在俄远东地区能修建通往中国东北地区的高铁，更好地促进两国贸易发展。

　　"也许有一天，海鲜运到中国仅需一两个小时，早上捕捞的俄罗斯海鲜中午便可以端上中国人的饭桌，这不是梦，"他说。

　　俄罗斯远东联邦大学经济管理学院专家委员会主任马克西姆·克里约列维奇表示，中国的"一带一路"倡议与俄罗斯构建欧亚经济联盟的发展战略相辅相成，滨海边疆区提出的"滨海1号"和"滨海2号"交通走廊构建了中俄经贸新桥梁，为两国扩大边境经贸联系描绘了广阔蓝图。

进步　成就　关怀

——在中国企业中快乐工作的埃及员工

新华社记者　刘洪德

从埃及首都开罗驱车向东行驶 120 多公里就抵达了中埃苏伊士经贸合作区。埃及泰达特区投资公司（简称泰达公司）的大楼掩映在郁郁葱葱的绿树中。这家负责合作区开发运营的公司内有许多埃及员工正在忙碌工作。

窗明几净的办公室里，泰达公司招商部经理纳赫拉·伊马德在伏案工作，30 岁出头的她身着一袭白色服装，举止优雅，与人谈话时总是面带微笑。

在泰达公司工作 7 年，从一个普通职员成长到今天管理岗位上的业务骨干，伊马德认为，在泰达工作最美好的事就是这里埃中员工间互相理解、尊重和融洽的沟通交流。

"我喜欢在这里工作，我的中国同事们了解并且尊重埃及的文化、风俗和习惯，办公室里始终充满着和谐包容的氛围，令我十分感动。"伊马德对记者说。

伊马德表示，泰达公司业务的稳步增长还得益于中方重视对埃及员工的培训。她说，中国同事总是毫无保留地传授高效的工作方法，"与中国人共事 7 年来，我最大的收获就是学会'认真'，认真专注地对待每一件工作"。伊马德说，在泰达的工作使她成长，不断提升自我。

据了解，中埃苏伊士经贸合作区分为已建成的"起步区"和建设中的"扩

展区"。"起步区"占地约 1.34 平方公里，软硬件综合配套完备。截至目前，"起步区"入驻企业 60 余家，累计吸引投资超过 10 亿美元，为当地提供数千个就业机会。

阿米拉·拉扎在泰达工作 8 年，现任公司运营管理副总监，她的眼神和谈吐中流露出坚定沉稳的气质。谈及在泰达的工作，她表示，中国同事对埃及员工真诚和尊重，公司为他们提供丰富的培训机会，"我本人就曾多次参加在中国的培训项目，受益匪浅"。

拉扎对记者说，中国人给她的印象是说得少，但做得很多，他们对认准的事有坚定的意志。2011 年 1 月 25 日，埃及爆发大规模反政府示威，随后穆巴拉克辞去总统职务。在此期间，大部分外国企业选择离开埃及，但泰达从没离开，"当时我们在一起商讨的始终是埃及国家秩序恢复后如何尽快重新开展工作，特别是加强新员工雇用和培训方面"。

2016 年 10 月 16 日，在埃及苏赫奈泉的埃及泰达特区投资公司，公司运营管理副总监阿米拉·拉扎（右）与中方员工讨论工作。（新华社记者赵丁喆摄）

在泰达公司大楼内随处可见向员工宣传优良工作习惯的屏幕，屏幕展示的 PPT 展示了"优秀习惯"和"错误习惯"的图样，生动有趣且注重细节，潜移默化引导员工完善自我。楼内每间办公室，每个员工的办公桌上，物品都摆放得整齐有序。

刚入职 10 个月的艾哈迈德·苏莱曼热情洋溢，非常活跃。这位埃及艾因沙姆斯大学的中文系毕业生现在主要负责吸引各国企业来合作区投资兴业。

谈及工作中的收获，苏莱曼激动地表示，"中国人不但让我们学到了专业的工作技能，更教给我们勤劳奋斗的精神，我爱中国，我为我的工作自豪"。他说："通过工作，我现在已经有了属于自己的房和车，收获了巨大的成就感。"

"我们在这里感受到其他'外企'所没有的归属感，这里就像我们的家。"苏莱曼说着脸上洋溢起幸福的笑容。他还不断用中文询问记者："我会出现在新华网上吗？"

告别这些在快乐中工作的埃及普通人，记者回首时正看到泰达公司门口的电子荧幕上闪过一行字："欢迎来到泰达，欢迎回家。"

"等路修好了，我想开车去新疆看看"

新华社记者　周良

对常年跑运输的达乌勒而言，哈萨克斯坦南部城市阿拉木图和中哈边境城市霍尔果斯之间的这条路再熟悉不过了。看到这条交通要道正在紧锣密鼓地改造，达乌勒难掩兴奋。

"现在跑这条路要八九个小时，改造后只要四五个小时！我虽然常到中哈边境，但还没去过中国，等路修好了，我想开车去新疆看看，圆我多年的梦想。"

在阿拉木图，和达乌勒有同样想法的人不少。虽然阿拉木图离新疆不远，目前也有人驾车从阿拉木图去新疆购物和旅游，但因路况不好，多数人知难而退。

作为"西欧—中国西部"国际公路（简称双西公路）的一部分，阿拉木图至霍尔果斯段目前正加紧改造，沿途到处是火热的施工场面，挖掘机、压路机不停施工，以前坑坑洼洼的道路正被宽敞平整的高速公路取代。

双西公路东起中国连云港，西至俄罗斯第二大城市圣彼得堡，同欧洲公路网相连。公路总长 8400 多公里，在哈萨克斯坦境内长约 2700 公里。双西公路建成后，从中国到欧洲的货运时间将从海运的 40 天缩减到陆运的 10 天，大大节约运输成本。

双西公路只是近年来中哈两国在交通基础设施领域合作的一个缩影。近年来，哈萨克斯坦希望将本国打造成连接欧亚两大洲的交通枢纽和过境运输中心。中国提出的丝绸之路经济带倡议正好契合了哈方"光明之路"新经济政策，得到其积极响应，两国在交通基础设施领域的合作正全面推进。

除双西公路建设外，中哈在铁路运输领域的合作也成效显著。从阿拉木图开往中哈边境口岸多斯特克的火车上，哈萨克斯坦国家铁路公司物流与转运部主任乌尔金巴耶夫向记者谈起了中哈铁路运输合作的大好前景。

他说，受经济低迷影响，2015年哈境内铁路货运量与往年相比降幅明显，但公司盈利不降反增，这主要得益于过境哈萨克斯坦运输中国商品的货运列车数量大幅增加，尤其是这两年增速明显。

正如乌尔金巴耶夫所言，越来越多的货运班列正将中哈两国紧密联系起来。2014年5月，中哈连云港物流合作基地项目一期工程正式启动，哈方历史上首次获得面向太平洋的出海口，该基地成为中亚5国过境运输、仓储物流、

2015年4月30日，哈萨克斯坦阿拉木图州双西公路上的一座桥梁正在施工。(新华社记者周良摄)

往来贸易的重要平台。2015年2月，从中哈连云港物流基地开往阿拉木图的直达专列开通。同年12月，首列"连云港—哈萨克斯坦—欧洲"班列从该基地开出。渝新欧、汉新欧、郑新欧、义新欧、义乌—伊朗等一系列连接中哈两国的国际货运班列近年来陆续开通运营，一个横贯欧亚大陆的交通物流网络正迅速延伸。

面对公路、铁路合作迅速推进的势头，中哈两国间航空运输合作也不甘落后，三亚、银川、西安至哈萨克斯坦的新航线相继开通。中国南方航空公司宣布从2015年10月起将乌鲁木齐至哈萨克斯坦的航班由每周10个增至15个。哈萨克斯坦各航空公司计划近期内将飞往中国的城市数量增加一倍。据哈方提供的数据，近3年中国飞往哈萨克斯坦的空运客流量增长了81%。

随着中哈两国间互联互通的实现，两国人民开始切身感受到实实在在的好处。在阿拉木图，当地老百姓的菜篮子越来越丰富，韭菜、娃娃菜、蒜薹、豇豆、扁豆、富士苹果等越来越多的中国蔬菜水果进入当地，往年冬天只能吃圆白菜、土豆、胡萝卜的日子一去不复返。与此同时，巧克力、食用油、骆驼奶、马肠子、面粉、小麦等许多哈方优质食品和农产品正进入庞大的中国市场，摆上中国百姓餐桌。进入中国市场、向中国出口农产品正给哈萨克斯坦带来可观收入。

哈萨克斯坦国立法拉比民族大学教授穆萨塔耶夫说，中哈交通运输合作如火如荼地推进，说明丝绸之路经济带富有活力。随着丝绸之路经济带建设逐步推进，沿线出现了新的学校、医院，道路建设给当地人创造了大量就业岗位，哈萨克斯坦人深深体会到了丝绸之路经济带给他们带来的好处。

一位突尼斯机修工的"逆袭"

新华社记者　刘锴

"中水电公司是我的母亲，没有它，就没有今天的我，"坐在突尼斯首都郊外一座休闲俱乐部的二层平台上，洛夫提·拉贾米告诉记者，眼神里透着真诚。

这座"森林俱乐部"是洛夫提旗下产业之一，占地超过两万平方米，设有足球场、篮球场、网球场、赛马场、游泳池等设施，不久前刚开业。

按照洛夫提的说法，俱乐部从设计到装饰，全由他一手操办。坐在二楼观景平台上，看着场内顾客在享受运动快乐，洛夫提的成就感写在脸上。

"你相信吗，26年前，我只是一名机修工，在工地上给中水电修车，"谈及奋斗经历，洛夫提自豪又感慨，语调不自觉提高。

当时，18岁的洛夫提跟父亲学习机修手艺，正巧赶上附近中水电工地招工，就此开始命运翻转。

"中国师傅们的技术水平很高。我就从每个人那里都学一些，再自己琢磨领会，徒弟渐渐就比老师强了，"洛夫提笑着说，中国师傅们教会他很多工程计算方法，这为他今后开创事业打下基础。

工程结束后，工地有四辆废旧卡车要处理，洛夫提看准机会以低价购入，翻修后再转手售出。为了购车，他从银行贷了一大笔钱，而这笔买卖也让他挣到6万多美元。

上世纪 90 年代初，突尼斯经济快速发展，一批基础设施建设项目上马，工程承包行业相当兴旺。洛夫提利用"第一桶金"再投资，从二手车运输队开始，生意逐步扩大，如今涉及房地产开发、市政工程、汽车贸易、广告公司等。他正打算再投资建设一座包含十多栋别墅的度假村。

2015 年，洛夫提与中水电合作竞标成功，在突尼斯西部共同承建一座大型水坝。再度联手中水电，洛夫提的身份由"机修工"转变为"合伙人"。

中水电十五局突尼斯项目部总经理薛明星说，这座水坝主要用于防洪和灌溉，总投资超过 9000 万美元。中水电与洛夫提旗下工程公司组建联营体，共同承担建设任务。

薛明星说，洛夫提是中水电的老朋友，选择合作伙伴时首选就是他。"我们乐于看到更多像洛夫提一样的突尼斯员工。他们成长、成功，我们也很自豪。"

"很多朋友都叫我'中国人洛夫提'，"他笑起来，"首先是因为我长期跟中国人打交道，而更重要的是，我像中国人一样踏实努力。"

"中水电公司是我的母亲，没有它，就没有今天的我。"2016 年 10 月 15 日，洛夫提·拉贾米坐在突尼斯首都郊外一座休闲俱乐部里，这样告诉新华社记者。（新华社记者刘锴摄）

尽管身家不菲，"白手起家"的洛夫提仍保持朴实作风，穿着休闲衬衫，牛仔裤的口袋边和裤脚都已磨毛。

谈及中国企业拓展海外市场，洛夫提认为，中方技术水平一流，有资金和政策保障，竞争优势明显。

"中国企业参与海外竞争，对当地企业也是机会，因为中方会带来资金和项目，也因而创造更多就业岗位，"他笑着说，"比如，没有中水电，就没有今天的洛夫提。"

对于中国提出的"一带一路"倡议，洛夫提期待能有具体合作项目在突尼斯落地开花，给当地带来更多机会和活力。"突尼斯经济需要外国资本刺激，中国显然是受欢迎的朋友。"

根据中国驻突尼斯大使馆提供的数据，2016 年中突两国贸易总额达 14.4 亿美元，其中中国向突尼斯出口额为 13 亿美元，同比增加 4.6%。中国出口商品中，除工程机械和机电设备外，家用电器、日用百货和服装鞋帽占较大比重。

洛夫提多次到过中国，认为中突间商品贸易、特别是高端商贸潜力巨大。"中国有质量一流的产品，价格也比欧洲产品便宜，在突尼斯会很受欢迎。"

"中国公司做了连缅甸政府都做不到的事情"

新华社记者 韩新颖 刘奕湛 汤丹鹭 庄北宁

"我们现在每天能看上电视，还用上了空调，这是以前完全想不到的。"住在缅甸北部实皆省蒙育瓦地区甘多村的吴布芒向记者说起现在的生活，显得颇为激动和满意。缅甸的电力缺口很大，即便是大城市也经常停电，农村地区能够通水通电相当难得。

吴布芒一家三代 9 口人，原本居住在 2 公里之外的甘多村旧址，由于中缅合作开发的莱比塘铜矿项目征用了他家的土地，他和村里的 130 多户、700 多人一起整体搬迁到了现在的新址。

蒙育瓦莱比塘铜矿是中国在缅甸投资的几个大型项目之一，2012 年莱比塘铜矿因征地补偿、环境等问题受到当地部分民众的抗议，被迫停滞了两年多。获得当地村民支持是项目顺利进行的关键，项目的中方投资人万宝矿产公司实施了一系列帮扶政策，经过不懈努力，终于取得了村民的理解，于 2016 年 3 月成功实现投产。

吴布芒说，相比旧村的茅草房、竹篾房，新村全是木板房，结实整洁。

记者看到，吴布芒家里有电视、电饭煲，甚至还在卧室装上了空调，冰箱是中国的长虹牌。吴布芒说："中国的电器价格便宜，而且还挺好用的。"

万宝矿产仰光公共关系部主任董云飞告诉记者，村里的供水跟公司用水同源，全部免费，有些村民喜欢用传统的井水，公司除铺设供水管线外，还会帮助村民打井。受铜矿开发影响的另外 32 个村庄，无论是已经搬迁的还是留在原址的，都已经通上了水电，村民的生活发生了根本性改变。

缅甸是中国的邻居，是"一带一路"建设的首要合作伙伴之一，同时也应该是最先受益的国家。为了帮助当地村民脱贫致富，让他们掌握新的生活技能，万宝矿产还给受铜矿影响的村庄提供了中小企业帮扶项目，提供启动资金，帮助村民成立砖厂、水泥厂、养鸡场和运输队等，由村民自己运营。

吴布芒的大儿子吴吞吞就是甘多村的运输队队长，他手里掌管着32辆汽车和63名来自附近村的队员。吴吞吞说，运输队生意非常好，购车的贷款，只用了不到两年就已经全部还清。他还买了两辆价值几十万元的装载机，停在自家院子里，足见这两年他家收入之高。

2012年吴吞吞对于莱比塘项目还有诸多不理解和不满意，而现在，作为铜矿项目的受益者，他已经成为村里的致富带头人，颇受村民尊重。

吴布芒的二儿媳泰泰佐在铜矿工作，她有个中文名字叫李伊伊。李伊伊

2016年11月4日，在缅甸北部实皆省蒙育瓦地区，孩子们在万宝矿产公司为甘多村开设的幼儿园中休息。（新华社记者韩新颖摄）

只用了一年时间就跟中国同事学会了标准的中文，而且能读会写，被全家人称为"奇迹"。李伊伊说，村里的年轻人都很想学中文，会中文在铜矿工作就很有优势。

作为两个孩子的母亲，李伊伊觉得要感谢万宝矿产两件事。第一，是公司为村里开设幼儿园，不仅全免费，而且吃的住的都很好，院子里有大型玩具，教室里还装了空调，全年都能把酷暑挡在门外。第二，公司在当地援建了设施完备的医院，她的第二个孩子就是在那里出生的，附近村里妇女也都愿意来这家医院生产。

记者采访时刚好遇到万宝矿产从仰光请来的"流动医疗队"在甘多村出诊，医生明吉告诉记者，医疗队有两组人，一周工作6天，在每个村子出诊一天或半天，两三周把33个村子流动看一遍，看病和开药全部免费。每天至少要给五六十位村民看病，多的时候有一百多人。

村民们非常喜欢医疗队，一位前来就诊的老大娘还特意为医生们带来了水果和点心。吴布芒说，找"流动医疗队"看病已经成村民主要的就诊方式，"这是一件特别好的事，连缅甸政府都做不到"。

这几年，甘多村民的收入大幅提高，医疗、基础设施等也逐渐完善，村民们实实在在地体会到了中国企业投资带来的实惠。从最初的抵制到现在争相到铜矿工作，公司招聘的时候，一个职位甚至会有一百多人前来应征。缅甸政府对铜矿的发展也非常认可，表示希望把该项目作为样板工程，为其他外商在缅投资和履行社会责任提供参照标准。

孔子学院改变吉尔吉斯斯坦学生命运

新华社记者　杨定都　郑开君　陈瑶

"老师再见。"两年前，一名吉尔吉斯斯坦学生用中文说出的道别语，让吉尔吉斯斯坦奥什市孔子学院的老师付良东几乎落泪。

那是两年前的一堂武术课，学员奥玛特在这节课上一反常态，总和学汉语的学生聊天。付良东原本有些生气，但怒火却被下课时那一声中文的"老师再见"彻底浇灭。原来奥玛特不是在闲聊，而是想学习用汉语和付良东道别。"奥玛特开口对我说的第一句话，竟然是汉语，当时感动得眼泪在眼眶里打转。"

奥玛特14岁那年进入孔子学院学习。入学前，一场手术意外导致他的双臂肌肉萎缩，右侧胸腔全部塌陷，长期卧床导致脊椎变形，他成天闷在家里不说话。

孔子学院2013年入驻吉尔吉斯斯坦南部奥什市，除了教授中文，还教授武术、民族乐器和绘画书法等文化课。奥玛特的父母听说后，决定带喜欢成龙的奥玛特去试试。

尽管奥玛特身体孱弱，出身少林武校的付良东还是收下了这名弟子。刚开始，几乎每节课都单独给奥玛特开小灶，用静力训练帮助他逐渐恢复。

经过两年的努力，奥玛特不仅身体变强壮了，还在吉尔吉斯斯坦全国武术大赛中获得第三名。如今，他的性格变得很开朗，还担任指导武术班新生的队长，讲解示范动作，一招一式颇具风范。

2016年8月24日,吉尔吉斯斯坦青年阿兹别克在与新华社记者交谈中开心大笑。阿兹别克在吉尔吉斯斯坦奥什国立大学孔子学院学习中文,他打算让女朋友也学中文,然后一起去中国读研究生。（新华社记者郑开君摄）

经过几年的累积,孔子学院的武术、音乐和绘画特色在奥什出了名:武术表演常常参加当地节庆活动;乐队和当地的民族艺术家同台演出;书法、水墨画与当地民族特色艺术的结合,让人啧啧称奇。

孔子学院在奥什市扬名的另一大特色是与奥什国立大学合作办学,招收本科学生,颁发学位。中文系成立仅仅3年,就凭借极佳的就业前景和去中国访学的机会,成为最热门的专业之一。孔子学院现有本科生300人,新生报名火爆,还将扩大招生规模。

22岁的阿兹别克是孔子学院第一届汉语专业本科生,暑假过后就四年级了,他对未来就业充满信心。阿兹别克在假期兼职打工,就能独自负担全部的学费和生活费。在阿兹别克的农村老家,富裕的村民最多一个月只能赚到两三百美元,而暑期他到中国路桥公司兼职翻译一个月就挣了500美元。

如今,阿兹别克有了更加远大的理想。去年他考了第一名,作为奖励,他和另外两名同学去苏州大学学习了一个月。他说："中国太美了，环境也很舒服。"阿兹别克毕业后打算去中国进一步深造。

奥什市孔子学院中方院长刘伟乾说，孔子学院学生都很向往中国，尽管就业前景非常好，但大部分学生都希望读研。孔子学院也计划扩大办学规模招收研究生和高中生。

吉方院长托克吐逊说，孔子学院教师水平很棒，授课质量高，奥什市居民通过孔子学院学生和他们的亲友，对中国有了更深入的了解。

奥什毗邻中国最西端的伊尔克什坦口岸，自古便是丝绸之路上的重镇。吉尔吉斯斯坦民族联合商会奥什会长杨保国说，中亚各国孔子学院培养的人才精通俄语、中文和当地语言，将成为促进中国与中亚地区沟通合作，推动"一带一路"建设的重要人才储备。

丝绸之路经济带在吉尔吉斯斯坦掀起中文热。除了奥什孔子学院以外，首都比什凯克孔子学院规模更大，贾拉拉巴德州孔子学院也即将揭牌。另外还有多所大学开设了汉语课程，数千名学生在学习汉语。

孟加拉国制衣行业的"中国力量"

新华社记者　刘春涛

张文生 24 年前只身一人来到孟加拉国，如今他已经拥有了一座 4 层高的制衣工厂大楼，有员工约 2000 名。回顾创业路，他感慨道："创业之路是艰辛的，现在略有成就靠的是祖国的支持，也要感谢孟加拉国政府对外资企业的扶持。"

制衣业是孟加拉国最重要的经济支柱之一，服装产品占出口总值 80% 以上，占国内生产总值的比例超过 10%。制衣行业解决了 400 多万人的就业，为该国发展作出重大贡献。除了创造就业机会和赚取外汇之外，制衣业更吸引外商直接投资，促进基建项目发展。

孟加拉国信息部长伊努在接受新华社记者专访时说："中国正帮助提振我们的经济。众所周知，成衣制造是孟加拉国最大、最重要的行业，中国是这一领域的重要参与者。"

而像张文生这样在孟加拉国投资制衣行业的中国企业家非常多，中国企业在孟加拉国办厂可以追溯到上世纪 90 年代。孟加拉国是世界第二大服装出口国，现正成为中国制衣相关产业海外发展的一片热土。中国力量在这条孟加拉国的经济命脉上，为孟经济注入活力和能量，从加工厂、原材料供应到市场订单都有中国人的身影。

福建泉州人庄立峰 20 多年前就在孟加拉国开始建设制衣工厂。发展至今，他创建的利德成集团在孟加拉国已经拥有包括织造、染整、印花、制衣、制鞋等多家企业，创造了大量就业机会，在他的企业内就业的当地员工已达 1.3 万多人。

由于中国人力成本上涨，像这样中孟"合力"的企业在孟加拉国制衣行业很普遍。孟加拉国的蒙多尔集团工作人员介绍，集团下属的制衣企业所用布料、纱线、标签、纽扣、拉链等原材料绝大部分来自中国。拥有万余名工人的犹他集团财务经理介绍，该集团每个月从中国采购约 3 亿至 4 亿塔卡（约合 385.5 万至 514 万美元）的原材料。

中国企业在达卡已经形成了集团效应。乌托拉地区现如今俨然成为"中国城"，这里聚集了众多中国企业的办公室，大多数是从事服装相关行业的。陈忠的办公室就是其中一间，里面摆满了包括扣子、拉链、标牌在内的各种服装辅料，用于向当地顾客展示。他介绍说，从中国来的辅料企业非常多，主要来自福建、广东、江苏等地，孟加拉国 90% 的制衣辅料都来自中国。

此外，中国企业现在也已成为孟加拉国的重要订单来源地。中国苏州苏

2016 年 11 月 14 日，一名当地女工在福建泉州人庄立峰在孟加拉国开设的制衣工厂工作。（图片由利德成集团提供）

美达轻纺国际贸易公司驻孟代表张曙宏说，公司2015年9月来孟加拉国考察，今年3月就开始在孟下订单，目前下单量已有150万件，总金额达450多万美元。据他介绍，企业在国内接到订单后，将数量大、难度低的订单分发到孟加拉国来，成本方面至少可以降低15％。企业未来还计划在孟加拉国设厂，进行本土化生产。

上海东方国际集团负责人介绍，在孟加拉国进行服装生产对国内服装行业产生了拉动作用。一方面，孟加拉国产业链不全，许多高质量的原材料和纺织机械基本来自中国；另一方面，国内的服装销售企业也面临成本上升的压力，订单转移到孟加拉国生产降低了成本。此外，到孟加拉国设厂有助于国内产品结构调整，将简单加工转移到这边，国内可以更专注产品设计和研发。

孟加拉国信息部长伊努说："如果我们回过头看，从两国建交第一天起，中国就已积极参与孟加拉国经济建设，并作出巨大贡献。这也是为什么在过去40多年间，中国成为孟加拉国最大发展伙伴之一的原因。"

伊努表示："现阶段，孟加拉国经济需要更多中国投资。我们的总理已为中国投资者开设经济特区。"

将大半青春献给孟加拉国的张文生说，他看好孟加拉国制衣市场未来发展，中国企业可以利用自身优势，到孟加拉国投资设厂，与孟加拉国共享发展果实，互利共赢。

创业 故事

走出百年孤独

新华社记者 肖春飞 赵晖 申宏

100年前，一名广东男子从中国南方出发，乘船前往南半球的秘鲁，经历了惊涛骇浪的生死考验之后，抵达了这片陌生的土地。

他胼手胝足，扎根异国，繁衍出一个庞大的家族。他终生未能重返故国。

时间是伟大的。他的后人，会以他完全想象不到的方式，重返中国。

这是一个普通家族的编年史，跨越悠悠百年，跨越两万公里。

孤独的远眺

1915年或1916年的某一天，他从卡亚俄港下船，来到了秘鲁。

他是中国广东人，现在已经无法得知他的中文名字。跟那个年代大多数中国农民一样，他不识字，甚至不会写自己的名字，只是在姓名登记时，含混不清地记下了一个"CHIA"。他抵达秘鲁的时候，应该在20岁至25岁之间。

他也没有留下任何照片。只能从他的儿子和孙子的长相，来推测他的模样：他应该有一张典型的中国南方男人的面孔，皮肤黝黑，身材敦实，国字脸，浓眉毛，细长的眼睛，笑起来眯成一条缝。

但回到百年之前，"CHIA"应该很少有笑容。他是一个以劳抵债的华工，来到秘鲁后，有了一个西文名——"奥莱里奥"。

早在十六世纪，就有在菲律宾经商的华人乘坐马尼拉大帆船到秘鲁定居，

而华人大规模来到秘鲁，则始于十九世纪。"契约华工"在被掠卖出国前订有书面合同，虽与黑奴和早期"猪仔"略有不同，但遭遇同样悲惨。

据估计，19世纪40年代至70年代，有三四十万契约华工输入拉美，其中相当一部分人来到秘鲁。克里斯蒂娜·胡恩菲尔特在其所著《秘鲁史》中写道："在1840年至1874年间，10万中国移民，主要是男性，到达卡亚俄。这段太平洋航程造成的死亡人数很多。据估计，10%至30%在中国登船的人死于这段旅途中。这些华工一旦到达秘鲁，他们的生活条件与秘鲁从前的奴隶相似……"

在今天，已经很难还原"奥莱里奥"当年在秘鲁的经历。后人只依稀记得，当时他是与兄弟们一起坐船抵达卡亚俄港的，后来兄弟们陆续离开秘鲁，去了智利，只有他独自一人留在秘鲁南部的伊卡省种棉花。不知在哪一年，也不知付出了多少血汗，他还了债，攒了点积蓄，开了一个面包坊。

2016年11月17日，在北京三里屯SOHO，小小胡安·弗朗西斯科（左）、玛丽亚（中）、胡安·卡洛斯兄妹三人在他们经营的"帕查大帝"餐厅内合影。（新华社记者申宏摄）

在棉花地，在面包坊，"奥莱里奥"劳作之余，又有多少次孤独远眺，却再也无法看到太平洋彼岸的家乡。

他于 1959 年去世，葬在异国他乡。

他有 8 个孩子，除了他自己，家里再没人会讲中文。

遥远的中国

1925 年，胡安·弗朗西斯科出生，他是"奥莱里奥"的第 6 个孩子。

胡安·弗朗西斯科在晚年的时候，留下了几张照片，都与孩子们在一起。有一张照片中，他已卧病在床，三个孙子孙女围坐在他的身边，笑容烂漫。

他的童年艰辛。到他成年的时候，秘鲁经济形势好转，初级产品出口带动经济持续增长。胡安·弗朗西斯科开出租车，还开了一家小店。他一共生了 10 个孩子。让后人感慨的是，虽然生计艰难，但 10 个孩子，个个长大后都成了某一领域的专业人士。

勤奋，节俭，重视教育……已经不会说中文了，但中国人的特征，还是在家族中保存了下来。照片上坐在祖父身边的小女孩玛丽亚，从小就感觉自己家里的一些习惯明显不同于其他秘鲁家庭。比如，家人爱喝茶；比如，家里人都特别准时，习惯把所有事情都安排得井井有条，而一般秘鲁人都比较随性，走一步看一步；比如，家里人对客人都非常热情，来客人了都要准备吃的，还会留客人吃饭，而秘鲁家庭一般不会留客人在家里吃饭……

1952 年，小胡安·弗朗西斯科出生。他 7 岁的时候，爷爷去世了。八九岁的时候，他开始意识到自己是中国人的后代——当时邻居的小孩都唤他"中国人"，因为他的眼睑明显跟一般秘鲁人不一样。

在小胡安·弗朗西斯科年轻的时候，他的梦想是去美国留学。

美国多年来是秘鲁最大的贸易伙伴和重要的外资来源，两国关系密切。小胡安·弗朗西斯科在秘鲁国立工程大学毕业后进入一家矿业公司，成为一名冶金工程师。工作 7 年后，他获得公司提供的奖学金，去美国留学。这是

1981 年。两年后，他获得硕士学位，回到秘鲁。就在同一年，利马与北京结为友好城市，是北京在拉美的首个友好城市。

大洋彼岸，中国正值改革开放风起云涌之际，但在秘鲁，中国仍然很陌生。小胡安·弗朗西斯科对中国知之甚少，平时在家里也很少提及中国，但在给孩子选择中学时，他选择了胡安 23 世秘中学校。在秘中学校，中文课并不是主要课程。这家最初专门接收秘鲁华人子弟的学校，后来学生大部分是秘鲁当地人。学校会举办很多与中华文化有关的课外活动，比如中国舞蹈班、手工班、乒乓球班、武术班等。

等孩子中学毕业后，小胡安·弗朗西斯科又送他们进了天主教大学，这是秘鲁最好的大学之一。小胡安·弗朗西斯科从美国留学归来，他深知，美国的教育很好，能够让孩子成为专业人士。夫妻俩节衣缩食，也要让孩子进入秘鲁最好的学校接受教育，然后再去美国留学。2004 年，大儿子小小胡安·弗朗西斯科成功赴美留学，学习生物，他打算之后再学医，然后留在美国发展。

就在天主教大学，大女儿玛丽亚遇到了"中国通"费尔南·阿莱萨与吉叶墨·达尼诺。

祖先的语言

玛丽亚在天主教大学学的是新闻，费尔南·阿莱萨是她的老师。实习期间，她还采访了汉学家吉叶墨·达尼诺。他们给玛丽亚讲述了那个正在发生巨大变化的中国。当时醉心于中国文化的吉叶墨曾在《东方月报》上撰文："作为一个土生土长的秘鲁人，我要对数十万华侨华裔说：为你们祖国的文化自豪吧！请你们务必了解她，弘扬她，传播她。这样你就会对秘鲁、对世界作出更大的贡献！"

2007 年，秘鲁天主教大学与北京大学有一个交换生项目。玛丽亚决定用一年时间学习并了解神秘的东方国度，她就这样来到了北京。这也是她的曾祖父 100 年前离开中国来到秘鲁之后，这个家族首次有后人踏上中国土地。

女儿离家到中国半年之后，小胡安·弗朗西斯科夫妻俩思女心切，也双双飞到北京去看女儿。他们一路感慨"实在太远了"——先从利马经停纽约，再花13个小时飞越太平洋。

他们游览了北京和西安，对中国的历史、文化、建筑尤其感兴趣，至今难忘兵马俑和天安门广场上的北京奥运会倒计时牌。小胡安·弗朗西斯科说："秘鲁人也有古老的印加文化，遗址犹在，但相比之下，中国的传统文化，更让人震撼。"最让他震撼的，还是当代中国的飞速发展。在中国期间，小胡安·弗朗西斯科一直在观察和思考：中国共产党与市场经济是如何结合的？

让他们放心的是：女儿很好。玛丽亚在北大国际关系学院的交换项目是用英文授课，但她发现，来到中国后不会说中文简直寸步难行，而且要在北大拿学分，学校对中文水平也有一定要求。于是，她不得不硬起头皮学中文。或许是因为血管里流淌着中国基因，她仅仅用了一年多时间，就拿到了HSK（汉语水平考试）6级证书，也因为学习语言的关系，原本一年的交换项目延长到了一年半。结束北大的学习后，玛丽亚又面临一个抉择：回秘鲁，还是留在中国？

她担心回到秘鲁以后，费了九牛二虎之力学会的中文就会忘掉。更重要的是，在中国时间越长，她越觉得中国亲切，中国人对外国人很友善，治安又好，生活也很舒适。玛丽亚决定继续在中国的学业，并幸运地申请到了清华大学MBA全额奖学金。在清华的时候，她凭借新闻专业背景，给埃菲社北京分社做兼职记者。2012年年底，她走进人民大会堂，参与了中国共产党十八大报道，并至今引以为傲。

在北大和清华读书期间，玛丽亚发现在诸如国际关系和国际贸易的课程中，对拉美和非洲涉及很少，这也从侧面反映了中国学术界对拉美的关注度不高。与此同时，她也能明显感受到秘鲁人对中国不了解，对中国的认识还停留在上世纪七八十年代。她还记得在秘鲁天主教大学的图书馆里，也很少能找到介绍中国和中国文化的书籍。因此，她把自己的研究方向确定为中秘

经贸关系，毕业论文题目是《中国和秘鲁在南南合作中的挑战与困难》。

这是一篇用中文完成的论文。

原点的回归

玛丽亚的哥哥小小胡安·弗朗西斯科和弟弟胡安·卡洛斯，也来到中国，学会了中文。

2011 年，小小胡安·弗朗西斯科在美国毕业了，当时金融危机余波未退，他无法在美国找到工作，再加上遭遇感情问题，心情郁闷，受妹妹邀请后，他来中国散心，本来想最多待 3 个月。但 3 个月过后，他发现自己特别喜欢中国，跟妹妹一样，他也申请到了清华大学 MBA 奖学金。2014 年毕业后，小小胡安·弗朗西斯科加盟海南航空投资部门，后来把家安在北京，并有了一个 3 岁的孩子，这是"CHIA"家族的第五代。

小小胡安·弗朗西斯科一直很喜欢喝秘鲁"国酒"皮斯科酒，这是秘鲁流行的一种由葡萄蒸馏酿制而成的烈性酒，但在中国很难买到。他非常想把这种酒介绍给中国朋友。2015 年，他听说一家位于北京东三环的露天咖啡馆在找合作伙伴，想做成白天咖啡馆、晚上酒吧的模式。于是，他和妹妹商量，接下了酒吧。2015 年 6 月，酒吧开张了，名叫"帕查大帝"——帕查大帝是秘鲁人对印加国王帕查库特克的尊称，他在位期间，征疆扩土，建章立制，是最著名的印加王。玛丽亚说，帕查大帝有点像中国的秦始皇。

这是北京的首家秘鲁餐吧。兄妹俩从利马高薪聘请了一个秘鲁厨师来中国，希望能够在北京美食圈里闯出一片天地，通过美食将秘鲁文化介绍给中国人。

兄妹俩又向弟弟胡安·卡洛斯发出了来中国的邀请。弟弟大学毕业后，在秘鲁当电力工程师，2013 年曾来过中国，待了两个月就走了，当时他已经 28 岁，在秘鲁工作了好几年，生活圈子都在秘鲁，舍不得离开。但回国后，工作不顺心，接到哥哥姐姐的邀请后，他下定决心来中国发展。他管理酒吧的同时，也申请到了清华的 MBA 项目。

兄妹三人下一步计划开一个秘鲁餐厅。除了餐饮以外，再筹备一个秘鲁创业孵化器的项目，中秘贸易有很大合作空间，中国制造在秘鲁有广阔的市场，而秘鲁的很多优质产品还没有被介绍到中国。

三个孩子都到了中国，小胡安·弗朗西斯科夫妻俩的心，也全放到了中国，他俩学会了用微信跟孩子们聊天，也常常飞到中国看孩子，一住就是好几个月。妈妈特别喜欢中国，总是舍不得走。刚来的时候，她不会说中文，但能够热情地用手势和邻居聊天。现在妈妈会说不少中文了，比如她最爱吃的冰激凌和羊肉串，还有"多少钱"，"不行"，"再见吧您嘞"，京腔十足。

小胡安·弗朗西斯科也找到了答案：中国找到了一条最适合自己的道路，取得的辉煌成绩，让他这位身上有着四分之一中国血统的秘鲁人也倍感自豪。

2016 年，小胡安·弗朗西斯科退休了。就在 11 月，三个孩子给父母兴奋地打来电话："中国国家主席习近平要访问秘鲁了！"大儿子还乐呵呵地问父母："你们能想象吗，说不定以后我会成为秘鲁驻中国的外交官？"11 月 19 日，亚太经合组织第二十四次领导人非正式会议将在利马开幕。兄妹三人把北京秘鲁餐厅开张的日子，也选择在这一天。

小胡安·弗朗西斯科夫妻俩很欣慰：孩子们在中国过得幸福开心，事业也能有更好的发展。他们计划把自己的毕生积蓄全部投资给孩子们的事业，他们希望女儿和小儿子能在中国找到恋人，结婚生子，给家族再度加入中国血缘，完成新的循环。

"奥莱里奥"九泉有知，亦会欣然。他已走出了百年孤独。

在卡亚俄港，矗立着一座华人抵达秘鲁纪念碑，上面铭刻："谨此纪念抵达此一美丽海岸之华人移民先锋，由于彼等之努力及奉献，对秘鲁农业、铁路兴建、鸟肥开采及其后之商业发展贡献至巨，进而促进秘鲁之繁荣兴盛。"

这，就是一个秘鲁华裔家族的百年。

蛮荒之地创奇迹

新华社记者　肖春飞　赵晖　申宏

从秘鲁首都利马驱车，沿泛美公路一路南下，窗外是绵延不绝的荒漠戈壁，间或掠过一片绿洲。

翻过一个沙丘，浩瀚的太平洋跃入眼帘，海边有一小城，这就是记者此行探访的目的地——首钢秘鲁铁矿股份有限公司（以下简称"首钢秘铁"）矿区，中国第一家在拉美投资实体的大型企业。

"如果拍《火星救援2》，完全可以在这里取景……"不少员工打趣说。

在如此遥远荒凉之地，首钢秘铁已深深扎根24年。

铁矿粉生产记

首钢秘铁矿区地处秘鲁伊卡省纳斯卡市马尔科纳区，北距首都利马530公里。1992年12月，首钢总公司以1.18亿美元，竞标取得了秘鲁铁矿公司98.4%的股份及其所属670.7平方公里矿权区内矿产资源的永久性开采权、勘探权和经营权，成立首钢秘铁公司进行经营。

"首钢经营秘铁以来，始终坚持依法经营，企业在自身发展的同时，促进了中国和秘鲁的经济发展，"首钢秘铁总经理孔爱民介绍说。

他给记者讲了一组数据：首钢先后投入近 15 亿美元用于秘铁公司的设备更新、技术改造、环境治理、生活区改善和扩建项目；秘铁产量从 1992 年刚接手时的不足 300 万吨增加到 2015 年的 1112 万吨；截至 2016 年 9 月，首钢秘铁累计完成产量 16623 万吨，实现销售收入 81.6 亿美元。

记者来到主力供矿采区——4 号采区，乘车下到矿底，1100 米长、840 米宽的露天采区犹如一个巨大的碗，自上而下深度达到 276 米，预计还可往下开采至少 200 米。

这是一个轰鸣的世界，大型采矿机械和巨型矿车咆哮作业，脚下的土地在微微颤抖。

首钢秘铁公司生产技术部经理谷广辉介绍说，矿权区内铁矿床分布面积

2016 年 11 月 7 日，在秘鲁伊卡省马尔科纳的首钢秘铁矿区码头，一艘货轮在装载铁矿粉。1992年，首都钢铁公司以 1.18 亿美元成功并购秘鲁铁矿公司，成立了首钢秘鲁铁矿股份有限公司（简称首钢秘铁），成为中国在南美洲投资的第一家矿业企业。地处秘鲁西南部伊卡省马尔科纳的首钢秘铁矿区，分为采矿场、圣尼古拉斯选矿厂及圣胡安生活区三部分，2015 年末矿区内探明铁矿储量 21.4 亿吨。（新华社记者申宏摄）

约150平方公里，2015年末探明储量21.4亿吨，整个矿区平均海拔800米左右，地势平缓，"大部分为可见矿脉，可全部露天开采"。

首钢秘铁，我的家

首钢秘铁的徽标，是一个源自神秘"纳斯卡地画"的飞鸟图案。这也是这家中国企业融入秘鲁社会的隐喻。

用孔爱民的话说，二十多年海外经营，有挫折有收获，"我们始终坚定信心，企业从积极融入稳健经营，逐步走上了可持续健康发展的道路"。

本地化管理，作为与国际接轨的经营理念，如今已被参与海外并购的中国企业所普遍接受。而在24年前首钢秘铁刚刚成立时，这是不可想象的。

接手秘铁后，首钢总公司派出一支170余人的管理队伍，按照国企管理的传统思路，在各个班次都安排了中国班组长带班。然而由于语言和文化的差异，管理脱节的现象日益突出，劳资矛盾一度尖锐。

随后，首钢秘铁迅速开始了本地化管理步伐：撤回大部分"自带"员工，将部分高层和各部门副主管等职务交由秘鲁人担任，由秘鲁人管理秘鲁人，专门组成一个秘鲁人团队，负责与当地工会组织就工资、罢工等事宜进行协商，从而提高了管理效率。如今，首钢秘铁在册人员1836人，首钢总公司派驻的中方员工仅为43人。

秘鲁员工对企业的认同感也不断增加。人事部副经理马尔科·米兰达刚刚进入首钢秘铁时是一名高级分析师，经过不懈努力，于2003年成为人事部副经理，成为秘方主要高管之一。

说起首钢秘铁的企业文化，米兰达指出中国和秘鲁文化的差异很大，需要一个磨合适应的过程，他所在的人事部在其中发挥了重要作用。人事部门每周都会与不同的工会领袖和工会代表会谈，进行劳资沟通，此外通过定期印刷新闻简报、出版双月刊等方式，将中国文化中诸如责任、守纪、准时、诚实等价值观融合其中。

一座矿、一座城

半个世纪前，马尔科纳还只是一个小渔村，散落着几十户家庭，以捕鱼为生，生活清贫。1952年，一家美国公司获得马尔科纳铁矿的开采权，拉开了马尔科纳从小渔村到工业小镇转变的序幕。自1992年首钢接手至今，又经过了24年，如今的马尔科纳已发展成为了功能齐全、设施完备的小城，常住人口达到1.8万。

在首钢进驻之前，小城只有一个社区，现在增加到十几个社区，新楼越盖越多，道路越修越宽，家家户户也都用上了首钢秘铁引的水、接的电、拉通的网络服务。

首钢秘铁公司后勤服务科长吉希臣告诉记者，首钢秘铁很重视履行企业社会责任，2010年以来用于地方赞助累计超过1000万美元。比如，为当地居民提供水、电、电信服务；为教师、医生和政府人员提供住房；为学校、医院、警察局等公共部门捐献电脑、桌椅、救护车、消防车、警车等设备；积极参与抗震、抗洪等救灾行动……

此外，首钢秘铁还积极帮助当地修建球场等体育设施、组织体育和文化活动。一年一度的"友谊杯"排球赛、足球赛和篮球赛已经成为当地的品牌活动，当地市民以社区为单位参与比赛，加强与矿区的交流和互动。

环境问题是马尔科纳市民的重要关切。首钢秘铁公司坚持环境友好的经营方针，投资6600多万美元建设了尾矿库、生活污水处理厂等环保设施，结束了50年来马尔科纳地区生产生活污水和尾矿直接排入大海的局面。

智利樱桃的中国之旅

新华社记者　高春雨　冷彤

一颗智利樱桃的中国之旅是从位于智利首都圣地亚哥以南 100 公里的兰卡瓜开始的。那里是智利大型樱桃生产企业鲁卡拉伊公司的樱桃种植园。红色的樱桃饱满圆润，长势良好，正在种植园中静静等待采摘季节的到来。

再过半个月左右，这里的樱桃就将采摘上市。届时，一个个装着红色樱桃的集装箱将登船，从智利瓦尔帕莱索或圣安东尼奥出发，经过约一个月的长途跋涉，跨过半个地球来到中国。

"中国对我们来说意味着巨大的市场，意味着新的工作岗位。"曾经 4 次访问中国的鲁卡拉伊公司贸易经理里卡多·比亚尔说，"我们还在继续扩大樱桃的播种面积，因为我们相信更多的中国消费者会喜欢我们生产的樱桃。"目前，鲁卡拉伊公司种植园中 82% 的樱桃销往中国市场。

长期生活在智利首都圣地亚哥的中国水果商周佳从事樱桃出口生意已有两年多的时间了。据他介绍，为适应中国消费者的口味，出口到中国市场的智利樱桃都经过精心培育和挑选。

在种植时，为了提高果实硬度，要施用相应的钙制剂，而樱桃采收前要测成熟度，只有糖度和硬度都达标后才能采摘。采下的樱桃要迅速进行清洁、分装，经冷处理和抑菌处理后才能上路。此外，气调保鲜袋的作用很关键，它会让水果可耐受长途运输。

如今，中国已成为智利樱桃的最大市场。根据智利水果出口商协会的数据，在上一个樱桃出口季，这个南美国家樱桃总产量的80%以上销往了中国。周佳告诉记者，旺季时仅广州市场一天就能卖掉60到80个集装箱樱桃，而每个集装箱大概能装20吨樱桃。

农业技术的进步、贮藏条件的改善，以及物流配送体系的完善使智利樱桃从种植园采摘后，正以越来越快的速度出现在中国消费者面前。

由于刚刚上市的智利樱桃数量较少，为了满足中国消费者的尝鲜心理及对新鲜品质的要求，这些樱桃会搭"水果专机"来到中国。

比亚尔说，目前鲁卡拉伊公司通过"水果专机"向中国出口樱桃的运输成本是海运的3倍左右，他们非常期待在中国和智利之间开通直航，降低向中国出口水果的空运成本，使更多智利水果能以更快的速度、更好的新鲜度出现在中国消费者面前。

记者在北京某超市的果蔬货架上看到了码得整整齐齐的智利樱桃。据超

2017年1月19日，在深圳文锦渡口岸，海关关员查看进口智利樱桃。（新华社记者毛思倩摄）

市工作人员介绍，由于个大汁多、色深味甜，智利樱桃在国内市场上一直走中高档路线，颇得消费者喜爱。

"智利樱桃从每年11月到次年2月上市，正好可以和国产樱桃以及美国樱桃打个时间差。"这名员工告诉记者，"尤其是在春节期间，智利樱桃销量爆发，卖得很好。"

近几年，智利樱桃不仅在国内各大超市及果蔬店占有一席之地，还成为许多电商的宠儿。

大学期间曾赴智利交流学习的王天天现在北京一家食品进出口公司工作。谈起回国后网购智利樱桃的经历，她说："虽然不能像在圣地亚哥那样'任性地'想吃就吃，不过回国后在网上买的智利樱桃味道还是很地道的。"

智利是第一个与中国签订双边自贸协定的拉美国家。得益于此，近年来，樱桃、蓝莓、提子、猕猴桃、牛油果等越来越多智利水果走进了中国人生活。小小樱桃是两国经贸关系蓬勃发展的缩影，相信在不远的将来，会有更多智利产品漂洋过海来到中国。

"三最"霍尔果斯活力耀丝路

新华社记者 赵宇 程云杰 李晓玲

从隋唐时期的古丝路驿站，到中国与中亚各国的通商口岸，位于中国和哈萨克斯坦界河沿岸的霍尔果斯见证了古丝绸之路兴衰。

如今，这个古老的地名被赋予了越来越多的时代内涵：它既是中国最年轻的边境口岸城市，也是哈萨克斯坦全力打造的经济特区，还是中国同周边国家的首个跨境贸易区。

分别位于中国境内、哈萨克斯坦境内和横跨两国的三个霍尔果斯，正经历由古丝路驿站向丝绸之路经济带重要节点的历史嬗变。

最有潜力的霍尔果斯

哈萨克斯坦青年哈那提是重庆西南大学物流专业的学生，这个暑假他终于和心中向往的霍尔果斯相遇。这就是哈萨克斯坦阿拉木图州境内的霍尔果斯—东大门经济特区陆港，位于哈中边境附近的霍尔果斯村。

由于轨道宽度不同，吊装换轨成为陆港内常见的情景。

"当我第一次听说吊装换轨时，我就想来这里工作，这里和丝绸之路经济带关系最密切，也是哈萨克斯坦最有特色的地方，发展潜力最大，"在特区陆港实习的哈那提说。

2014年12月，霍尔果斯—东大门经济特区陆港正式投入使用，这是哈境

内最重要的物流中心。据特区投资主管扎斯兰介绍，一些外资企业已陆续在特区落户。随着人口增加，配套的学校、医院、幼儿园也正在建设之中，未来这里将出现一座崭新的城镇。

　　特区多位员工介绍，不少年轻人放弃了都市生活，来到霍尔果斯村工作。虽然放眼望去，这里还是一大片旷野，但却是哈萨克斯坦经济振兴的一个重要引擎。

　　特区管理公司第一副总裁贝尔玛奇对记者说，与中国的合作是哈萨克斯坦经济振兴"最关键的因素"，因为中国提出的丝绸之路经济带构想与哈萨克斯坦"光明之路"新经济政策都包含了基础设施互联互通建设。

　　贝尔玛奇说，哈萨克斯坦与中国的一些口岸已开始采用相同的信息技术系统来加快协同货运与信息服务，"未来要让这条欧亚运输通道在全球范围内获得更大知名度"。

2016年8月6日，在中哈霍尔果斯国际边境合作中心入口，中方边检人员正在验放客商。根据中哈两国达成的协议，两国公民和第三国公民无需签证即可凭护照或出入境通行证等证件入出合作中心园区。（新华社记者赵宇摄）

最忙碌的霍尔果斯

在哈萨克斯坦走南闯北跑运输的司机尤拉眼里，最忙碌的那个霍尔果斯其实是中哈霍尔果斯国际边境合作中心。它横跨两国，占地面积5.28平方公里，由专门通道将两国区域连为一体，实行全封闭管理，运营模式全球罕见。

来此采购中国商品的中亚客商络绎不绝。在合作中心义乌国际商贸城经销床上用品的张伟介绍，他的客户大多来自哈萨克斯坦，也有来自吉尔吉斯斯坦、白俄罗斯等国的商人。

尤拉在哈萨克斯坦开了多年大货车。他说，由于当地货运车辆总是从阿拉木图空驶至霍尔果斯合作中心，再从霍尔果斯满载中国商品而归，这条公路呈现了"单边颠簸"的特殊路况，从合作中心到阿拉木图的车道已被压出了深浅不一的车辙，而反向车道路面却相当平坦。

2016年7月1日，合作中心哈方区域的首个投资项目金雕中央广场正式运行，除了设有免税店，还把中亚五国和其他国家特色商品集中呈现在中国消费者面前。

负责金雕广场运营的季刚说，最受中国消费者追捧的是哈萨克斯坦的食品，特别是面、油、酸奶、蜂蜜、饼干、巧克力。在很多人眼里，哈斯克斯坦的食品无污染、质量好。

根据中国霍尔果斯边检站的最新统计，2016年1月至7月，合作中心累计验放中方游客量达到280万人次，比2015年同期增长了51%，与2013年建设初期相比增长了19倍。预计2016年验放中方游客总量有望超过500万人次。

在边检站工作6年的曹敏说："边检的验放速度反映了霍尔果斯合作中心的发展速度，我们在提速，它的发展速度比我们更快！"

最年轻的霍尔果斯

尤拉每次到合作中心购物，都想找机会过境看看中国霍尔果斯市，这个

丝绸之路经济带上最年轻的城市。

虽然建市不到两年，霍尔果斯已成为中国向西开放的重要节点。随着丝绸之路经济带建设的快速推进，霍尔果斯的辐射力也在快速增强。

霍尔果斯市与丝绸之路经济带沿线中亚国家的联系颇为紧密。这里是中亚天然气管道进入中国的首站，也是亚洲最大的天然气集输站场，被誉为西气东输二线、三线运行的"动力舱"。

络绎不绝的中亚和中欧班列也将霍尔果斯市和外界相连。2016年7月，从河北发车的"好望角"号列车满载玻璃、自行车等货物经霍尔果斯口岸驶向乌兹别克斯坦首都塔什干，标志着京津冀地区首列直通中亚的国际货运班列正式开行。

一旦哈萨克斯坦境内连接西欧和中国西部公路的"双西公路"竣工，霍尔果斯市和中国其他地区乃至亚太国家的货物将拥有到达欧洲市场的最短运输路线：从中国到欧洲的货运时间将从海运的40天缩减到陆运的10天。

旅居意大利多年的黄小蕾决定在霍尔果斯市安家，她觉得人在霍尔果斯，意大利并不遥远。专门经营意大利名品的她为自己的货物精心设计着海运、铁运路线，丝绸之路经济带欧亚大通道建设将给她的生意带来不错的价格优势。

做了十多年边贸生意的练刚经常在欧亚大陆上旅行，见证了三个不同霍尔果斯相同的发展愿景。

他说："以前做边贸生意的人就像骆驼，主要靠手提肩扛，现在可以整车、整货柜的进货，货源更多、效率更高、贸易范围更广，丝路驿站的变化太大了！"

给墨西哥跳水打上中国烙印

新华社记者　胡梓盟　禹丽贞

在 2015 年国际泳联跳水大奖赛墨西哥莱昂站的比赛中，墨西哥跳水队收获 5 金 2 银 2 铜。这些跳水队员成绩的背后，站着一个中国女人，她就是马进。她是这些队员们的"中国妈妈"，也是首个获得墨西哥"阿兹特克雄鹰"勋章的中国人。

对于这次大奖赛的成绩，马进说："没想到能拿这么多（奖牌），这次在莱昂的比赛氛围太热烈了，墨西哥选手又比较属于'人来疯'型的，平时训练可能并不那么理想，但是在比赛中真是能把最好的水平发挥出来，这是我执教墨西哥这么多年的深切感受。"

12 年来，马进的成绩有目共睹。她为墨西哥培养出史上第一位跳水世界冠军。她的得意门生——"跳水公主"葆拉·埃斯皮诺萨先后在 2008 年北京奥运会和 2012 年伦敦奥运会获得了女子 10 米台跳水的铜牌及银牌，并在 2009 年世界锦标赛问鼎世界冠军。这次大奖赛男子 3 米板冠军得主奥坎波和女子 3 米板银牌得主多洛雷斯，都是师从马进多年。

谈及墨西哥近几年跳水运动的发展，马进赞不绝口："现在墨西哥对跳水的关注度越来越高了，尤其这次比赛，从设施到筹备工作，规模堪比世界杯了。场馆里观众挤得密不透风，场场爆满，场外很多没票的都挤在大屏幕前看，预赛就像决赛一样隆重。好多民众全家老小一起来看，都非常激动、

非常开心，无论是墨西哥选手还是其他国家选手的精彩表现，他们都报以热烈掌声。尤其是墨西哥选手得牌时，那呼声简直要掀翻屋顶了。"

墨西哥民众对跳水的狂热，使得越来越多的孩子们走进跳水学校，他们中的很多都受到葆拉的影响，希望自己能有一天在跳水界崭露头角。这些年来，葆拉是墨西哥耐克品牌的代言人，创立了自己的慈善机构，关注身体有残疾的孩子，时常去给这些孩子们讲课、帮助他们到葆拉俱乐部来活动。她在体育事业、社会公益活动上的投入之大，让很多民众觉得她不仅是跳水明星，也是个慈善大使，充满了向上的正能量。

"墨西哥本身也是个追星族的国家，民众们非常喜欢体育明星，葆拉是除了足球明星以外最受欢迎的体育明星了。很多老百姓希望自己的孩子也去练跳水，希望孩子像葆拉一样有出息。加之墨西哥气候偏热，适合下水，而且墨西哥人身材、力量都特别适合练习跳水，跳水这个运动就挺符合墨西哥

2015年7月11日，在加拿大多伦多举行的第17届泛美运动会跳水项目首日比赛结束后，获得金牌的墨西哥跳水选手葆拉·埃斯皮诺萨（右）和罗梅尔·帕切科（左）与教练马进合影。（新华社发　邹峥摄）

风情的。"马进说。

2003 年，马进随着中国援墨教练团 31 人飞越了半个地球，远赴墨西哥。回想一路走来的日子，马进说："变化真是挺大的。"一点不会西班牙语，刚开始也有队员和媒体的压力，来这儿的头三年，她真的有想过回去。"那时候我曾经是有过想法的，而且政府也不是很重视，队员家长压力大，给我的压力就更大，而且那时我没法拿语言沟通，真想过要回国。"

让马进下定决心留在这儿的是爱徒葆拉。"记得当时，我的语言沟通不是很好，葆拉的成绩也不是很突出，协会跟葆拉说，不行的话我有可能回去，但是这些我都不知道。葆拉在 2006 年墨尔本世锦赛上跳的过程当中哗哗掉眼泪，我以为她是因为跳不好，但是葆拉就说，如果我要跳不好，我的教练可能就会走。就这件事让我挺感动的。"

这件事对马进触动很大，成了她坚持下来的动力。"我就想，葆拉对我这么信赖，我肯定要努力地训练她，让她能够在墨西哥坐上头把交椅，在世界上也得有所成就。其实我当时也没有打算在墨西哥一待就是这么多年，但是这件事让我觉得我应该留下来，我不想辜负队员的信任，也想证明自己、证明中国跳水是最好的。我有能力把一个墨西哥运动员练到很好的水平，让他们认可我的工作，我觉得现在，我以我的工作让他们信服。"

马进自认为"还是挺幸运的"。葆拉不负期望拿到了世界大赛的奖牌，跻身一流跳水明星，让马进觉得她所有的付出是很值得的，"而且这个孩子对我就像对待自己的妈妈一样，非常关心我。比如说，我生活各方面，像移民局手续有什么问题了，葆拉就挺担心我的，因为她的名气大，所以就亲自出面帮我去解决。我觉得作为一个老师、一个教育工作者，得到这样的感情我觉得挺欣慰的"。

不止一个队员像爱妈妈一样爱着马进。17 岁的墨西哥跳水"后起之秀"多洛雷斯·埃尔南德斯说："马进就是我的中国妈妈，我已经跟着她训练 5年了。她的技术很特别，跟她在一起我水平提高了很多，她也非常关心我的

生活、学习、身体状况，她像妈妈一样关注我生活的每一个细节，我希望能一直跟她学。"

马进谈到自己的小队员们简直是"如数家珍"。24岁的"黑大个"奥坎波已经大学毕业，顺利考上研究生。"小丫头"多洛雷斯刚刚进入大学。马进说，很多孩子都是边读书边训练，生活很紧凑，这对他们的成长有好处，这个年龄段就是吃苦的阶段。根据队员自身不同情况，她来制定不同的训练计划。

采访过程中，墨西哥跳水队员家长迭戈走过，跟记者用中文打招呼。他说："马进给墨西哥跳水界带来竞争，有竞争才有提高。作为一个外国人，马进在墨西哥的生活想必并不轻松，但她培养出一支年轻但很强劲的队伍，她的成绩自会为她说话。"

至于现在的打算，马进说："我是中国人，我的家人都在北京，我很想念他们。但是我舍不得我的墨西哥孩子们，看到他们一个个取得成绩，我会觉得我的选择是对的。而且，墨西哥2012年给我颁发了阿兹特克雄鹰勋章，这是对外国人最高级别的奖项，对我来说是最高的荣誉了。"

采访完回到媒体工作间，墨西哥记者们正在庆祝墨西哥夺牌，看到中国记者过来，都竖起了大拇指。莱昂市《先驱报》记者奥斯卡·阿拉切对记者说："马进是一位伟大的中国教练，墨西哥跳水队能有今天的成绩多亏了她。中国和墨西哥有很多共通之处，而马进有一股神奇的魔力，让墨西哥跳水在过去十年间发生了很多积极的改变，使墨西哥成为跳水强国，她用自己的努力给墨西哥跳水打上了中国烙印。"

一个孔院校长的"三十年规划"

新华社记者　赵晖　肖春飞　申宏

2012 年，时年 47 岁的乔建珍来到巴西里约热内卢时，她并没有意识到自己未来会有一个"三十年规划"的宏伟构想。

出身教育世家的她，毫无悬念地选择了教师这个职业。若不是偶然获得进修葡萄牙语的机会，她还憧憬着从河北师范大学退休后，按照自己的教学理念，建立一所私人学校，专门从事中小学教育。

如今，她不仅将自己的梦想从中国搬到了巴西，还设计了培养巴西汉学家的"三十年规划"。她希望用 30 年时间，在巴西培养出一批对华友好的"知华派"，通过他们推动中巴关系的良性发展和中巴文化的双向交流。

乔建珍告诉记者，自从出任里约天主教大学孔子学院中方院长以来，她一直在思考一个问题，如何提高巴西汉语教学的有效性和针对性。

她发现，虽然随着中巴经贸关系的日益紧密，巴西人学习中文的热情非常高，但目前孔院所覆盖的高等教育和成人教育都是以辅修为主，汉语教学并不充分。多数来孔院学习的巴西人，学习持续时间都不长，对汉语的掌握程度、对中国文化的了解尚停留在初级水平。

从 2009 年起，中国连续 7 年是巴西最大贸易伙伴。与此同时，巴西是中国在拉美地区第一大贸易伙伴和第一大投资目的地国。然而，乔建珍却发现，在组织文化交流活动时，经常要为寻找中葡双语翻译而苦恼。

经过一段时间的思考和沉淀，乔建珍将目光转向中学，尽管这并非是她的职责所在。在汉办的全力支持下，她成了社会活动家，先后组织了两批巴西教育工作者代表团访华，促成中巴教育领域合作，推动汉语教学向中等教育延伸。

"孔院的汉语教学若要实现可持续发展，本土化是一条必由之路。在大学里开设汉语课程只是起点，而非终点。一旦条件成熟，就应该向中学延伸，制定出服务于当地青少年的中长期汉语教学规划，"她说。

"这件事没有人做过。我愿意做第一个吃螃蟹的人。"在乔建珍和同事们的共同努力下，2013年里约州教育厅与河北师范大学签订协议，在里约州尼泰罗伊市创建巴西第一所葡中双语高中，将汉语设为必修学分制课程。乔建珍全程参与了学校的选址、设计和施工，于2015年2月开始招收第一批学生，原本预计招收72名学生，结果报名者多达600人。

2016年10月5日，在巴西里约热内卢，巴西大学生在"中国日"活动中学写毛笔字。当日，2016年里约天主教大学"中国日"暨孔子学院五周年活动在巴西里约热内卢举行。（新华社记者李明摄）

巴西大部分中小学都是半日制，但乔建珍坚持将这所葡中双语高中设为全日制学校。汉语是必修课，每天一节。此外，书法、葫芦丝、乒乓球、毽子等中国元素在日常教学中也无处不在。

另一方面，针对巴西中小学教育较为散漫的特点，她还有意将中国先进的教育理念与课程设置相结合。她希望，通过潜移默化的影响，让巴西孩子接受准时、守纪、勤奋等中国传统价值观，拉近他们与中国的心理距离。

一年过去了，巴西孩子们身上的变化让乔建珍感到欣喜。16岁的巴西男孩桑托斯来自贫民窟，足球踢得很棒，但不爱读书。来到双语学校之前，他上学唯一的目的是帮助家里拿到政府救助金。

乔建珍发现这一情况后，就以到中国参加足球夏令营为激励方式，把踢球和学习中文结合起来，规定必须通过汉语水平考试（HSK）二级考试，才能进行正常足球训练。结果，原本懒散的孩子们就开始苦学中文，唯恐自己不能踢球，更怕争取不到参加足球夏令营的机会。

2016年9月，桑托斯和其他20个孩子踏上了梦想中的中国之旅，大开眼界。回来后，桑托斯学习更加刻苦了，他默默给自己设定了一个目标：以后要去中国留学。

安德烈患有自闭症，总喜欢一个人待着，但他对双语学校组织的各项文化活动很感兴趣，一开始远远旁观，之后也参与进来，并在一些手工制作环节中展现了极强的动手能力。

一次，他做了一个中国剪纸送给妈妈，结果把妈妈感动哭了，因为这是她第一次收到儿子亲手做的礼物。如今，安德烈已经明显开朗起来，是校内汉语说得最好的孩子之一，还在当地的"汉语桥"中学生中文比赛中取得了不错的名次。

这些给了乔建珍极大的信心，有关中长期汉语教学规划的轮廓也逐渐清晰了起来。她计划为每个学生建立跨度为30年的个人档案，从青春期开始，跟踪他们的学习和职业发展情况，一直到他们45岁左右成为巴西社会的顶梁

柱。届时，这些巴西人很可能会成为推进中巴关系向前发展的中坚力量。

在高中阶段引入全日制汉语教学只是第一步。乔建珍计划通过语言学习、文化活动等方式，培养巴西学生对汉语、中国文化的兴趣和热爱，初步建立起他们与中国的情感纽带。之后，乔建珍会为他们到中国留学提供便利条件，鼓励他们在中国修完本科、硕士和博士学位，或在中国开展与中巴交流相关的工作。

2014年，由于在推动中巴文化交流方面的杰出贡献，乔建珍获得了由巴西劳动部颁发的巴西五一劳动奖章。这是巴西历史上首次把该奖项颁发给外国人。

乔建珍坦言，她也会有感到疲倦的时候，尤其是想到家中生病的父母，想到替她操持家务的女儿，都会鼻子一酸，在无人处默默流泪。但看到巴西学生灿烂的笑容、期盼的眼神，她又会精神一振，继续投入到为中巴两国培养"文化使者"的事业中。

"接下来的30年，可能是我人生中最后一个30年。我希望能亲眼看着**这一批巴西**对华友好人士逐渐成长起来，成为推动两国友好交往的重要力量。"**乔建珍**眼中泛起泪光，神情无比坚定。

小果实见证大机遇

新华社记者　陈序　韩梅　报道员　司徒静

作为欧洲有名的水果之乡，波兰不仅是欧洲第一大、世界第三大苹果生产国，也曾是全球第一大苹果出口国，其中超过三分之二出口至俄罗斯。不管是产量还是出口量，均领先于欧洲竞争对手意大利、法国。

但 2014 年西方国家和俄罗斯之间那场围绕乌克兰危机制裁与反制裁、挤压与反挤压的大戏让波兰水果业瞬间进入寒冬，苹果出口跌至低谷。

"好在天无绝人之路，2013 年中国提出了'一带一路'倡议，2014 年我们也启动了一项主攻中国市场的波兰苹果三年推广计划，这让波兰果农又重新看到了希望，"波兰果农协会负责人米罗斯瓦夫·巴利谢夫斯基说。

巴利谢夫斯基向记者详细介绍了三年计划的具体实施情况，他说："第一年，我们通过参加博览会和媒体宣传，借着'一带一路'的东风让中国苹果行业相关企业高层认识并充分了解波兰苹果的特色和高品质；第二年，我们利用各种经济代表团和产业会议，巩固了中国企业管理层、交易员以及销售公司和销售网络的代理对欧洲苹果的认可；2017 年，也就是第三年，我们计划创造中国消费者对波兰苹果的需求，他们将能从大众传播媒介、公关公司和网站获得相关信息，目的是使他们能直接享受到波兰苹果的美味。"

　　"随着'一带一路'建设不断推进，我们在中国的推广活动受到了社会各界越来越多的关注，"巴利谢夫斯基兴奋地说，"正如波兰15世纪天文学家哥白尼提出'日心说'，改变了人们对自然界的看法一样，'一带一路'倡议改变了波中贸易的传统模式，给我们创造了巨大的机遇。"

　　在"一带一路"倡议的带动下，波兰果农向中国推广苹果的计划进展顺利。2016年6月，中国与波兰签署了《关于波兰苹果输华植物检疫要求的议定书》。当年11月底，第一批波兰苹果进入中国市场，中方在最短时间内完成检验检疫程序。

图为一批波兰苹果被投放在清洗设备中。（照片由波兰果农协会提供）

"波兰的土地和气候简直就是苹果生长的天堂，我们苹果种植技术的历史也十分悠久，结合传统技术与现代科技，再加上欧盟的检验检疫标准，波兰出产的苹果安全且口感多样，从酸到甜，从黄皮到红皮，品种很多，"巴利谢夫斯基说。

谈到"一带一路"倡议为波兰苹果出口难题解困，巴利谢夫斯基的语气有些激动："丝绸之路上两个古老的国家因为一个小小的苹果又重新展开了新的缘分与机遇，真的令人十分感慨。'一带一路'倡议的提出为波兰果农进军中国市场创造了最理想的机会。"

如今，在中国国内电商平台上已经可以直接购买到空运至中国的新鲜波兰苹果。在上海、成都、重庆等一些首先进口波兰苹果的省市，色泽诱人、香气扑鼻、口味甘甜的波兰苹果也已经悄然摆上了各大超市的货架，进入中国消费者的"菜篮子"里。

对于波兰苹果在中国市场的前景，巴利谢夫斯基相当乐观："苹果是波兰饮食的'名片'。我们的苹果种类繁多，口味多样。我相信，在这些品种中，每位消费者都可以找到自己中意的口味。"

波兰苹果进入中国市场不仅意味着中国消费者有了更多选择，许多波兰果农和包装企业也将受益，他们对此充满期待。

这位年迈的波兰果农协会负责人满怀期待地说："如今波兰苹果已经进入中国市场，这给波兰果农带来极大的希望。我们希望'一带一路'倡议能继续推动波中两国的贸易往来。未来，我们还计划把草莓、蓝莓等其他波兰优质水果也带到中国。"

"中国为我的生意发展打开大门"

新华社记者　黄灵

卡里姆·贝莱德是阿尔及利亚的一名家用与办公家具进口商。他进口的家具有的来自马来西亚，有的产自土耳其，但他最重要的供货商位于中国深圳。

"我很小的时候就已经开始做木工活了。我的父亲是木匠，我在他的工作间里度过了不少时光，"贝莱德回忆说。

"经过被恐怖主义困扰的十年，21世纪初，阿尔及利亚进入一个新时代。阿尔及利亚人重获自由，开始渴望更好的生活。与此同时，中国在国际贸易中异军突起，而在此之前这些领域一直被西方主导。"

"那时我经营着一个木工作坊，在阿尔及尔西边的卜利达还开了一家店。一次，一个同行朋友去中国旅行，我就跟他一起去了。从那天起，我就被这个神奇的国家和这个国家出产的家具吸引了。中国为我的生意发展打开了大门，"贝莱德说。

回忆起第一次去中国的情景，他仍有一点激动，十几年前的事就像发生在昨天一样。当年，他和朋友刚到中国时人生地不熟，而且语言不通，真是两眼一抹黑。逢人就问中国哪里家具厂最多，最后就找到了广东，来到号称"中国家具之都"的珠三角。在那里，他震惊了。一个普通的镇上就有上百家家具厂，有的规模相当大，许多工厂都使用现代化生产设备，像他在阿尔及利亚的手工家具作坊是无法比的。

作为一个从小就与木工和家具打交道的行家，他参观了不少当地的家具厂，对产品的质量和款式相当满意。当问起价格时，中国商家报出的数字让他惊喜不已，心里暗暗想真是找到了一个金矿。当时阿尔及利亚市场上本地手工作坊的产品不仅款式陈旧质量不高，而且产量也赶不上市场需求。而让人看得上眼的欧洲进口货价格又很高，一般百姓根本买不起。他认为，从中国进口的产品绝对有市场。

从中国回来后，当时苦于手里没有太多资金的贝莱德进了一小批中国产品，没多久就一卖而光，还有不少顾客问什么时候会再上货。随着资金不断滚动，贝莱德渐渐加大进货量，但仍是供不应求。几年下来，贝莱德摸清了阿尔及利亚顾客的喜好，也认识了一批可靠的中国供应商，他的生意越做越大，也越来越顺，在阿尔及利亚多个城市开设了分店。现在，贝莱德去中国越来越勤，隔几个月就要飞一次。当被问到中国商品最具吸引力的是哪一点，

2016年3月20日，在阿尔及利亚首都阿尔及尔举办的第19届阿尔及尔国际车展上，人们在参展的中国品牌众泰汽车前参观。一年一度的阿尔及尔国际车展是非洲地区重要的汽车展览，来自中国的二十几家汽车整车及零部件厂商参与了本届车展，吸引了当地民众的关注。（新华社发）

贝莱德回答："坦率地讲，我是被中国产品的性价比所吸引。"对于中国商品质量堪忧的说法，贝莱德不以为然。

"我干这行已经快二十年了，现在一切运转良好。我在阿尔及尔、奥兰、塞提夫开了好几家店。在跟中国业内人士打交道的过程中我们也学到了一些知识技能，这些知识技能又帮助我们改进了家具质量。"

2013年，中国提出"一带一路"倡议，远在北非的阿尔及利亚也感受到了这股来自东方的力量。2014年，中国与阿尔及利亚建立全面战略伙伴关系，这是中国同阿拉伯国家建立的第一个全面战略伙伴关系，两国关系由此进入快车道。

也正是从2014年起，中国超越法国成为阿尔及利亚第一大进口来源国。每年有数万名阿尔及利亚客商前往中国洽谈贸易、寻找商机。他们的足迹由北上广向深圳、义乌等地扩散。对华贸易帮助一批像贝莱德一样的客商在阿尔及利亚创立了自己的产业。

贝莱德告诉记者，虽然现在阿尔及利亚因为国际油价下跌经济受到冲击，对外贸易受到影响，但他仍对和中国做生意非常有信心。由于长年与广东人打交道，贝莱德还会几句常用的粤语问候语。广东商人那种乐观、豁达、敢闯的劲头也感染了他。

贝莱德不是满足于过去的人，他认为中国与阿尔及利亚的合作还大有可为。这位十几年来亲眼目睹中国发展成就的阿尔及利亚商人说，阿尔及利亚正在向中国学习，经济处于一个腾飞前的阶段，与房地产相关的上下游行业今后会有巨大发展。他开车外出，路过一个个建筑工地，看到一排排楼房拔地而起，心里非常高兴，因为每一套房子以后都需要家具，那是一个个潜在的生意机会。

"现在阿尔及利亚有许多在建工地，有的是政府在建，有的是私人企业在建。建筑业是唯一未受危机波及的行业。我认为应该加强在这个领域与中国伙伴的合作关系。"贝莱德说，阿尔及利亚正鼓励发展民族工业，他想与中国有实力的企业合作开设家具厂，生产高档环保的家具供应当地市场，甚至可以出口到欧洲。

贝莱德办公室门后挂着一幅写有"财源广进"字样的中国画。他说这是中国合作伙伴送的，虽然不认识这些字，但他相信这会带来好运气。🔴

"一带一路"上的中意企业"联姻"

新华社记者　罗娜

往事越千年，关山变坦途。随着经济全球化和"一带一路"倡议深入推进，地跨古老丝绸之路两端的中国、意大利也迎来更加密切的经贸往来。

在浙江日发精密机械股份有限公司（日发精机公司）董事长王本善看来，中意两国都是"一带一路"重要国家，而提高技术、促进发展和开拓更大市场，既是"一带一路"倡议的题中之意，也是中意两国企业的共同诉求。

总部位于中国浙江的日发精机公司，是一家主营高端精密机床制造的行业领先企业，年销售额超过 10 亿元人民币。在成功开拓中国市场后，该公司董事长王本善敏锐地将目光投向正在经济危机中艰难度日的意大利企业。

2014 年和 2015 年，该公司先后收购了意大利 MCM 和高嘉两家公司。这两家公司都是世界领先机床制造商，在它们的客户名单上，既有空中客车、波音等著名飞机制造商，也有通用电气、西门子等国际工业巨头。

中意两国企业可谓强强联合、优势互补。

对王本善来说，在意大利收购两家高端机床企业并非一件易事。在决定收购前，王本善长时间关注国际机床产业发展动向，考察机床行业展会，购买机床进行使用对比，了解国内外相关企业使用口碑，做到"心中有数"。

跨国收购不仅需要娴熟的资本运作，更需要真诚的沟通与合作。

发现收购契机后，王本善先后十余次前往意大利与外方谈合作、谈入股。

但是由于欧洲法律合同、用人机制等与中国差异很大，谈判变成一件异常艰巨的任务。

王本善说，对方企业希望在员工安置、技术保留等问题上得到比较好的答复，"我们也希望收购以后把企业管好，不要让这些知名品牌砸在自己手里"。

在有些人看来，意方是被收购者，意见并不重要。王本善却不这么认为。虽然日发精机参与了资本投入，是企业的所有者，但是在管理方法和技术上却可以向被收购企业学习。他看重对方的技术和品牌，要把品牌做大做强，更要虚心听取意方意见。

如何妥善保护被收购方员工权益，也是王本善面临的一大课题。收购高嘉时，工厂面临破产，正常生产已无法进行，企业员工都在紧张关注此次收购谈判。"这些员工都是在工厂工作了几十年的老人，我们得给他们一个满意的答复"。

图为 2016 年 9 月 27 日拍摄的位于意大利米兰附近的科尔纳雷多市的高嘉工厂内部。（新华社记者金宇摄）

　　如今，这家中国机床界"新秀"已经成为两家意大利著名机床企业的主人，拥有330名意大利籍员工。这样的企业规模，在被称为"中小企业王国"的意大利，绝对是一件了不起的事情。

　　日发精机的收购，也为两家意大利机床老厂带来新的发展契机，集团一体化使得两家企业充分整合资源和市场。用王本善的话说："效果绝对是一加一大于二。"

　　2015年年底，MCM年产值达6000万欧元（1欧元约合1.05美元），相较收购前提高2000万欧元，盈利达200万欧元。高嘉虽在2015年中期才完成破产清算和收购，但是公司已经止亏，情况正在好转。

　　在高嘉公司所在的科尔纳雷多市，副市长玛利亚·卡特里娜·沃诺告诉记者，MCM和高嘉都有高品质的产品和好口碑，中国企业带来了市场和资金，帮助意大利企业摆脱了困境，为城市带来了税收和就业，这是一场非常好的中意"联姻"。

　　2016年年底，日发精机的欧洲研发中心将在高嘉厂区落成，瞄准航空领域机床设备进行技术研发，这将帮助日发精机实现整体产品系列化，进军国际先进水平。

　　"我们希望被收购的意大利企业发展更好，并尽一切努力做到这一点。这种结合才能让我们达成双赢，"王本善说。

中资企业在沙特"一带一路"建设中风生水起

新华社记者　王波

在"一带一路"版图中，石油王国沙特阿拉伯无疑是阿拉伯地域中最重要和最有分量的一环。这不仅是因为沙特是中东地区最大经济体、拥有雄厚财力和庞大市场，更重要的是沙特与中国经济上形成互补、可以互利共赢——中国需要沙特的石油，沙特需要中国制造业的经验和技术。

现在，上百家中国大型企业云集沙特，在道路、港口、桥梁、住房、铁路、电厂、通信、石油等各个领域参与投标、承揽项目，干得风生水起。由于能够保质保量完成事关百姓利益和备受政府关注的民生项目，中国公司受到了沙特政府和当地民众的称赞，树立了良好形象和口碑，也为两国今后拓展"一带一路"合作打下了坚实基础。

建水渠　让沙特古老城市平安度雨季

在沙特西部最大城市吉达，一条长 37 公里的水渠分成三段穿城而过。显露在地面的水渠里汩汩流淌着从周围高地汇集来的雨水，成群结队的水鸟踩在水面上饮水或嬉戏。水渠几十米外是吉达市一条繁忙的高速公路。吉达市民每天驾驶着车辆从这条宽阔的防洪渠经过。

"从附近麦加省的山里或吉达高处汇集的雨水经这个防洪水渠流入红海，"中国交通建设集团（中交集团）沙特吉达防洪工程项目负责人马奇峰

指着水渠远去的方向对记者说。

"这条防洪渠在其他地方可能普普通通，但对于沙特来说，却有着惨痛的教训和非凡的意义，"马奇峰说。

2009年11月，沙特第二大城市吉达遭遇百年一遇特大暴雨，造成120多人死亡。2011年1月，吉达再次遭遇暴雨袭击，造成至少10人死亡。

造成如此惨重灾情的主要原因是这座平坦的港口城市没有完善的排水系统。当发生强降雨时，周围山麓的降水通过天然河道流向平坦的吉达并将其迅速淹没。

时任国王阿卜杜拉对灾情高度重视，他指示吉达市政府立即建设可抵御两百年一遇洪灾的防洪系统，不要让悲剧重演。

中交集团于2013年7月以5亿美元的报价中标这个防洪项目。由于这个项目攸关百姓生命财产安全，因此，对工程的质量和工期要求极高。

中交集团在巨大压力下，秉承着为当地社会造福和树立中国良好形象的信念，克服了人员紧缺、工作环境恶劣等一系列困难，用了9个月时间按期

2015年3月24日，中国工程人员与沙特籍员工在中交集团沙特吉达防洪渠项目地交谈。（新华社记者王波摄）

保质完成了工程。

2014 年 10 月，吉达防洪项目如期顺利完工，并于 11 月经受了两场大暴雨的考验，吉达平安度过雨季。在 2015 年 11 月的大暴雨中，防洪渠再次经受住了考验。

吉达市政府发来表扬信，称赞中国公司按时保质完成合同，为当地人民做了一件大好事。

建轻轨　让穆斯林朝觐之路更轻松

吉达以东 80 公里的地方坐落着伊斯兰教第一大圣城麦加。除了世界各地穆斯林每天朝之礼拜的大清真寺外，麦加另一著名"景点"就是在崇山峻岭之间飞舞的绿色"长龙"——朝觐轻轨。

为了让来自全球 100 多个国家的近 300 万穆斯林在麦加朝觐期间不致因人多发生踩踏事故和减少朝觐者步行的艰辛，阿卜杜拉国王决定在朝觐的 5 个地点之间修建轻轨列车。

2009 年 2 月 10 日，中国铁建与沙特城乡事务部签署麦加轻轨建设合同。合同金额约为 17.7 亿美元，计划 2010 年 10 月开通运营。

别小看这短短的 18.25 公里长的轻轨线，却是世界上单位时间设计运能最大、运营模式最复杂的轻轨铁路项目，受到中沙两国政府最高层的高度关注。因为，沙特已经向全世界穆斯林"夸下海口"：2010 年，有着 1300 多年历史的朝觐活动将头一次用上轻轨列车。这让想来朝觐的各国穆斯林充满期待。

可是，谁承想，中国铁建一开工，就发现施工难度大大超出预想：征地拆迁难，业主更改合同大幅增加业务量，工作签证搞不定导致中方施工人员进不来，材料供应商不及时供货等等。

中国铁建克服重重困难，公司领导与工人们一起住活动板房，加班加点，还要不时回应反击沙特和西方媒体的质疑与外国竞争对手的恶意指责，终于在 2010 年朝觐开始前建成交工。

当看到来自世界各国的穆斯林乘坐明亮现代的中国制造的轻轨列车往返于各个朝觐地时，沙特媒体和民众一改之前的负面评价，赞扬和溢美之词从四面八方涌来。以至于当看到行驶在麦加路上、印有中国铁建公司标志的车辆时，当地百姓都向中国司机伸出大拇指。

截至 2014 年，中国铁建已连续 5 年圆满完成对朝觐穆斯林的承运任务，没有发生一起安全事故。与此同时，中国铁建还为当地人提供大量就业岗位，培训铁路营运管理人才。

送科技　让沙特紧跟世界信息技术潮流

由于在贫瘠、浩瀚的沙漠中发现了巨大成片的油田，沙特一夜之间"暴富"。严重依赖石油的沙特为了国家未来长远发展，不惜在教育和科技上投入重金，期望能跻身世界先进国家行列。

中国华为公司自 1999 年进入沙特市场以来，与沙特三大电信运营商合作，为沙特的机构和个人用户提供世界最先进和最优质的服务，使得沙特已经成为全球信息化水平较高的国家之一。

在华为参与建设下，沙特移动用户数由 2008 年的 3600 万，增长到 2014 年的 5100 万。国家信息化指数全球排名由 27 位升至 24 位。

华为承接了 90% 的沙特政府边远覆盖项目，满足了 350 万山区人口的基本通信需求。

华为还将其最新的技术和产品应用于沙特：全球第一个 TDD-LTE 网络；全球第一个 400GIP 核心网；全球第一个客户体验管理系统。

特别是，华为连续 10 年成功为朝觐提供通信保障，在 180 平方公里的朝觐地向 300 万朝觐穆斯林提供通信服务。

现在，华为在沙特的员工超过 1000 名，在首都利雅得、东部最大城市达曼、西部最大城市吉达都建立了办公室。沙特已成为华为在海外最重要的市场之一。

文化 故事

来生愿为中国人

新华社记者　赵晖

在中国，他是"司徒雷登"。在秘鲁，他是"李白"。

他痴迷于中国文化，他说："如果有来生，我希望自己是一个中国人，从小学中文，一辈子研究五千年的中华文明，然后将我所知所学传播给更多热爱中国文化的人。"

习近平主席 21 日在秘鲁国会发表演讲时，向他"致以崇高的敬意"。

他就是今年已经 87 岁高龄却坚持每年访华的秘鲁汉学家吉叶墨。

中国电影里的外国影星

当 1979 年，吉叶墨第一次踏上中国的土地时，已经 50 岁了。

五十知天命，于很多人而言，人生的轨迹早已定型，而于吉叶墨，则意味着全新的开始。与中国，这个遥远国度的一次偶然邂逅，他的人生开始变轨，朝着他从未预想的方向驶去。

受中国政府邀请，在秘鲁国立圣马尔科斯大学担任文学和语言学教授的吉叶墨，来到南京大学，为 15 名西语教师开设语法、宗教、西方哲学、希腊神话等方面的课程。

"从收到邀请，到登上去中国的飞机，也就几个星期时间。"吉叶墨回忆道。这对于年满五旬、一句中文都不会说的吉叶墨而言，无疑是人生中最大的一

次冒险。在他印象中，中国是一个"封闭保守"的东方国度。

而到了中国，他看到社会井然有序，生活安静祥和，人们对待外国人也很友善。这一下子让他放松了下来。

吉叶墨还说起一件趣事：到中国后不久，有一次他的学生陪他去逛街，他突然发觉，每一家店里的顾客好像都是同一拨人。他感到很奇怪，后来才明白，原来很多路人一路跟着他，从一家店走到另一家店，为了多看看这个"稀罕"的外国人。

这样的"礼遇"一开始让吉叶墨受宠若惊，不久也就习惯了。他发现中国人都很有礼貌，虽然好奇但有分寸，会保持令人舒适的距离。有时他也会主动用新学会的中文和好奇的路人打招呼。

意料不到的惊喜还在后面。1980年，峨眉电影制片厂的一位工作人员找到了吉叶墨，希望他在电影《剑魂》中出演国际剑联主席。"当时，我连刀和剑都分不清，就稀里糊涂参演了。"

成功出演后，吉叶墨的银幕之路便一发不可收。20多年时间里，吉叶墨

2016年11月8日，吉叶墨在秘鲁首都利马的家中向记者讲述他与中国的故事。吉叶墨家里挂满了中国字画、工艺品，他戏称自己家是"中国城"。（新华社记者申宏摄）

先后参演了 25 部中国电影，其中包括像《重庆谈判》《大决战》《毛泽东和斯诺》等国人耳熟能详的电影。出演《大决战》里的司徒雷登时，由于相貌与司徒雷登惊人相似，吉叶墨几乎不用化妆便可直接拍摄。

2005 年，吉叶墨出版了一本自传图集，将自己参与拍摄的 25 部中国电影的剧照收录其中，取名为《如今我是谁？》。

迷上李白和杜甫

在被吉叶墨称为"中国城"的书房内，密密麻麻摆放着各类介绍中国文化的书籍以及他从中国收集来的各类小物件。他最喜欢的是一幅国画，特意挂在电脑桌的正前方，画中的李白正对着"飞流直下三千尺"的瀑布吟诗作对。

迷上唐诗，也很偶然。1985 年前后，吉叶墨从南京转到北京，在对外经贸大学继续教书。一天，宾馆门卫随手送他一本《唐诗一百首》，里面除了汉字，还有拼音。

这本小册子让吉叶墨非常感兴趣，虽然一首唐诗 20 个字，他只认识 7、8 个。出于长期钻研语言学的职业习惯，他对如何用 20 个字表达丰富意境充满好奇，忍不住想要"解码"。

他开始了拿着字典读唐诗的"奇妙旅程"。就这样，花了 3 天时间，他读懂了第一首唐诗，同时也被诗里传递出来的浓厚人文情怀所感动。

"唐诗里充满着哲学，既有对人生和自然的严肃思考，也表达着和平、忠诚等情感。"吉叶墨对唐诗了解得越多，就越喜爱。他希望让更多西方人从唐诗中体会中国古代哲学和传统文化。

于是，他用了整整 9 年时间，翻译了 9 本唐诗，成为拉美国家翻译唐诗最多的汉学家之一。此外，他还出版了介绍中国历史、文化和当代生活的通信集《来自中国的报道》、介绍中国古代散文和诗歌的《雕龙·中国古代诗歌选》、介绍中国古代故事的《百宝箱》、介绍中国谚语的《勤劳的蜜蜂·成语、谚语、歇后语 1000 条》以及自创诗集《瓷桥》等。

离开中国就会想"家"

在采访过程中，吉叶墨多次提到中国是他的"第二故乡"。

2002年，吉叶墨返回秘鲁后，坚持每年都要回中国住上一段时间，一方面是为了收集写书材料，另一方面也是因为"不在中国，我就会想'家'"。如今，他的足迹遍布除青海省以外的所有省份，对中国的名山大川如数家珍。

长期以来，吉叶墨一直继续从事与传播中国文化相关的事业。他先后在秘鲁最主要的4所大学开设中国文化课，为众多秘鲁学生种下了热爱中国文化的种子。

同时，他还积极参与在西语世界推广中国古代诗词文学研究，力争让更多西语读者接触和了解更多中国古代、现代文学作品，从而走近中国、了解中国。

他还清楚地记得，2011年他去哥伦比亚第三大城市卡利参加国际图书展时，应主办方请求，加印了1000本《勤劳的蜜蜂·成语、谚语、歇后语1000条》，结果一个星期内一售而空。

吉叶墨的书桌上摆放着他的最新作品——《中国文化百科全书》，洋洋洒洒60万字，生动介绍了他精心挑选的有关中国历史、宗教、文化和人物等内容。这本于2013年由中国外文出版社出版发行的巨作，为西语读者搭建了又一座了解中国文化的桥梁。

他曾在秘鲁当地华人媒体上撰文，鼓励华侨华人在当地传播和弘扬中国文化。"作为一个土生土长的秘鲁人，我要对数十万华侨华裔说：为你们祖国的文化自豪吧！请你们无比了解她，弘扬她，传播她。这样你就会对秘鲁、对世界作出更大的贡献。"

说起这辈子最大的遗憾，吉叶墨坦言，自己从未接受过正规的汉语教育。他尤其羡慕现在的秘鲁年轻人，"因为秘鲁很多大学都有孔子学院，可以学汉语"。

"中国亭"、中国制造与中巴情缘

新华社记者　肖春飞　赵晖　申宏

11 月，中国已是深秋，但南半球的巴西，正在迎接炎夏到来。

在里约热内卢蒂茹卡国家森林公园半山腰，建有一座"中国亭"。记者登临时，细雨蒙蒙，雾岚弥漫。不多时，海风劲吹，大雾散去，眼前跃出里约最经典的伊帕内玛海滩，浪花若白练，俯瞰者无不心醉神迷。

"中国亭"，正是中国与巴西——北半球与南半球两个大国共同演绎的一部大片的序幕。虽然故事开头带些悲情，但接下来精彩纷呈。

大片的魅力，往往正在于此。

"似是而非"的中国亭

因为俯瞰城市的绝佳位置，中国亭已是里约标志景点，曾出现在电影《里约大冒险》里。

里约姑娘苏埃莉·科代罗一大早领着外地朋友登上了中国亭，观看美景之余，还不忘介绍中国亭的来历。她告诉新华社记者，以前常来观景，但对中国亭的来历并没有什么了解。随着"中国热"在巴西的兴起，她对与"中国"相关的事物逐渐感兴趣，特意就中国亭查找资料，现在都能给外地朋友们当讲解员了。

不过，对登临中国亭的大多数中国游客来说，乍看可能忍俊不禁。远远看，

飞角、重檐，这个山间观景胜地还真有"中国范"。但走近细观，差异立现，原该粗壮的立柱过于纤细，本应引颈昂首的中式雕龙也成了俯首喷火的"西方龙"。

中国亭的"似是而非"也在情理之中。200多年前，中国茶农的到来开启了中巴民间交往的一线"门缝"。但在中国早期移民的辛酸背后，巴西看到的并非一个清晰的中国。

据考证，1812年，受当时迁都里约的葡萄牙摄政王若昂六世之邀，首批300多名中国茶农来到里约培育茶树。王室还特意在里约植物园辟出一块地，专门种植茶树，意图打破英国对茶叶贸易的垄断。

在中国茶农指导下，巴西种茶业一度欣欣向荣，巴西也成为了继中国和日本之后的第三大产茶国。然而，由于英国在国际市场上万般阻挠，巴西的"茶叶梦"最终破灭。茶叶滞销导致茶园败落，中国茶农顿时失去了谋生手

2014年5月10日，游客在里约热内卢"中国亭"观景台游览。在巴西里约热内卢市内的蒂茹卡国家森林公园里，有一座风光独一无二的观景台，名为"中国亭"，是为纪念曾经在这里种植茶叶的中国茶农而修建，如今已成为当地的知名景观。（新华社记者徐子鉴摄）

段，思乡心切但无钱返乡，不少人郁郁成疾、晚景凄凉。他们想家却回不去，就开出了一条从茶园到蒂茹卡公园的小路，在如今中国亭所在处搭建了一个凉棚，于此远眺大洋，倚柱思乡。

1903 年，里约市政府为纪念中国茶农建造了这座"中国亭"。然而，上百年前的短暂接触，并没有让中国与巴西这对遥远的陌生人真正熟知，中国亭的"似是而非"恰恰是这种认知差异的体现。

斗转星移，如今，"中国亭"俯视着的巴西第二大城市呈现出越来越多有形无形的中国元素，"以茶结缘"的中巴之间，出现了更多、更宽广的沟通桥梁。

有缘万里的"中国制造"

里约城里，一片长期被阿拉伯后裔商户垄断的小商品市场内，近些年入驻了不少中国商户。生意竞争中，一名中国姑娘与一名阿拉伯小伙子"冲撞"出一段缘分。不同文化在这块包容的土地上拼出了"缘分的天空"。

这是巴西导演埃斯特万·齐亚瓦塔在喜剧片《中国制造》中讲述的故事。影片 2014 年上映时，吸引了大量巴西观众。抛开情感主线，这部影片的种种细节也展示着"中国制造"在当今巴西的发展。

的确，巴西人今天的日常生活离不开"中国制造"。小到电子产品、空调，大到渡轮、地铁、电力和通讯设施，来自中国的投资、贸易、科技和文化往来赢得了巴西的市场和巴西人的友谊。

如今，巴西是中国在拉美地区的第一大贸易伙伴、第一大投资目的地国和第二大工程承包市场。中国连续 7 年成为巴西最大贸易伙伴国。近两年来，巴西也成为中国禽肉、牛肉进口第一大来源地。

不久前闭幕的里约奥运会上，"中国制造"成为赛场外最受关注的话题之一。无论是冉冉升起的各国国旗，还是奥运吉祥物、比赛器材、安检设备、地铁列车，"中国制造"无处不在。以至于有媒体惊呼："无论本届奥运中

国能夺得多少面奖牌，毫无疑问，中国都是里约奥运最大的赢家。"

河北女孩王伊立是喜剧片《中国制造》的主演。她说，这些大大小小的"中国制造"便捷了巴西人的生活，但巴西人对中国的了解和认知仍较浅。她希望通过塑造中国新一代移民形象，反映不同文化交汇时的碰撞、调适和融合。

"以前，巴西普通民众提到中国，首先想到的是功夫、长城和熊猫，仅此而已。但近几年来变化非常明显，我身边的一些巴西朋友开始使用微信，习惯从中国网购商品，去过中国或计划去中国的巴西人也越来越多"，王伊立自豪地介绍。

王伊立本人也是中巴交流日益扩大的受益者。2014 年，主演《中国制造》让王伊立在巴西人气直升。同一年，在巴西福塔莱萨金砖峰会上，王伊立被邀担任翻译，是峰会上最年轻的同声传译员。大学毕业后，王伊立加入了母亲创办的中巴国际文化交流公司，母女两人还经营着一家中文学校。

心心相通的中巴情缘

近年来，巴西人对汉语的热情不断升温。10 月 25 日，巴西帕拉州立大学孔子学院举行揭幕仪式，这是巴西第 9 所孔子学院，也是孔子学院首次落户巴西亚马孙地区。

巴西现在是拥有孔子学院和孔子课堂最多的拉美国家，注册学生近 2 万名。孔子学院和孔子课堂为巴西人搭建了学习汉语、了解中国文化的重要平台，丰富了巴西人对中国的认知。

通过孔子学院结缘中国，并因此开辟人生新天地的巴西人不在少数。几年前，17 岁的圣保罗小伙栎树借助"孔院网络春晚"比赛，获得了到湖北大学学习汉语的机会。后来，因在中国国内一档综艺节目中的桑巴热舞，他一下成了"网红"。与中国的结缘，为栎树搭建了更高的梦想平台。

随着中巴经贸往来和民间交往的蓬勃发展，中巴结缘的故事越来越多。中国青年音乐人赵可也收获了一段奇妙的巴西缘。

赵可对来自巴西的另类爵士乐——波萨诺瓦非常着迷，经常演唱巴西波萨诺瓦大师伊万·林斯的作品。他一直有个愿望，就是结识林斯，促成中巴爵士乐的交流与合作。一次很偶然的机会，通过在中国访学的巴西学者牵线，赵可终于得识林斯，后者对赵可大为赞赏，邀请赵可赴巴西合作。共同的音乐理想和追求，让两名年龄差距 30 岁的巴中艺术家相见恨晚，开始了共同出版专辑、举办演唱会的合作计划。

与中巴爵士乐合作刚刚起步相比，200 年前与茶叶几乎同时走进巴西的中医已结出丰硕果实。日前，华人中医针灸师宋南华被巴西科学、艺术、历史和文学学院授予"终身院士"称号。如今，巴西已有 8000 多名医学院毕业生从事针灸专科，巴西 260 家公立医院开设了针灸科室。

古往今来，中巴之间的故事宛若繁星。这两个"金砖国家"中的重要成员，这两个举办过奥运会的发展中国家，这么远，又这么近……如果说，有形之亭将中巴交流往事重温，那么，中巴民心相通的无形之亭，正在现实的一个个场景里温暖地连接。

中巴情缘的大片刚刚开始。

一位哈萨克斯坦媒体人的中华武术缘

新华社记者　周良

　　哈萨克斯坦有位精通中国武术的媒体精英，从 25 岁开始练习中国武术，20 多年来从未间断，即便现在已成为哈主流媒体负责人，仍一如既往痴迷中国武术，每天坚持习武两小时。他就是今日哈萨克斯坦通讯社社长兼总编辑铁木尔。

　　铁木尔最早接触中国武术是在上世纪 80 年代。

　　当时铁木尔生活的阿拉木图市流传着各种关于"中国爷爷"的传奇故事，传说中的"中国爷爷"飞檐走壁，功夫了得，还有起死回生之术。这些故事让铁木尔对中国充满向往。此外，中国功夫片在包括哈萨克斯坦在内的原苏联加盟共和国播出后引起巨大轰动，激发了许多人学习中国功夫的热情。

　　在这波学习中国功夫的热潮中，铁木尔开始练习武术。最初铁木尔只是按书本学习拳术和武术套路，后来师从中国师傅学艺。他先后到兰州和北京拜师学艺。在兰州习武期间，兰州武术队的一位学员赠送给铁木尔一副双钩，这副双钩从此成为他每天练武的必备器具。

　　由于酷爱武术，再加上刻苦练习，铁木尔很快在哈萨克斯坦武术界崭露头角，多次获得哈萨克斯坦和亚洲武术比赛冠军，两次参加世界武术锦标赛并获奖。

　　铁木尔还担任过哈萨克斯坦国家武术队的教练。在他的带领下，哈萨克斯坦武术队多次在苏联全国武术比赛中获得冠军。苏联解体后，获得独立的哈萨克斯坦一度陷入经济困境，百姓生活受到很大影响。为生活所迫，铁木尔淡出教练生涯，但从未放弃习武。

铁木尔擅长写作，口才也很好，一次偶然的机会得以与新闻工作结缘。上世纪末，大学同学邀请铁木尔到今日哈萨克斯坦通讯社工作。虽然从未从事过新闻工作，铁木尔却在新的岗位上如鱼得水，没几年就擢升为总编辑。

成立于上世纪 90 年代末的今日哈萨克斯坦通讯社是哈成立最早的私营通讯社，是该国三大通讯社之一，两次受到哈萨克斯坦总统表彰。在铁木尔的办公室，摆放着哈萨克斯坦政府各部门颁发的证书和感谢信。

2014 年 5 月 21 日，在哈萨克斯坦阿拉木图，今日哈萨克斯坦通讯社总编辑铁木尔在练武。（新华社记者周良摄）

　　虽然现在工作非常繁忙，铁木尔仍每天坚持练功两小时。每天下班后，他做的第一件事就是来到单位附近的健身俱乐部习武。在他的练功房里，摆放着大刀、双钩、红缨枪、长棍、宝剑等兵器。每次练功前，铁木尔都要先花半个小时热身，然后再配上器械练习各种套路。

　　对于中国功夫，铁木尔有着独到的见解。他认为功夫并非只是体育运动，它还蕴含丰富的哲学思想。在他看来，古代很多功夫高强的中国人品德高尚，学识丰富，思想敏锐，富有智慧。和某些西方国家企图用武力征服世界不同，中国古人练功习武是为了保家卫国，而不是要用武功去侵略和征服别人。

　　尽管已经练习武术 20 多年，但铁木尔感觉自己永远无法达到完美境界。为了掌握中国武术的精髓，铁木尔希望学习中文并深入了解中国文化。他说，中国提出的"丝绸之路经济带"建设将进一步推动哈中文化交流，也将掀起新一波中国文化热和功夫热。●

多哥外交官阿博的中国印记

新华社记者　张改萍　蔡施浩

推开阿博先生家的门，浓郁的中国风扑面而来：漆面屏风、狻猊木刻、汉字书法、琳琅瓷器……还有全家老小通用的带着北京味儿的普通话。

阿博先生，全称亚奥·布鲁阿·阿博，曾两度出任多哥驻中国大使，前后长达 13 年。

很难相信，在这位资深非洲外交官的家中，祖孙三辈日常交谈用的语言竟是中文。"我和我的丈夫习惯了说中文，我的孩子们从小说中文，孙辈们学着说中文"，阿博太太自豪地说。她现在是多哥工商银行亚洲业务部经理。

1979 年的寒冬，阿博携夫人到北京赴任，随行的还有两个孩子，一个 1 岁多，另一个才出生三周。阿博太太回忆说，刚开始学说中文确为生活所迫，乍到北京，不会中文寸步难行，连与帮助带孩子的中国保姆都无法沟通。于是，阿博太太在北京语言学院报名上了中文班，随后迷上了中文和中国文化，逐渐成为非洲驻华外交圈里的中国通。

如今，随着"一带一路"的延伸与推进，中国与多哥的经贸关系日益密切，无论在贸易、投资、基建还是金融领域，中文在多哥成为继法语、英语之后

又一门主要国际工作语言。阿博太太凭借着其深厚的中国文化背景和人脉被多哥工商银行聘为亚洲业务部经理，专门负责该行的中国业务。在多哥首都洛美，几乎所有的中国商人都认识阿博太太，他们亲切地喊她"多哥妈妈"，碰着难事也经常去找她商量。

谈起自己的驻外大使生涯，阿博先生自然而然地分成两段：第一任大使期间，他印象最深刻的是中国人民对多哥人民发自肺腑的深情厚谊以及中国文化的博大精深。

他坐在缀满中国印记的自家小院里，一字一句对新华社记者说："中国人都特别友好，特别好打交道，特别懂礼貌，特别有文化，而且善于变通，我喜欢他们。"

"从上世纪 70 年代末到 90 年代末，我是中国巨大变化的见证者和亲历者"，阿博先生说起来颇为得意，"改革开放推动了中国的大发展"。

2016 年 11 月，曾两度出任多哥驻华大使的阿博接受新华社记者张改萍采访时二人合影留念，阿博期待在"一带一路"建设中贡献心力。（新华社发　科菲·科沃尔摄）

　　在两任驻华大使之间，阿博先生还曾担任多哥文化部长、社会事务部长。2008 年，阿博先生众望所归地当选为中国—多哥友好协会会长。2009 年，他应邀重返中国，再次见证中国发展的"奇迹"。"我真的惊呆了，在 1997 年离开中国的 12 年间，中国竟然又发生了如此巨大的变化"，阿博先生说着，不禁瞪大了眼睛，"2009 年访华那次，北京的许多地方我都不认识了。在以前那个时代，人们大多骑自行车，房屋没有那么高大；现在完全变了，自行车很少见，满街的汽车，高楼大厦更不用说了"。

　　在阿博先生看来，加强多哥与中国关系，绝非只靠投资、援助和贸易，更多的需要双方加深彼此之间的了解。"文化交流、信息共享、相互感知，国之交在于民相亲，咱们得像走亲戚那样时常串串门"，阿博先生出口成章。

　　他对近年来两国之间日益密切的文化交流感到满意。2016 年，中国—多哥电影周成功举办，更多的中国志愿者来到这片热情的土地。"我相信，会有越来越多的中国年轻人来到洛美，穿上多哥民族服饰，与多哥青年一起用方言唱起多哥歌曲，跳起多哥舞蹈"，阿博先生这样期待。

"叶问传人"在埃及

新华社记者　王雪

埃及首都开罗，一处安静街区内的一间公寓，门口没有特殊的广告和夸张的装饰，只挂着一个门牌，上面用英文规矩地写着一个中国词汇——咏春。

这里便是埃及唯一一家由中国叶问宗师的传人开设的武馆，而武馆掌门人却是一位地道的埃及人，穆罕默德·诺厄。

推开门，只见武馆内整洁有序，十几个埃及年轻人正在有模有样地练习拳法，看上去与中国电影《叶问》中的镜头有几分神似。

"中国功夫在埃及非常受欢迎，这里作为埃及唯一正规的咏春拳学习班，学生越来越多，大家非常喜欢，有的人已经跟我学习多年，"诺厄对记者说。

今年30多岁的诺厄一袭黑色运动衣，常年习武练就了苗条且结实的身体。他的武馆墙上悬挂着中国咏春拳宗师叶问先生和几位咏春拳传人的照片，角落里则摆着几个已经用旧的木桩，专门用来练习拳法。

"别看我是个埃及人，但我从小就酷爱武术，"诺厄对记者说起自己的经历，"在接触咏春拳之前我在埃及学习了10年中国功夫，后来在一次武术研讨会上我得知了这种拳法，一下子着了迷。"

诺厄介绍，他在决定学习咏春拳之后多方打听，终于找到了咏春拳的源头，加入了咏春拳宗师、叶问先生的传人谭耀明在英国伦敦开设的武馆。在系统学习9年后，他在谭师父的授权下回到埃及，希望将中国的咏春拳介绍给埃及人。

这位埃及的"叶问传人"指着武馆里的照片墙说："从开始学习中国功夫到现在已经 17 年，在埃及也有了 70 多位徒弟，有男有女，从老到少。"

"我没有特别为咏春拳做广告，但学生规模一直在扩大。我想，这正说明了中国功夫和咏春拳的魅力，"诺厄说话的语气非常平和，一边向记者介绍他的武馆，一边走走停停，为学生们做示范。

诺厄认为，咏春拳对学习者的身体条件没有特殊要求，普通人都可以练习。它的内涵并不在于攻击，而在于防御，深刻地诠释了中国武术精神。对现代习武人来说，它更是一种放松精神、锻炼身体的好方法。"我想这就是咏春拳武馆在埃及得以立足的根本，"他说。

"我们看到的诺厄一向是谦虚、勤奋的，我想是咏春拳塑造了他这种性格，"练拳休息间歇，一位叫穆哈卜·沙拉什的学生对记者说。

沙拉什今年 40 多岁，是一家私营公司的经理。这位穿着紧身 T 恤和运动

2016 年 3 月 1 日，在埃及开罗，穆罕默德·诺厄（左二）指导学生咏春拳的动作。（新华社记者赵丁喆摄）

裤的咏春拳学生对着镜头表演了几招拳法，手腿并用，一招一式虎虎生风，很有范儿。

"也许你没有想到，很多埃及年轻人都喜欢中国武术，通过网络、电影等途径，对武术也有一定的了解，"他说，"我在 2010 年的时候看了中国电影《叶问》，就决定要在埃及学习咏春拳，于是我找到了这里，没想到一下子就坚持了 6 年。"

沙拉什认为，咏春拳不仅是一种武术，更是一种哲学，"通过身体的动作，我们可以体会到精神修炼，几乎所有的学生都很上瘾"。

28 岁的莫塔泽·瓦吉一身黑衣，正在练习躲避攻击的步法。他擦擦脸上的汗，对记者笑着说，"我来这里学习刚刚 4 个月，已经知道了如何应对一般的攻击，如何利用对方弱点进行防卫，这在生活中非常实用，而且我也感受到了一种自信"。

瓦吉补充道："除了中国功夫，我没接触过汉语或者其他形式的中国文化，但是我想说，因为咏春拳，我愿意深入了解中国，了解中国人的内心世界。"

课程还在继续，不似其他武术学习班里刀枪并用的喧嚣，诺厄的武馆里永远井然有序，门口静静地摆放着十几双功夫鞋。在咏春拳的埃及传人身上，不仅有拳脚的一招一式，更带着浓浓的中国武术魂。

千年丝路上的新交流

新华社记者　李雪笛　赵菁菁

6 月中下旬的撒马尔罕，错落的土黄色小房子和雄伟的青绿色琉璃尖顶在蓝天白云下交相呼应。这座位于古代丝绸之路"心脏"地带的中亚古城，既包含了突厥文化特色，又融合了波斯风情，还具有中国建筑格局。

撒马尔罕时下的室外温度已高达 40 摄氏度。在市郊，来自中国西北大学的考古专家王建新正带领团队发掘一处古代月氏人的大型墓葬。为保护墓葬，考古队在现场围起一座临时板房，房内记录和测量仪器完备，静待文物出土。

王建新对新华社记者说："古代丝绸之路的发展和兴盛还要从古代游牧民族月氏说起。"

公元前二世纪，生活在中国境内的游牧民族月氏不敌匈奴侵袭被迫迁至中亚。汉武帝派遣张骞出使西域寻找月氏人联合抗匈，促成丝绸之路的全线贯通。汉代之后，有经商天赋的月氏人与中国内地交往越发密切，通过丝绸之路经营起大型"跨国贸易公司"，以乌兹别克斯坦为中心，将西方的物产带到东方，将东方的文明介绍到西方。

在现场参与发掘的乌兹别克斯坦小伙苏河告诉新华社记者："这个项目不仅能了解古代乌中间的交往，还能促进现在两国考古界和文化界的交流。我是王教授收的第一个乌兹别克斯坦研究生，我希望'一带一路'沿线国家学生都能参与到这样的研究中，现代文化的发展离不开对古代的探索。"

　　谈到选择跨境民族进行研究，王建新说，这段历史为中乌共有，两国考古学家合作起来有天然的亲近感。"张骞历尽艰辛到西域寻找月氏人，成为开启古丝绸之路的先锋；我们今天利用现代考古手段从河西走廊一路追寻月氏人迁徙足迹到撒马尔罕，也可以说是新丝绸之路经济带上的文化先行者。"

　　希瓦是乌西南边界沙漠绿洲上的又一座丝路名城，因位置优越成为兵家必争之地，曾被战火摧毁40多次。但也正因为丝绸之路，希瓦才有机会不断以更灿烂的样貌复兴。这座小城里保存着53处重点保护历史文化遗迹，是乌兹别克斯坦第一处世界文化遗产。

　　旅游收入是希瓦古城内一千多户居民的主要经济来源。目前城内建筑老旧，仅对游客开放部分区域。作为"一带一路"框架下中乌人文合作的重要项目，中国专家将对古城内阿米尔·图拉经学院和哈桑·穆拉德清真寺进行保护修复。

2015年9月，中国文物专家王建新（右一）在撒马尔罕西南20公里处的撒扎干遗址发掘现场。（照片由撒马尔罕月氏人考古发掘队王建新提供）

完工后，游人会看到希瓦更完整的城市面貌。

中国国家文物局副局长刘曙光在接受新华社记者采访时说："希瓦古城代表乌兹别克斯坦辉煌的历史和民族自信，是乌人民最珍视的文化瑰宝。乌方能把修复工程交给中国，代表一种无与伦比的信任。把这项工程做好，不仅带动当地旅游，更会增进乌人民对中国的感情。"

中国考古队严谨细致的工作作风、先进的技术手段赢得了乌兹别克斯坦文化遗产保护与利用总局副局长拉菲科维奇的赞赏。他表示，撒马尔罕、布哈拉等丝路历史名城还有许多亟待修复的文物古迹，希望未来与中方有更多合作。

希瓦古城所在的花拉子模州一位地方官员折服于中国专家的工作态度，对中方团队负责人、文物修复专家乔云飞竖起大拇指说："你们对我们国家文物的尊重已经超过了我们自己，所以你们值得我们尊重！"

不同文明交流互鉴，是推动人类进步和发展的重要动力。中乌传统友好合作源远流长，两国人民早已通过古代丝绸之路相互了解，为共同繁荣、和谐发展奠定了基础。相信新丝绸之路必将把中国与乌兹别克斯坦再度紧密联系起来，共创两国美好未来。🔴

中国传统文化之花绽放秘鲁

新华社记者　赵晖　肖春飞　申宏

秘鲁首都利马一家中医诊所内，69 岁的周克秀医生正在为一位面瘫患者施针，旁边三张病床上躺着的失眠患者和坐骨神经疼痛患者，脸上、腰上和脚上也扎着数量不等的银针。

诊疗室外，7 名患者在等待。墙上的挂钟显示的时间为上午 11 时 30 分。

施针间隙，周克秀一路小跑出了诊疗室，用流利的西班牙语与候诊患者打招呼。一位首次前来就诊的中年妇女有些担心地问："医生，我排在最后一个。时间那么晚了，今天不会轮不到吧？"

不等周克秀开口，一位患者抢着说："不会的。周医生哪怕不吃饭、不睡觉，也会先给你治疗的。"

周克秀开诊所行医 27 年，这样的场景几乎每天都会上演。

1989 年，时年 41 岁的周克秀应曾到中国学习针灸的秘鲁学生邀请，只身来到秘鲁。凭着丰富的临床经验和精湛的针灸技术，她度过了艰难的适应期，一年多后便开起了中医诊所。

27 年来，周克秀坚持每周工作 6 天，半天门诊，半天出诊，经她治疗康复的患者数以千计，既有政府高官，也有商界精英，当然更多的还是普通百姓。

现年 40 岁的卡琳·森特诺是一名公司职员，患腰椎间盘突出多年，导致右腿麻痹，在当地医院治疗，打针、吃药都没有效果。一次偶然的机会，她经过朋友介绍，知道周克秀医术高明，于是抱着试一试的心态登门求医。

仅仅经过两次针灸治疗，森特诺的疼痛便明显减轻。当被问起就诊感受时，她满脸笑容地说："起初周克秀告诉我需要4到5个疗程，我还将信将疑，毕竟患病多年，有些怕了。没想到来了两次，就有明显好转。现在我很有信心。"

她还说起自己的两个孩子都在当地一所秘中学校上学，这所学校每年都会举办"中国文化周"活动。"通过中医，我和我的孩子对中国文化的兴趣越来越大。学校里给学习好的孩子提供了到中国进行短期交换学习的机会，我鼓励我的孩子报名参加选拔，争取能去中国看看，近距离了解中国文化。等他们再大一点，我还会让他们去申请中国大学的奖学金。"

早些年，周克秀还会到秘鲁边远山区义诊。2007年至2009年，周克秀几乎每周都会利用周末时间，跟随当地民间组织，到秘鲁中部和东部的山区和热带雨林为病人免费治疗，路费、住宿及餐饮等全部费用都由自己承担。

2016年11月5日，在秘鲁首都利马，周克秀（左一）在诊所内和候诊的患者们交流。（新华社记者申宏摄）

在将近两年的时间里，周克秀走访了秘鲁十多个偏僻省份，深入到一些交通不便的村落，将中国医术传播到落后地区，惠及更多人群。她回忆道，最多的一天接待了 70 多个病人，从早看到晚，午饭也顾不得吃。还有一次由于路不好走，扭伤了脚，周克秀硬是一声不吭，坚持看病，等结束后才发现脚已肿得穿不进鞋了。

如今，中医在秘鲁越来越受欢迎，利马城内开设的中医诊所已有四、五十家。除了来自中国的资深中医外，将近七成是秘鲁医生，其中部分人还曾到中国学习过。

奥兰多·莱瓦就是其中的佼佼者。1986 年，他和妻子一同获得前往北京中医药大学攻读针灸和艾灸硕士学位的机会，属于最早一批到中国学习中医的秘鲁医生。1989 年学成回国后，他在利马开了一家私人诊所，专门给患者提供针灸、推拿、捏脊等中医治疗。

据他介绍，当初诊所开始营业时，鲜有患者，即便是少数登门者，多半也是出于好奇，但看到针灸用的银针后，本能地感到害怕，也不敢尝试。于是，莱瓦决定另辟蹊径，开始去医科大学、医院、社区讲解中医基本原理和治疗方法，通过太极拳表演、针灸演示等方式拉近了秘鲁民众与中医的距离。

打消了患者对中医的疑惑和不信任感后，莱瓦诊所生意自然也就好了起来。对莱瓦而言，中国传统医学是一个"富矿"，了解越多，越觉得深不见底，因此他不断寻找各种学习机会，以便更好为患者服务。不仅如此，因中医而与中国结缘的他，喜欢中国的一切，不仅是太极拳、乒乓和美食，他还把孩子送到中国读书，希望孩子以后能在中国发展。

秘鲁人胡安·巴斯克斯通过太极拳与中国结缘。现年 63 岁的他，从 17 岁开始学习太极拳，并于 1993 年拜陈氏太极拳第十一代传人陈正雷为师，先后 20 余次前往河南进修，每次进修一个月。凭借刻苦练习和潜心研究，巴斯克斯的太极拳功底得到多方认可，多次在秘鲁武术比赛中获得奖牌。

1994 年，巴斯克斯开始在利马教授陈式太极拳，先后带过 100 多位学员，年龄最大的 80 岁，最小的只有 10 岁，基本上都是秘鲁人。53 岁的卡尔奇纳跟随巴斯克斯练习太极拳 13 年。她说，以前她是一个节奏很快的人，工作和生活压力很大，因为太极拳，她重新找回了内心的平静。

　　中医、针灸、太极拳，是秘鲁人认识中国传统文化的窗口，也是横跨在两大文明之间的桥梁，更是中秘人民之间建立世代友好的情感基础。在"中国制造"已经走进拉美的今天，中国传统文化之花正在秘鲁绽放，芬芳四溢。

从豆芽女商人到民间外交家

新华社记者　安晓萌

妆容淡雅，衣着端庄，举手投足率性而不张扬——她是原毅，既是一位在俄罗斯打拼多年的成功女商人，也是俄罗斯中国和平统一促进会（和统会）副会长，一名出色的民间外交家。

1996年，在国内高校任教的原毅随丈夫来到莫斯科。当时原毅不会讲俄语，国内考取的律师资格证也在俄罗斯行不通，24岁的她一切要从零开始。

初到俄罗斯，原毅与丈夫选择了从冷门的豆芽生意入手，豆芽种植销售成本低，风险小，资本运作周期短。不过，从肩扛手提挤地铁向餐厅供货，到打入当地知名国际连锁超市，再到让俄罗斯人接受并习惯食用豆芽，他们花了10多年时间，而其中的曲折艰辛不足为外人道。

如今，莫斯科市面上大约九成豆芽都出自原毅的绿色庄园股份有限公司。公司员工全是俄罗斯人，选种、生产、销售、运输，全流程本地化。她说，只要尊重俄罗斯员工的需求，大家合作就非常顺利。此外，法律专业出身的原毅还去莫斯科大学继续深造，获得法学博士学位。

原毅说，俄罗斯人做生意非常讲诚信，也大都单纯质朴，但这个民族的排外思想依然根深蒂固。不过，随着中俄两国民间经贸和人文交往加深，原毅明显地感受到，这种对华侨华人的排斥和敌意在逐渐减退。

2015年是中国人民抗日战争暨世界反法西斯战争胜利70周年，和统会计划举办一场图片展，铭记历史，缅怀先烈。原毅想到，在世界反法西斯战争中，中国与俄罗斯是并肩作战的亲密战友，应该借此机会，搞一场中俄民间互动的活动，深化双方友谊。

原毅提议，图片展应该在俄罗斯最具代表性的纪念场馆举行，这也是在俄华侨华人对国内"9·3"纪念活动的最好响应。于是和统会与莫斯科俄罗斯卫国战争纪念馆合作，联合推出"血写的历史——日本军国主义在亚太地区罪行"图片展。从中国收集的120余张历史图片深刻揭露了日本侵略者屠戮妇孺、虐杀战俘、进行细菌战和化学战等暴行。

和统会还邀请上百位参加过第二次世界大战的俄罗斯老兵观展。图片展在莫斯科好评如潮，原定一个月的展期延长了3个月，俄方还希望这次图片展在其他地区继续举行。

"得敢想、敢试才行。"图片展的成功举办令原毅备受鼓舞，她发现通过和统会的平台将华侨华人活动变为中俄民间交流与互动的机会，收效颇佳，有助于扩大在俄华侨华人的影响力。

今年"三八"国际妇女节，原毅一改以往华侨华人"闭门庆祝"的方式，

2016年5月31日，原毅在俄罗斯索契举行的"第二届中俄中小企业实业论坛"上发言。（图片由原毅提供）

邀请俄罗斯欧亚妇女论坛、俄中友好协会和上合组织政治人权基金会的女士们共同举行联欢活动，参加联欢的中俄人士各半。身穿旗袍的华侨华人妇女代表，与俄罗斯功勋艺术家同唱中俄经典老歌，气氛相当热烈。

除了和统会副会长和企业家的身份，原毅还身兼数职：北京德和衡律师事务所莫斯科分所主任、俄罗斯"一带一路"商务法律服务中心主任、"俄罗斯之声"广播电台《法律园地》专栏主持人……

切换于如此多角色之间，原毅却"不嫌累"，坦言自己"闲不住"。她还出任"民间外交家"，促成自己的家乡河南省同科斯特罗马州结成友好省州、莫斯科州洛布尼亚市与山东泰安市结为友好城市。

即使已在海外生活 20 年，原毅依然心系祖国。她说："如果全球 6000万华侨华人都能为中国尽上微薄之力，那么形成的影响力将极其巨大，因为这 6000 万人还能影响身边更多的人。"

巴勒斯坦有了首家中医诊所

新华社记者　高路

　　经过一年多漫长的等待，巴勒斯坦人乌萨马·哈比巴拉的中医诊所终于在 2016 年 9 月在约旦河西岸城市拉姆安拉开张了。这是巴勒斯坦地区首家中医诊所，意味着哈比巴拉将中医引进巴勒斯坦的梦想迈出了成功的第一步。

　　诊所坐落在拉姆安拉市中心一所五星级酒店内，哈比巴拉将它命名为"道"诊疗中心。别看诊疗中心只有一张病床、一位医生，但四处挂满了富有中国气息的装饰物：中医内经图、"贵在人和"书法作品，以及治疗所用的银针、火罐等工具。

　　哈比巴拉说，巴勒斯坦的中医正在起步阶段，当地人正在慢慢了解和熟悉陌生的治疗方法和养生哲学。

　　哈比巴拉早在 2003 年就与中国结缘，当时他还是一名学习中文的留学生。来到中国不久，哈比巴拉便被神奇的中医所吸引，一心拜师学艺。凭借着刻苦与毅力，哈比巴拉修完北京中医药大学 5 年学业，在临床实习两年多后回到家乡。

　　返回巴勒斯坦后，哈比巴拉最大的梦想就是开一家属于自己的中医诊所。由于哈比巴拉是巴勒斯坦的首位中医，卫生部官员对中医并不了解，直到 2016 年 6 月才批准他的行医执照，并在 8 月为他的诊所颁发了营业执照。如今，哈比巴拉的诊所可以进行推拿、针灸、拔罐、刮痧等治疗。

　　哈比巴拉说，生活在战乱与贫困交织的环境下，巴勒斯坦人的精神压力相比其他地区更加明显，加之传统的巴勒斯坦社会并不十分重视体育锻炼，导致当地人精神与身体健康状况不断下降，很多人长期受高血压等慢性病困扰。

　　治疗慢性疾病本就是中医的特长。与西医相比，传统医学更加注重调节人体全身机能，避免"头痛医头、脚痛医脚"带来的弊端，而且副作用极小。

　　能够在自己的诊所内为病人诊病，将中医所学为当地人服务，这让哈比巴拉十分开心。他坦言，中医在巴勒斯坦仍然属于新鲜事物，让当地人了解当中的精妙并没那么容易。

　　"中医诊疗在巴勒斯坦刚刚起步，还是不为人知的新事物。除了治疗，我尝试着向病人介绍不同于西医的整体养生方式，包括运动、营养和全新的生活方式等。"哈比巴拉说。

　　萨米尔·卡迪里是哈比巴拉中医诊所的一位患者，患有视网膜色素变性，

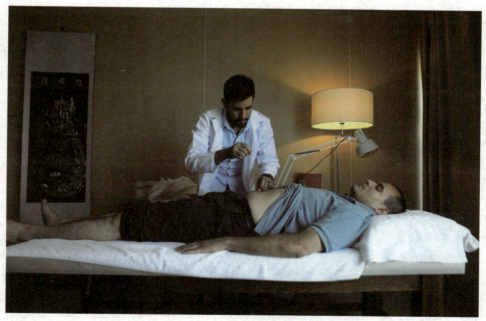

2016年9月16日，巴勒斯坦人乌萨马·哈比巴拉在他的诊所内为病人做针灸治疗。这是巴勒斯坦地区首家中医诊所，坐落在拉姆安拉市中心一所五星级酒店内。（新华社记者刘立伟摄）

这是一种无法彻底治愈的疾病。当听说中医可能对这种病症有效后，卡迪里前往中国尝试。尽管治疗过程很痛苦，但他的病情的确有所好转，这让卡迪里对中医的神奇功效不再质疑。

卡迪里回到家乡后，希望继续借助中医针灸治疗眼疾。听说哈比巴拉开办了第一家有正规资质认证的中医诊所，卡迪里立刻前来接受治疗。

对于这样的疑难病患者来说，中医为他们打开了另一扇门。巴勒斯坦缺医少药，医疗条件相对落后，引进中医或许能够帮助他们拥有健康、快乐的生活。

经过半年多的悉心经营，如今哈比巴拉的诊所已经逐步走上正轨，慕名而来的患者也越来越多。最让他想不到的是，许多的巴勒斯坦人对中医乃至中国文化感兴趣，以至于不断有当地媒体找他采访，请他讲述中医的奥妙。

"中国是我的真爱，"哈比巴拉这样说。从自费留学到接触中医，他对中国文化的认识也从新鲜和好奇升华为理解与共鸣。

哈比巴拉说，巴中两国人民的传统友谊是推动双方文化交流的有益土壤，但其中还需做很多努力。他介绍说，去过中国的巴勒斯坦人不在少数，可大多数人是瞅准了中国的生意机会，对当地文化并没有太深入的了解，"实在太可惜"。

他认为，中医正巧成为向当地人介绍中国文化的突破口。看到神奇的中医能够有效治疗发病率高的慢性疾病，还对美容、减肥等有特殊功效，越来越多的巴勒斯坦人会自然而然地亲近中国文化。

每当有患者前来，哈比巴拉都会不厌其烦地向患者介绍中医独特的治疗和调理方式。"中医是一种生活方式。人体具有内在的平衡，一旦平衡被打破，人就会生病。因此，中医是治疗这种不平衡，并让人体恢复平衡的方式。"

如今，哈比巴拉有个更大的梦想：希望建一所中国文化中心，不仅有中医诊所，还包括武术、太极等课程，全方位向巴勒斯坦人介绍中国文化，把中国文化的精髓与阿拉伯文化相结合，让更多家乡人民因此受益。

缅甸青年人的中国文化情

新华社记者　刘奕湛　汤丹鹭　韩新颖　庄北宁

　　"我喜爱汉语，也热爱中国文化。"

　　李雪桃是一名法律专业的缅族大学生，3 年前开始学习汉语。从那时起，她就在心中设下一个"小目标"：申请到去中国留学的机会，学习中国语言和文化，并希望回国后成为一名缅甸本土的汉语教师，与更多缅甸青年交流中国文化，讲述中国故事。

　　中国与缅甸山水相连、唇齿相依，两国人民更是心意相通、交往密切。

　　"中国的书法特别吸引我，我学过一些毛笔字，它们看起来就像是翩翩起舞的少女，美极了，"正在缅甸曼德勒福庆学校孔子课堂学习汉语的学生刘安经用汉语对记者说。

　　从 11 岁开始学习汉语，断断续续地学了 6 年，这名缅籍华人是第三代移民。"从小父亲就让我学习汉语，但因为上学的问题，中间停了几年，现在我大学毕业了，学习汉语一定要坚持下去，"刘安经说。

　　在这家孔子课堂学汉语的学生中，不少人还在尝试用毛笔写汉字，刘安经对自己写的"华"字感觉比较满意。他有些腼腆地说："班上还有同学要跟我比谁写得更好看呢。"

　　除了汉字，刘安经还知道一些中国成语，比如"邯郸学步"和"趁热打铁"。他对记者说："这样的成语在缅语中有相似的俗语，意思也类似。"

近年来，缅甸兴起了"汉语热"，不少青年人开始接触汉语，学习汉语。除了华文学校，一些寺庙里的学校也开设了汉语课程。刘安经和同学们会作为志愿者去那里教一些贫困儿童和孤儿学习简单的汉语。

"2010 年开始，福庆学校将高学历本土教师外派至曼德勒市以外的其他城市教学点，目前已经有十几处，涵盖曼德勒省、实皆省、马奎省、掸邦和克钦邦等多地，"福庆学校校长李祖清说。

在缅甸，人们对中国的影视剧并不陌生。《西游记》曾在缅甸民众的心里留下了非常深刻的印象。"剧中的美猴王演得棒极了，还有八戒，"缅族学生杨秋芳对记者描述起剧中的一些内容。

不少缅甸民众很小的时候就是孙悟空的忠实粉丝。几年前，孙悟空的扮演者六小龄童到访缅甸，再次掀起了"美猴王热"。

不光是那时的经典，今年刚刚在国内引爆话题的电影《湄公河行动》也

2016 年 11 月 4 日，缅甸曼德勒福庆学校孔子课堂的学生正在上课。（新华社记者庄北宁摄）

在缅甸掀起了一股热潮。虽然电影没有缅语配音和字幕，但故事内容的贴近性、激动人心的情节和宏大的动作场面仍然吸引了众多观众。

谈起中国影视剧，一个名叫许琦红的女孩立刻来了兴致，她抢着用不太流利的汉语说："我喜欢看《微微一笑很倾城》，电影版和电视剧版我都看过，特别喜欢剧中的男演员杨洋。"

"平时也喜欢看一些韩剧，但是中国的影视剧也越来越吸引我们，"许琦红说，"《老九门》《诛仙青云志》《仙剑奇侠传》……是我身边的朋友经常在讨论的热门影视剧，对剧中的演员也都非常熟悉"。

谈到如果去中国，他们希望参观哪些名胜古迹时，很多受访的学生说："最想去北京看长城，'不到长城非好汉'！"

今年24岁的李忠明说："我去过一次中国，当时是到云南进货，但我还想去北京登上万里长城，当一名好汉！"

还有些缅甸学生表示，希望去看看北京灵光寺，那里供奉着佛牙舍利。缅甸是个佛教国家，在仰光大金塔的院里，专门有一座佛塔供奉佛牙舍利等身塔。这是中国工匠仿照灵光寺的佛牙舍利塔原样建造，然后赠送给缅方的。

创新

"键盘经济"在丝路上起飞

新华社记者 程云杰 赵宇

在哈萨克斯坦，25岁到30岁的年轻人已经成为"键盘经济"的主力军，网上购买机票、分期付款购物乃至网购海外商品已成为一种新时尚，阿里巴巴旗下跨境电商平台速卖通成为网民新宠。

在打造欧亚大通道和物流枢纽的征途上，哈萨克斯坦将与中国电商碰撞出怎样的火花？电子商务的推广将给"一带一路"沿线国家带来什么？

爱上速卖通

米捷特是哈萨克斯坦第一大城市阿拉木图的一位市民。在偶然发现速卖通针对海外用户销售中国商品后，他就开始经常浏览这个电商网站，还会研究一些资深买家在博客上贴出的购物心得，根据他们发送的购物链接，按图索骥，放心购买。

他说："在速卖通的购物体验很好。如果选择免费送货，到货时间差不多一个月或者一个半月。如果选择付费快递，不到两周就能到货。"

由于长期依赖能源和资源产业，哈萨克斯坦的轻工业不够发达，日用商品主要依赖进口。通过跨境电子商务，当地人足不出户就能买到中国质优价廉的商品。

米捷特说，在哈萨克斯坦下单后可以通过QIWI钱包进行支付，在市内任

何一部充值终端机上，输入账户代码就能充值，"网上购物很轻松"。

QIWI 钱包，类似支付宝，是俄罗斯企业开发的网上支付系统。由于阿里巴巴推出速卖通时就希望把它打造成一个"全球买，全球卖"的在线交易平台，阿里巴巴一直以开放的态度在各国开展合作。

阿里巴巴全球速卖通国际站负责人刘威说，速卖通的业务在海外主要以口口相传的方式推广，在俄语国家、西班牙、以色列等国都是比较领先的电商网站，很受欢迎。

根据网站统计分析商 Alexa 的数据，速卖通已经成为哈萨克斯坦排名第一的网上交易平台，其中服装、家居、数码产品等最受哈消费者欢迎。

牵手中国电商

2016 年 5 月，在哈萨克斯坦总理马西莫夫和阿里巴巴集团董事局主席马

2016 年 8 月 15 日，几名行人在哈萨克斯坦首都阿斯塔纳市中心走过。近年来，电子商务正迅速改变这个国家的面貌，25 岁到 30 岁的哈萨克斯坦年轻人已成为"键盘经济"的主力军。（新华社记者赵宇摄）

云的共同见证下，哈萨克斯坦国家主权财富基金、哈萨克斯坦电信公司和哈萨克斯坦邮政与阿里巴巴集团在哈首都阿斯塔纳签署战略合作备忘录，促进双方在电子商务、支付、物流等领域的合作。

"阿里巴巴看好哈萨克斯坦的过境运输潜力和物流业的发展，"刘威说。

哈萨克斯坦地处欧亚大陆中心，东南部与中国接壤，北部与俄罗斯相邻。作为丝绸之路经济带在中国境外的起点国，哈萨克斯坦力图通过改善基础设施，成为连接欧洲和亚洲的转运枢纽，提升货运效率，促进贸易增长。

位于中哈边境附近的霍尔果斯—东大门经济特区是哈政府着力打造的物流中心。特区管理公司第一副总裁贝尔玛奇说，如果特区陆港能与阿里巴巴这类电商平台形成更紧密的合作，国际贸易的便利性会大幅提升。

当前，从中国经霍尔果斯至欧洲的陆路运输时间只需 15 天，而传统海运要 40 天之久。贝尔玛奇介绍，与其他陆路口岸不同，东大门特区陆港的最大特色在于其巨大的货柜堆场，在那里可以把运往欧亚大陆各地的商品进行集中、分类，经过吊装换轨后运往不同的目的地，从而实现比海运效率高、比空运成本低的运输优势。

2015 年，从哈萨克斯坦过境转运的货物量同比大幅增加。根据哈方的规划，到 2020 年，霍尔果斯—东大门特区陆港每年的货物处理量将超过 400 万吨。

贝尔玛奇认为，贸易互联互通面临的主要挑战在于观念、技术和国家间的协调合作。"人们总是需要时间来接受新事物、新理念。中国'一带一路'构想为贸易互联互通方面的区域合作创造了新的机遇，我们非常期待同中国港口和电商企业的合作。"

构建电子贸易平台

不久前，二十国集团工商界活动（B20）完成一份包含 20 项政策建议的报告，将向二十国集团杭州峰会递交。

B20 中小企业发展议题工作组主席马云提议构建世界电子贸易平台

（eWTP）。他在北京接受采访时表示，世界电子贸易平台将致力于让更多中小企业、发展中国家、妇女和年轻人来参与全球性贸易。

他说，如果"一带一路"沿线国家的中小企业和年轻人能够毫无障碍地自由贸易，那将给世界经济带来翻天覆地的变化。

马云认为，古丝绸之路的开辟是中国最早的全球化构思，"一带一路"则是中国作为世界第二大经济体对于世界的担当。"一带一路"配上世界电子贸易平台，将给中小企业和发展中国家带来新的机遇，既能促进中产阶级的壮大，又有利于社会稳定和经济发展。

然而，在全球经济放缓、贸易保护主义抬头的情况下，世界电子贸易平台从倡议到落实，面临的主要难题还是如何使各个国家协调行动。

刘威指出，从速卖通的运营实践来看，不同国家的差异性很大，而且跨境物流发展水平取决于每个国家的基础设施建设情况和政府的支持力度，推进难度不小。

"'一带一路'沿线国家更愿意支持我们的业务，特别是在物流基础建设推进和海关进口政策优化等领域，"刘威说。

（参与记者：孙萍）

连接大河文明的"万里纽带"

新华社记者 唐霁 梁霓霓

19世纪中叶的汉口港，运茶船队穿梭不息，蔚为壮观。茶叶从汉口出发，沿水道一路向北，后转陆路继续北上，穿越西伯利亚，运抵俄罗斯的欧洲部分。这是继丝绸之路之后又一条横跨亚欧大陆的国际商道，史称"万里茶道"。武汉，曾是这条传奇商道的起点。

时隔一个多世纪，武汉再次成为一条联通亚欧商道的节点。这次，商道上的行进者，不是驮着丝绸和瓷器的驼队，不是载满茶叶的商船，而是铁轨上呼啸而过的中欧班列。中欧班列在武汉和欧洲城市之间运输货物、交流文化、融通理念，正在书写一段新的传奇。

"唯一没有生锈的铁轨"

中国武汉、德国杜伊斯堡、法国里昂，中欧武汉班列穿梭往来的这三座城市有着一个有趣的地理文化特征：每个城市都有两条河流：浩荡的长江和支流汉江在武汉交汇，宽阔的莱茵河与鲁尔河在杜伊斯堡交融，平静的罗讷河和索恩河在里昂交织。

2017年2月初，中欧武汉班列从法国里昂启程，途径杜伊斯堡开往武汉。这列满载着葡萄酒和汽车配件的火车历时15天左右，横穿欧亚大陆一万多公里，不久前抵达武汉吴家山中心站。

紧张繁忙的卸货和装载之后，火车又将拉着"中国制造"的机械、电子、化工产品和服装等货物，启程开往欧洲。如同"万里纽带"一般，定期往返的中欧武汉班列将这些依河而建立的城市、因河而繁荣的国家、由河而诞生的文明，紧密地联系在一起。

武汉汉欧国际物流公司董事长王利军介绍说，中欧武汉班列以德国、法国等工业制造强国和俄罗斯、白俄罗斯等资源大国为目标，始发于武汉，南线"汉新欧"经新疆到欧洲，北线"汉满欧"经满洲里到欧洲。统计数据显示，2016年，中欧武汉班列共发往返欧洲班列234列，同比增长42.68%，货值约8.59亿美元。班列快速发展的背后，是"一带一路"倡议的通盘布局，是共建丝绸之路经济带的实践落实。

2016年4月22日，一列从中国武汉始发的列车经过15天的亚欧之旅，满载货物缓缓驶入里昂韦尼雪货运站。这是武汉首次开行至法国的中欧班列，开启了武汉与法国经贸往来的新阶段。（新华社记者郑斌摄）

法国国家铁路公司中欧贸易发展负责人格扎维埃·万德尔皮蓬说："国际货运铁路变成了中国的一种竞争力，也使和中国合作的欧洲企业的竞争力大大增强。在法国，像大型零售连锁集团、汽车工业集团，都需要这种物流方案。越来越多的法国小型企业，更需要这种快捷的运输方式。"

汉欧国际德国公司总经理王甲璞告诉记者，中欧班列的欧洲用户正在快速增加，业界知名度也在迅速上升，最直观的反映就是班列运输量的上升，"比如白俄罗斯，我之前去过一次，发现边境城市里有几个铁路场站，铁轨都生锈了，唯独中欧班列经过的那个场站，铁轨还是锃亮的！"

"把婚纱照运往欧洲"

关于中欧武汉班列，有这样一条备受关注的新闻：由武汉发往杜伊斯堡的中欧班列"汉新欧"开通了"私人定制"铁路跨境货运服务。这意味着，今后国内个人自用的非贸易物品，可通过中欧班列"门对门"发往欧洲。

首位享受"私人定制"服务的用户是一位前往荷兰定居的新移民，他运送的是自己的婚纱照、窗帘、儿童玩具等个人自用物品。大概经历半个多月的时间，这些家当就从武汉运到了欧洲。

"以前班列运送的货物以工业产品居多，现在普通消费品越来越多，包括酒、奶粉、小商品，甚至是个人物品。"王利军说，中欧武汉班列从为大型制造企业提供专列服务开始，逐步发展为为中小企业提供公共班列服务，直到面向未来的为小微企业、跨境电商乃至个人提供拼箱服务。

王甲璞认为，中欧武汉铁路干线的运输已经稳定，未来将把服务往两端延伸，包括给客户提供"门到门"的完整物流解决方案，提供报关报检，解决"最后一公里"的仓储配送，发展铁路冷链运输等等。班列以运输起步，升级为物流，最后完善为供应链服务，让园区建设和产业落地相结合，这才符合国家"一带一路"的建设方向，也符合市场的发展方向。

"当中国茶遇到法国酒"

2016年，中欧武汉班列首次采用冷链技术，在"万里旅途"中全程使用冷藏箱，确保列车虽然经过高温和极寒地区，但始终保持恒温恒湿，并将波尔多葡萄酒从法国波尔多产区直接运回武汉，开始了葡萄酒跨国铁路运输。

在葡萄酒运输过程中，来自法国某酒庄的一位酒商让王利军非常吃惊，因为这位法国人来武汉推介自己酒庄的葡萄酒时，居然花了大段时间介绍如何保护葡萄酒产区的生态系统：鸟、昆虫、土壤、植被等。在这个法国人眼中，葡萄酒代表的并不是一个单纯的商品，它首先是人对自然规律的尊重。王利军突然觉得，"中欧班列从法国引进的不仅仅是产品，还有欧洲人的生活理念。我们应该把其他文化中精致的、有追求的、注重环境系统的东西都引进来。"

2017年，汉欧国际物流公司计划在武汉和法国各筹备一场"中国茶遇上法国酒"活动，旨在推进中国文化和法国文化的融合，通过中欧武汉班列通道，拉近武汉与法国的距离，带动中国茶与法国酒在中法两国之间的贸易。

"湖北的茶叶大多产自经济相对落后的地区，但相关行业还没有把'一带一路'倡议变成动力，缺乏对茶叶品牌的宣传，缺乏自己主动和国际标准对接的意识。中欧武汉班列通过创造'联通性'，产生贸易需求，将会对湖北茶叶走向欧洲市场产生积极的推动作用。"王利军说。

1957年法国前总理富尔到访武汉时，看到即将通车的武汉长江大桥连起蛇山和龟山，他深受触动，回到法国后著下《蛇龟》一书，暗喻中法两国就如蛇龟二山，需要一座"长江大桥"将天堑变通途。这本书影响了时任法国总统戴高乐，对此后中法正式建立外交关系也起到了积极作用。

今天，历史再次选择武汉。从这片荆楚大地上发散出的中欧班列路线，跨过长江，延伸到更广阔的远方，将中国和欧洲更加紧密地连接在一起。

塔吉克斯坦的"中国"棉花

新华社记者　周良

　　进入 10 月，塔吉克斯坦南部哈特隆州的库尔干秋别市已有些许寒意。市区外一片一望无际的棉花种植园，成熟的棉花就像刚刚落下的雪花，十几台现代化大型棉花收割机正在田间忙碌着。

　　与此同时，塔吉克斯坦丹加拉市附近的一座现代化纺织厂机器轰鸣，这里生产的高级纱线正源源不断地发往世界各地。棉花种植园和纺织厂都是新疆中泰（集团）有限责任公司（简称中泰集团）在当地投资建设的项目。

　　2014 年，为落实"一带一路"倡议和企业"走出去"战略，中泰集团和新疆生产建设兵团联合启动了中泰新丝路塔吉克斯坦农业纺织产业园项目，依托新疆多年的棉纺织产业、区位、技术优势和塔吉克斯坦的环境、市场、人力资源优势，在当地打造一个现代化棉花产业基地，带动当地棉花产业，助力塔吉克斯坦经济发展。

　　短短 3 年，产业园从蓝图变成现实。目前已有中泰新丝路纺织产业有限公司（简称中泰纺织厂）、中泰农业产业有限公司、金谷农业公司 3 家中资企业入驻，投资 11 亿元人民币，并已形成棉花种植、加工和销售的产业链。

　　中泰纺织厂董事长肖瑞新说，这一地区昼夜温差大，种出的棉花纤维细、强度高、含糖量低。但因种植技术落后、农机老化等原因，当地农民种植棉花基本是靠天吃饭，产量效益很低。而中国企业在棉花种植技术、深加工及

资金方面有优势。中泰集团在当地建纺织产业园，就是利用了双方的优势。

从立项开始，产业园建设就得到塔吉克斯坦政府大力支持。塔方向中泰农业产业有限公司和金谷农业公司分别无偿提供了 22 万亩和 18 万亩地种植棉花。这些土地曾是棉花地，后来长期荒芜。中国公司精准播种、精准施肥，以及机械化采棉的棉花种植技术，颠覆了当地人靠天吃饭的棉花种植观念。当地农民纷纷改种棉花，当地经济因棉花种植面积大幅扩大而受益匪浅。

在轧花厂里，一位名叫拉佐达的当地棉农拿着刚刚卖完棉花得来的厚厚一沓钞票，异常高兴。他说，当地纺织厂规模小，厂家收购棉花经常打欠条，而在中国公司的纺织厂卖完棉花就能拿到钱，现在当地人都把棉花送到这里。

离轧花厂不远的纺织厂，纺轮飞转，从轧花厂运来的皮棉正在这里制成高级纱线。今年 8 月，中泰纺织厂年产 6 万锭纱线的一期项目竣工投产。依靠塔吉克斯坦的优质棉花和中泰纺织厂的先进设备，这里生产的高级纱线供不应求，产品还没下线就已订购一空。

2016 年 8 月 31 日，塔吉克斯坦总统拉赫蒙视察中泰纺织厂。（塔吉克斯坦总统府新闻局供图）

　　肖瑞新说，中泰纺织厂从厂房设计到主要设备都是世界上先进的，中泰纺织厂把塔吉克斯坦的纺织装备水平整整提升了 30 年。中泰纺织厂还将修建织布、印染和成衣车间，到时每年就能给塔吉克斯坦政府带来 1 亿元人民币的利税，给当地提供数千个就业机会，将极大地促进当地经济发展。🔴

玉米地"掘金记"

新华社记者 陈瑶

"今年赚了多少钱？"面对如此直白的问题，吉尔吉斯斯坦楚河州伊斯克拉镇东干族农民卡里莫维奇笑而不语。他端起热腾腾的红茶喝了一口，然后回答说："今年种的中国玉米，收成比原来翻了几倍，赚了不少钱。"

说完他望向开始飘雪的窗外，眼中充满对来年更好收成的期许。

略带外交范儿的回答并不是卡里莫维奇故意拐弯抹角。低调做人、踏实**干活一直是**吉尔吉斯斯坦东干人身上的一种特质，是中华民族留在他们血液**中的基因**。而如今，中国先进农业技术的引入更为他们提供了发家致富的良机。

儿孙满堂 养家任重道远

卡里莫维奇家中共有 16 口人，都住在镇子主干道旁的一个大院里，家庭收入主要靠种植玉米和少量洋葱、胡萝卜。成年的儿子们跟着他干农活，较小的孩子还在上学。家中所有女性则按照吉尔吉斯斯坦的传统在家操持家务。

天空开始飘起雪花，卡里莫维奇的儿媳妇在热气腾腾的厨房忙活做饭，一会从冰箱拿出新鲜的蔬菜，一会又将放好配料的食材放进大烤箱。身着粉色毛衣的她在现代化的红色整体橱柜旁忙碌，相映成趣。像这样的厨房装修在伊斯克拉镇算是"顶配"。卡里莫维奇也一直对他家的厨房很满意。

"家里人多，有钱了，把厨房捯饬一下，生活起来更舒适。"卡里莫维奇说。

作为一家之主，把 16 口人的家经营好，是他最主要的人生目标。

为此卡里莫维奇也没少想办法，种过地务过农，去首都打过工，还开过货车，最后发现种植中国研发的玉米新品种为他打开了一扇全新的创业之门。

勤劳致富　中国科技来助阵

卡里莫维奇 1970 年出生，1996 年开始务农，种地的营生累计已经干了20 年。

种过地的人都知道，庄稼的收成不是单纯靠天吃饭，勤奋、经验和技术同样是丰收的关键因素。

在吉尔吉斯斯坦农村，传统的当地村民有不少靠放牧为生，而像卡里莫维奇这样的东干人祖上从中国甘肃、陕西一带迁至吉尔吉斯斯坦后便开始耕地种田。依靠老祖宗传下的"种地经"加上自己多年摸索的经验，卡里莫维奇在镇上算得上种地能手，尤其在引水挖沟灌溉方面的强项，让他在当地也

2017 年 1 月，农民卡里莫维奇在装满玉米的集装箱里检查玉米。（新华社发　罗曼摄）

小有名气。可是，依靠传统种地方法获得的收入越来越无法满足日益壮大的家庭的开支。

"过去种玉米、洋葱和胡萝卜，产量一般，勉强度日。从购买种子开始便有无数个坑：种子质量参差不齐，产量会受影响；好不容易收割，还要受到大小年市场价格波动的影响。忙活一年，年底大丰收也未必能有好收益，"回忆起过去种地无法保证收成和收益的日子，卡里莫维奇恍如隔世。

"走，去家门口的大货车里看玉米。"卡里莫维奇喝完茶突然有了兴致，叫上儿子们和记者来到院外停放的沃尔沃集装箱式半挂车后侧，打开集装箱的双开门，里面堆满了黄灿灿的玉米。

卡里莫维奇拿起几根玉米棒子说："这是亚洲之星农业产业合作区育种的高科技玉米。每公顷能产十几吨玉米！以前我再努力，最好成绩也只有每公顷 4 吨左右。"

2016 年春，看中卡里莫维奇种地的能力，位于伊斯克拉镇的吉尔吉斯斯坦亚洲之星农业产业合作区主动联系他，将河南农科院研发、由合作区育种成功的郑单 1002 和郑黄糯 2 号玉米提供给他种植，并承诺到收获时若卡里莫维奇愿意，合作区将回收他的玉米。

接到这样的合作邀请，卡里莫维奇立即把之前自己耕种的 10 公顷地通过租赁形式扩充到了 30 公顷。这让他受益匪浅。

卡里莫维奇伸出十根手指笑着说："2016 年的收益比上一年翻了这么多！"

2011 年 11 月，河南贵友实业集团在伊斯克拉镇开始投资建设吉尔吉斯斯坦亚洲之星农业产业合作区，围绕种植、养殖、屠宰加工、食品深加工等进行开发。

经过五年时间，该合作区因完善的基础设施、完整的产业链条以及绿色生态的运营理念成为独联体地区农业产业合作区的佼佼者，2016 年 8 月 4 日，中国商务部和财政部认定其为国家级境外经贸合作区。吉尔吉斯斯坦政府也开始向合作区提供多方面的优惠政策。

中国研发的玉米新品种在当地育种成功后，亚洲之星农业产业合作区便开始联系当地农户种植，并签订订单合同。这样做一方面可以推广这款高产玉米，让当地农户享受到中国农业技术的好处，另一方面可以借助农户力量扩大种植，并把回收的玉米作为合作区养殖用的饲料。当然，农户也可以在市价高于合同回收价时向市场出售。

对于这样的合作，卡里莫维奇觉得方便又划算。他说："既不用担心玉米种子的质量，也不用和其他玉米商拼价格，亚洲之星回收我的玉米有保护价。收益不仅有保障而且还大幅增长。"

撸起袖子　和中国人一起加油干

卡里莫维奇说，他有一颗爱走走看看的心。因为家里人多、活多，所以出去的机会不多。尽管如此，他还是抽空去了中国新疆、甘肃、陕西等地。

"我去过中国 4 次，每次回去都有很不一样的感受。如果再去中国，我要去坐坐高铁，还要去看广州和上海。"

在甘肃等地，卡里莫维奇甚至还找到了一些远房亲戚。这些亲戚大多务农，也有经商的。

"中国亲戚的生活比我们这里强。最让我羡慕的是中国政府还会给农民提供农机具购置补贴。"卡里莫维奇指着屋外停着的一台拖拉机和两辆大货车说，这些车辆和农机具全都是他自己掏腰包购买的。

在中国走亲访友看完风景后，卡里莫维奇还花了 3000 美元让儿子们也去乌鲁木齐感受了一把中国发展。

"事实证明我的钱没有白花。儿子从中国回来后干劲十足，效率明显提高，这让我很惊喜。"卡里莫维奇瞅了一眼身边 1992 年出生的二儿子，笑着说。

尽管自己没有正式念过学堂，卡里莫维奇却很重视儿孙的教育。他鼓励孩子们认真学习，取得优秀的成绩，以便能够申请亚洲之星给伊斯克拉镇提

供的去中国学习的机会。

"现在我的外甥女正在准备完成她的 9 年基础教育，要是成绩优秀符合条件，她可以去申请亚洲之星提供的助学机会，去中国留学。"卡里莫维奇很高兴看到年轻一代努力学知识的冲劲，因为他深知给他一家带来巨大变化的小玉米，其中的奥秘是什么。

除了与卡里莫维奇等农户进行玉米种植合作外，亚洲之星在伊斯克拉镇还招聘了不少当地员工从事畜禽养殖、屠宰以及农作物大棚种植等工作。规模化的养殖和专业化的操作让这些原本只会在自然状态下放牧、农耕的农牧民学会了不少新知识和新手艺。

"我们镇里都希望亚洲之星能越办越好，也希望更多中国人能来我们楚河州投资。到时候我们一定和中国人一起并肩干！"卡里莫维奇说。

吃完午饭，卡里莫维奇带着儿子们驱车来到两公里开外的玉米地。整片地被白雪覆盖着。卡里莫维奇手中攥着几根玉米棒子，和儿子们盘算起来年："我想去和合作区谈谈下一步计划，如果谈得顺利我想把地扩大到 100 公顷。"

古丝绸之路上的巴米扬大佛"复活"了

新华社记者　赵乙深　朱俊清　报道员　法里德·巴布德

当光照亮空寂 14 年的佛窟，那一刻，佛光流转，肃穆升腾，被阿富汗塔利班炸毁的巴米扬大佛"复活"了。

2015 年 6 月 6 日晚，一对中国夫妇及其技术团队通过创新的建筑投影技术将 53 米高的巴米扬大佛以金色影像进行 3D 还原，再现了这尊曾经的世界最高立式佛。

现场一千多民众欢呼雀跃。人们不禁畅想古丝绸之路上的文化重镇——巴米扬古城昔日的安宁与繁荣，憧憬在"一带一路"倡议下，这座古城乃至整个阿富汗可以重拾往昔荣光。

张昕宇、梁红夫妇是环球探险旅行家，他们的足迹遍布全球 100 多个国家，创造了多个中国人在探险领域的"第一"。同时，他们也是十足的"技术控"。

在一次旅行中，他们途经阿富汗，亲眼看到当地百姓在贫困与恐袭中艰苦地生活，强烈意识到和平与稳定对一个国家多么重要。

"很多巴米扬的孩子告诉我，他们从没看到过大佛真正的样子，只看到空空的佛窟，"梁红说。

在阿富汗中部的巴米扬地区，曾经耸立着两尊巨大佛像，其中较高的一尊高约 53 米。两尊大佛于公元 4 世纪至 6 世纪建成，被雕刻在巴米扬谷地的山崖之上。2001 年 3 月，塔利班不顾国际舆论强烈谴责，用炸药和大炮

炸毁了这两尊佛像。十多年来，多个国家的专家学者试图复原佛像，均未能如愿。

在阿富汗的所见所闻，催生了夫妇二人为当地人做点什么的愿望，而逐渐为国内外所熟知的"一带一路"倡议更坚定了他们向中阿两国友谊致敬的决心。

"一带一路"是丝绸之路经济带和21世纪海上丝绸之路的简称，这一倡议由中国国家主席习近平于2013年提出。曾经是古丝绸之路沿线重要国家的阿富汗如今也是"一带一路"倡议所涉及的节点国家。

对大型佛像进行建筑投影并不简单，稍不留神就会因高温对佛像遗迹造成二次损害，加剧其裂塌。在这次投影之前，有日本科学家想用激光技术进行影像还原，却因技术不成熟未获联合国批准。

2003年，联合国教科文组织将巴米扬大佛及巴米扬谷地的其他文化景观

图为2015年6月7日在阿富汗巴米扬大佛原址拍摄的通过光影技术重现的巴米扬大佛。（新华社发　张昕宇摄）

和建筑遗址列为世界文化遗产。自 2001 年佛像被塔利班炸毁后，联合国教科文组织先后牵头组织过几次保护和修复工作。

为保证投影安全及还原的真实，张昕宇和梁红专门组建技术团队，聘请喀布尔大学阿富汗文化研究专家南希·杜普里为顾问，并多次前往当地博物馆查看 1500 多年前的佛像资料。

在技术层面，团队使用金属卤素灯泡作为光源，并在灯泡外面加了特制的石英玻璃隔热以减弱能量。"当光源和佛洞洞壁的投射距离达到 95.5 米时，对洞壁造成的影响仅相当于日光照射。我们带了激光测距仪精确测试距离，还带了红外热像仪测试温度，"一名团队成员说。

最终，巴米扬文化信息局局长卡比尔·达德烈斯认定，"这是一次科学而严谨的投影安排"。计划获得了阿富汗文化部门和联合国教科文组织的批准。

完成前期准备工作后，6 月 5 日上午，团队成员乘飞机从喀布尔抵达巴米扬。第二天，他们完成搭脚手架、搬运器材、实地测量、胶片制作等流程。傍晚，当投影灯光通过彩色胶片，将金色立体佛像映射在原本已被炸空的佛窟里时，巴米扬当地的哈扎拉人在欢呼声中载歌载舞，像过节一样。

"当我看到人们脸上的笑容时，我知道我们所做的一切都十分有意义，不仅对巴米扬人，对我们自己也一样。我们希望通过一种方式帮助当地人，而重现大佛就是我们能做的最好的事情，"梁红说。她希望阿富汗能尽早实现和平与安全。

6 日和 7 日两晚的投射一共进行了 10 个小时。6 月 7 日早晨，团队收到联合国教科文组织发来的邮件，称团队可能会因为重现大佛而遭遇恐怖袭击。警报的级别为灰色，即有潜在袭击的可能性。

在被阿富汗媒体广泛报道后，张昕宇和梁红连续几天都接到了灰色预警。据说，塔利班为缉拿夫妇二人，悬赏每人 5 万美金。

重现大佛成功后，中国团队将价值 10 万美元的整套光影设备赠送给了当地政府，希望他们每年都把大佛影像呈现给当地民众。

　　张昕宇和梁红说："这些阿富汗人不会记得我们叫什么，更不会记得我们来自哪个单位，但他们肯定会记得有几个中国人来过这里，做了这么一件有意义的事。"

行驶在德黑兰的中国地铁

新华社记者　杨定都　郑开君　罗晓光

德黑兰地铁 5 号线延长线上，一趟驶向德黑兰西郊的双层列车，窗户敞亮，座椅宽大，车速平稳，乘坐舒适。朝车窗外望去，沿线的房屋、工地和绿化带从眼前飞驰而过。这条铁路线由中国公司承建，采用一系列创新技术，列车来自中伊合资工厂。实际上，伊朗首都德黑兰的地铁线路和地铁车辆都是如此。

德黑兰地铁 1、2 号线由中信国际承建，3、4、5 号线由北方国际承建，车辆全部由北方国际、中车长客（中车长春轨道客车服务有限公司）与伊方合资的德黑兰轨道车辆制造公司提供。

受制裁影响，西方公司陆续撤出伊朗市场。伊核问题全面协议达成后，虽然联合国解除了对伊制裁，但美国仍禁止本国企业和个人与伊方合作，大部分欧洲企业担忧制裁卷土重来，对伊朗市场也持谨慎观望态度。

在此背景下，伊方通过加强与中资企业合作，缓解本国资金紧缺、技术落后的困境。以地铁行业为例，中资企业的加入，不仅帮助伊朗完成了西方公司撤离后留下的"烂摊子"地铁项目，合资公司还提升了伊朗自主生产轨道车辆的能力。

中伊合资德黑兰轨道车辆制造公司下属轨道车辆组装厂厂长沙德满尼·达乌德说，目前该厂在中东地区处于业内领先地位，这少不了中方技术和投资

的功劳。下一步，伊方还希望从中国引进更多更先进的创新技术和设备。

　　达乌德掌管的组装厂是合资公司四座工厂中最重要的一座，位于德黑兰南郊，有近千名员工，包括360多位技术管理人员和600多名工人，另外还有7位来自中车长客的工程师。

　　组装车间里，技术工人西亚马克·卡西米正忙着给车顶的空调系统布线。这是一项高精度的工作，误差范围要控制在2毫米以内。卡西米说，他去中国参加过两次为期30天的培训，很佩服中国的先进技术和敬业精神。

　　合资厂的工作不仅给卡西米带来了稳定收入，还让他学到了先进技术。如今，技术娴熟的卡西米一天能独立完成7、8个零部件的安装。他说，在这家中伊合资工厂工作感到"非常骄傲"。

　　中车长客驻德黑兰总代表王建元说，为保障伊朗地铁运营，中车长客的工程师经常带着伊朗"徒弟们"白天抢修突发故障，晚上检修维护，周末还要对车辆进行测试。

2016年9月5日，乘客在伊朗首都德黑兰的盖塔里耶地铁站等待列车。（新华社记者郑开君摄）

前不久，德黑兰地铁机场线一列车厢的空调出现故障，为了找出故障原因，几名中国工程师带着伊朗技工，逐一排查并替换配件，当时现场还没有所需备用件，需要从其他地铁线路或仓库借调。

参与那次维修的中车长客售后服务站经理刘金彪说："有的人在现场测试诊断，有的人去其他线路车辆段借配件，手续繁琐。各车辆段之间距离很远，地面交通拥堵，团队连续忙碌了一天一夜。"

来自中国的先进技术、设备和工程师，为保障德黑兰每天可达四五百万人次的地铁出行做出了巨大贡献。北方国际伊朗经理部总经理姜国行说，德黑兰现有的五条地铁线路已形成十字形轨道交通网络雏形，但相对德黑兰与日俱增的人口和不断扩大的城市规模，还有很大的发展潜力。

伊朗其他主要城市，如马什哈德、伊斯法罕、设拉子、大不里士、卡尚、库姆等都在加紧地铁建设，市场潜力巨大。伴随着"一带一路"热潮以及联合国对伊制裁的放松，中伊能源、高铁、汽车、基建等领域的合作今后也有望不断加深。

马达加斯加竹业发展借助"中国力"

新华社记者　文浩

2010 年，当汉塔·拉贝塔里亚娜作为马达加斯加首位竹子供应商成立自己公司时，她就已经意识到马达加斯加竹业的发展必须要借助外力，尤其是"中国力"。

公司成立之前，汉塔曾在印度尼西亚学过竹子种植，但在创业之初她还是遇到了各种难题，缺原料、缺技术，更困难的是没有国家政策扶持。

2013 年，汉塔有幸通过中国政府的审核，获得赴中国接受竹业培训的宝贵机会。正是这次为期两个月的培训让汉塔真正了解了中国竹业，并看到了自己国家竹业发展的希望。

汉塔说："中国竹业世界领先，我当时选择去中国培训就是想为自己面临的各种难题找到答案。"在中国，竹子被广泛应用于面料、活性炭、甚至饮料等行业，这给汉塔留下了深刻印象。

虽然马达加斯加的竹业尚处在待开发状态，但汉塔坚信这一行业会在马达加斯加蓬勃兴起，因为这座非洲第一大岛屿拥有非洲最多样的竹子。而且，作为一名环保人士，汉塔认为竹子种植也是一种绿色行为，因为相较于其他树木，竹子能吸收更多的二氧化碳。"从中国回来，我就下决心普及竹子种植技术，我要培养马达加斯加自己的技术人员。"为此，她在 2015 年创立了发展竹业的"绿色就业计划"。

正因为汉塔的不懈努力，她于 2015 年 10 月被任命为马达加斯加环境环保森林部秘书长。从上任的第一天起，汉塔又肩负起了另一项使命——为马达加斯加政府制定第一个竹业发展政策。

中国政府的森林政策给了汉塔启发。"中国的政策有利于各方，三分之二的盈利会返还给竹子种植者和经营者，在国家和私营行业之间形成了平衡的合作关系，使森林项目的发展形成了良性循环。"

在汉塔看来，马达加斯加还需要至少五年的时间才能种植出足够的竹子用于再加工，与中国相比，马达加斯加在竹业上更是"落后了一百年"。

这种差距让汉塔意识到，要想更快地发展马达加斯加的竹业，除了鼓励本国从业者多学多做之外，还要向中国"借东风"——让马达加斯加的公司与中国的公司结成"姐妹公司"。

随着中国"一带一路"倡议不断推进落实，汉塔已经迫不及待要邀请两

图为用马达加斯加本地竹子加工制作的家具产品。马达加斯加是非洲第一大岛，这里拥有非洲最多品种的竹子。该国竹子加工行业未来发展前景广阔。（新华社记者文浩摄）

到三家中国公司落户马达加斯加东海岸。同时，她也在积极筹备政府、竹业经营者和种植者之间的三方会谈。

汉塔说："三年前，我放下自己的公司奔赴中国求学，这段经历成为我人生的宝贵财富。在马达加斯加发展竹业始终是我唯一的目标。为了可持续发展，是时候付诸行动了！"

匈牙利老牌化工企业"重生"记

新华社记者　郑开君　杨定都　于帅帅

沃陶伊·鲍拉日看上去似乎并不想回首那段挣扎的岁月。"如果不是中国人的到来，事情很可能不会像现在这般进展顺利、充满希望，"他幽幽地说。

35 岁的鲍拉日是匈牙利老牌化工企业宝思德公司里一条生产线的负责人。成立于 1949 年的宝思德曾创建了该国第一座聚氯乙烯化工厂，但在 2008 年金融危机中陷入困境，当时企业的所有者只是金融投资者，对于专业技术重视不够，工人的创造力无从施展。

"（那时）公司处于破产边缘，我们很可能失业，大家都很绝望，"鲍拉日的同事翁博迪·加博尔对新华社记者说。

此后，一家中国企业来到宝思德总部所在地——一座名为考津茨包尔齐考的匈牙利北部小镇。经过两年谈判，来自山东烟台的万华实业集团有限公司于 2011 年初完成了对宝思德的收购，并通过输出中国管理模式和业内领先的生产技术，使这家匈牙利最大的化工企业在 2014 年扭亏为盈，重获新生。

这一互利共赢的合作案例，与当前中匈两国推动中方"一带一路"倡议与匈方"向东开放"政策战略对接的努力和目标高度契合。

自习近平主席 2013 年提出"一带一路"倡议以来，目前该倡议已得到 100 多个国家和国际组织的积极响应和支持，一大批早期收获项目落地开花，为国际社会提供了更多公共产品。而匈牙利是第一个确认加入"一带一路"

的欧洲国家。

在鲍拉日看来，双方合作给宝思德及其员工带来的好处是显而易见的。他指着办公室墙上的一张图表，略带骄傲地向新华社记者介绍他和同事在过去一个月里向企业提出的改进生产流程的新招。

这就是中国企业带来的新型管理模式之一：精益管理——让员工参与到企业创新中来，鼓励员工针对自己的岗位提出改进建议，并将改革带来的部分效益奖励给个人。鲍拉日说："整个公司因此变得更加严谨且充满活力，公司运转得越来越好。"

2015年，宝思德实现调整前净利润5000多万欧元，2016年预计调整前净利润达到9000万欧元。

更让工人们感到欣喜的是，收购宝思德后万华没有裁减任何一名当地员工。实际上，万华接手宝思德时，这家企业的财务状况非常糟糕。"那时有

2016年9月21日，一名技术人员在匈牙利东北部考津茨巴尔齐考的万华宝思德化学公司一间监控室内工作。（新华社记者郑开君摄）

3300 多名工人，公司已经陷入资金流动性几乎为零的窘境，但是收购后没有人被解雇，"公司仓库的叉车司机拜赖茨·奥斯托德告诉新华社记者。

在这个仅有 3 万人口的工业小镇上，几乎每十个人里就有一人在宝思德工作。因此，保住这三千多人的工作饭碗对小镇的重要意义可想而知。

万华还凭借业绩和管理，平息了关于环保和生产安全的担忧。"万华是行业内的专家，它有信心让宝思德焕发新的生机，为我们创造更好的工作机会。我们相信它！"奥斯托德说。

对于这场双赢的并购，专门为中国企业海外投资和并购提供法律服务的柯杰全球法律联盟首席执行官鲁珀特·瓦尔瑙伊认为，万华遵循了海外并购的黄金法则，即对不可预见的规范问题做好准备、注重中方和匈方员工之间的沟通融合，并且有能力打造企业内部的管理文化。

作为匈牙利人，瓦尔瑙伊很看好中匈未来的合作前景。他指出，华为、中兴、中国银行等中国企业已在匈牙利开设分支机构，中国、匈牙利、塞尔维亚三国合作建设的匈塞铁路项目也已进入实施阶段，前往匈牙利的中国游客数量持续增长，这些迹象都表明中匈合作前景一片光明。

"可以预见，不管从眼前还是长远来看，中匈合作成果都值得期待，"瓦尔瑙伊说。

中国商品走进巴西百姓生活

新华社记者　荀伟　王正润　报道员　保·拉米雷斯

　　早上起床一睁开眼，先拿起手机打开微信和微博，看看过去的一夜自己错过了哪些重要或是精彩的讯息；洗漱一番用完早餐，随手用滴滴或优步叫一辆专车送自己上班；利用路上闲暇时光，在手机上浏览购物网站好好采购一番，等下班回家的时候，网上采购的商品已经送到了家中……

　　相信这样的生活场景大家不会感到陌生，互联网经济给生活带来的便利中国民众早就习以为常。然而，在世界上绝大多数国家，那里的人们仍然无法想象互联网竟然能与普通百姓的生活如此密不可分。如今，在地球另一端的巴西，中国跨境电商正在改变着当地民众的观念。

　　"大家看我手上这件白色的圆领短袖 T 恤，正面是绣有亮片的烈焰红唇，非常漂亮。这是我从阿里速卖通上买来的，花了 10.19 美元，是不是很便宜呢？喜欢这段视频不要忘记在右下角给我点赞哦！"

　　"其实购物很简单，在手机上下载网站的 APP，将你想要买的衣服的照片放到拍摄框中，系统就会将相似的服装一一列出，这时候你只要慢慢挑选就好了。"

　　这是巴西网购达人阿曼达·贝尔纳多发在 YouTube 上的视频内容。作为圣卡塔琳娜州的一名时尚记者，贝尔纳多是阿里速卖通的忠实用户，她录制的网购视频总点击量已超过 100 万次。她录制这些视频的目的，就是为了晒一晒自己从阿里速卖通上购买的中国产品，既有几元钱的收纳盒，也有上千元的服装和挎包。

"阿里速卖通是我现在最喜欢的海淘网站，它给了我更高的性价比和更多的可能性，"贝尔纳多说，她希望通过自己的视频向更多人推广这个网站。

居住在里约热内卢市的心理医生布鲁诺·马里亚诺也是在偶然间发现了阿里速卖通这一网购新大陆的。四年前的一天，他从快递员手中接过包裹，既带着兴奋又有些不满，因为这一次他的包裹用了多于往常的时间才送到自己手里。

收到包裹后，布鲁诺却发现包裹上出现了他从未见过的方块文字。经过一番探究，他才知道上面写的是中文，这个包裹竟然是从遥远的中国发出的，他在不经意间完成了自己的第一笔"中淘"。于是，布鲁诺顺藤摸瓜找到了阿里巴巴旗下阿里速卖通的官方网站，这一发现彻底激起了布鲁诺对网购的

2015年6月30日，在巴西圣保罗，一名工作人员正在向记者展示小米公司生产的"红米2"手机。当日，小米举行发布会正式进军巴西市场。（新华社发　拉赫尔·帕特拉索摄）

热衷。

"阿里速卖通让我感觉到一切都很新鲜，比如我买一件衬衫，我可以直接和卖家通过信息确认颜色、尺码等，这是我以前在其他网购中没有体会过的，"布鲁诺说，"而且整个过程很安全，在买家确认货品无误后速卖通才会把货款打给卖家，这样你会感觉自己有个后盾，也可以避免很多发货问题上的纠纷。"

四年间，布鲁诺一共在阿里速卖通上下单200多笔，他非常享受在阿里速卖通上"顾客就是上帝"的感觉。

正如这些巴西朋友所说，阿里速卖通在短短几年时间内让大量巴西网民成为了忠实"粉丝"。根据巴西民意和统计研究所的调查数据，阿里速卖通早在2014年下半年就已超越本土老牌电商B2W集团而成为了巴西最大的网购销售平台。

从金额来看，2014年巴西网购总规模达358亿雷亚尔（约合716亿元人民币），同比增长24%，成交量达1.03亿单，较上一年增长17%；海淘消费金额达66亿雷亚尔（约合132亿元人民币），占网购总金额的18.4%，而来自中国的购物网站攫取了其中55%的份额。

"酒香不怕巷子深"。尽管阿里速卖通是巴西网购市场的后来者，但凭借良好的购物体验、丰富齐全的种类、物美价廉的商品和相对有保证的售后服务，阿里速卖通在巴西取得了飞速发展，在速卖通上进行过网购的巴西网民也表现出了相对较高的黏着度。

现在，阿里速卖通通过互联网将"中国制造"快速投递到巴西消费者手中；滴滴出行入股巴西本地打车软件"99"，并将向对方提供技术、产品、运营经验、业务规划等全方位战略支持；腾讯旗下的微信已成功在巴西站稳脚跟，正在逐步缩小与前几名竞争对手在装机比例上的差距；360、百度等企业也都进入了巴西市场……越来越多的中国互联网公司正在大洋彼岸的桑巴之国绽放光彩。

　　"穷则独善其身，达则兼济天下"。经过 30 多年的改革开放，中国在政治、经济、科技等各个领域都有了长足发展，已经一跃成为全球第二大经济体。中国是世界上勇于承担责任与义务的大国，愿意将改革开放的经验与全世界共享，将经济发展和科技进步的红利与全球分享。🔴

"一带一路"奏响马赛之歌

新华社记者　韩冰　应强

在法国南部马赛市圣—安德烈区的一片山坡上，马赛市市长让—克洛·戈丹左手指着土地，右手挥着讲稿，激情澎湃地喊道："这个项目是我们马赛一个真正的机遇！"

在他背后，火红的中国灯笼高高挂起，与邻近山坡上马赛市政府几个月前竖立的城市名片——大写的"马赛"市名交相辉映。

由中国企业家投资建造的马赛国际商贸城 10 日在戈丹站立之处正式开工。数月之后，一片由彩色集装箱搭建而成、洋溢着独特时尚气息的商贸园区将依山建起，俯瞰碧波万顷的地中海，与船只林立的马赛港相守相望。在马赛人眼中，这个投资额达 3000 万欧元、规模庞大的国际商贸城将意味着新的就业、贸易和繁荣，奏响共建"一带一路"的马赛之歌。

由于历史原因，马赛的商品批发商大多聚集在市中心，那里的老街蜿蜒曲折，往往只容一辆汽车前行。每逢货车停下卸货，一条街的交通都会完全瘫痪。市民、商家、货车司机之间的争吵和叫骂因此成为马赛的街头一景。

"这让马赛不能适应一个商品从各地纷涌而来的全球化时代，"戈丹说。

新的商贸城为马赛走出困境提供了理想解决方案。新园区与高速公路相接，毗邻马赛港未来的集装箱码头，距离机场仅 15 分钟车程。园区内，商铺大多由两层集装箱搭建，每家面积约 170 平方米，展示货物极为便利。戈丹说，这样"很容易吸引国际客户前来，为马赛批发商赢得先机，同时强化马赛港的战略地位"。

更加重要的是，这个能容纳200家商铺的商贸城还将创造不少就业岗位。戈丹强调，这是马赛需要的项目，"是一个真正的战略性项目"。

从更广阔的全球视角来看，这个商贸城的意义不仅仅在于让马赛更加繁荣，它如同一个枢纽，把中国浙江、法国南部和北非国家更加紧密地联系到一起，令跨越万里的贸易物流更加通畅。这恰恰是中国提出"一带一路"倡议、主张加强互联互通的初衷。

法国南方华人总商会会长陈定国说起新商贸城滔滔不绝。他表示，未来将会有更多从浙江运来的中国商品直接在马赛港卸货，来订货的北非客户可以在商贸城看好货，随即就能在港口或机场把货发走，货物的中转速度和数量将会得到明显提升。另外，法国南部的精油、肥皂等特色产品出口到中国和北非也会更加方便。

2017年2月10日，法国马赛市市长让—克洛·戈丹（右五）、中国驻马赛总领事朱立英（左二）及马赛市政府多位官员在马赛国际商贸城开工仪式上合影。（新华社记者韩冰摄）

马赛港港务局首席运营官克里斯蒂娜·卡博·沃埃海勒对记者说："商贸城建成后，从中国到马赛港的货物量将实现增长，这对我们马赛港肯定是件好事。"

见微知著，马赛国际商贸城的兴建生动地折射出一幅方兴未艾的时代图景：自三年多前提出以来，"一带一路"倡议很好地把握了时代的需求，人们被强大的吸引力凝聚在这个富有生命力的倡议之下，共同追求发展和繁荣。

中国驻马赛总领事朱立英告诉记者，马赛和中国的关系源远流长。大约30年前，马赛和上海结成友好城市，各种交流日益丰富；近10多年来，中国多家企业投资马赛，盘活了马赛的一些"百年老店"，留下多段佳话……

"我相信，马赛必将在'一带一路'建设中扮演重要角色，"朱立英说。

绿色

湄公河畔山乡"变形记"

新华社记者　章建华

老挝境内湄公河东岸的最大支流南欧江，北起中国云南江城，奔流崇山峻岭、深林高草，蜿蜒南行，在老挝北部琅勃拉邦汇入湄公河。随着南欧江梯级水电站工程的逐步开展，这里的山乡正迎来巨变，当地百姓和电站移民开始走进新生活。

驱车从琅勃拉邦沿江向北行驶约 20 分钟就进入山区。这里的道路施工繁忙，每走一小段就会看见一座新加油站，分布得比老挝一般公路频密。随着路旁出现越来越多的中文施工标识和道路警示牌，中国电建旗下各公司、项目部驻地逐一显现。

南欧江梯级水电开发是中国电建在老挝唯一获得全流域整体规划和投资开发的项目，7 个梯级电站分两期进行开发，总装机容量达 128 万千瓦，也是老挝国家能源战略关键项目。今年 5 月，开发项目一期 3 个水电站全部机组已成功投产发电。

记者首先到达的是正在建设的项目二期、南欧江一级电站工地。35 岁的当地村民郎巴一年前拿出积蓄在马路旁新建了棚屋，开了一间小卖部。

"中国公司员工常来买东西，电话卡、方便面卖得最好"，朗巴说。南欧江项目二期 4 个电站主体工程 2016 年 4 月正式开工建设，2020 年全面投产发电。朗巴相信，自己店里的生意会越来越好。

郎巴家小卖部的旁边，是河南人杨冬清开的小餐馆。"中国公司在这里修建、运营电站给当地村民带来了很多好处，"他指着沿马路的一排店说，"这些都是近一两年开的铺面。"

走进杨冬清的小餐馆，21岁的荣和20岁的维正在包饺子。两位姑娘都是本地人，初中毕业后在家待业。"中餐馆让我们有了打工赚钱的机会，将来还想继续读书，"维说。

下了马路，走进南欧江一级电站工地。位于河西岸的办公、管理区井井有条，一桥早已飞架两岸，两岸机器、车辆流转不息，奋战正酣。

从一级电站驱车北行半个小时，就来到了二级电站所在的西岸厂区。这里植被丰富如花园一般，东岸山体开挖面已被绿植"愈合"。从高处看，被葱郁的森林围绕的高坝平湖就如同绿色山林里镶嵌的一颗钻石。

"我们不仅考虑当地村民的经济利益，也注重对环境的保护，"中国电建南欧江项目二期执行总经理胡胜丰介绍说，"比如两岸山体，除了必须处

2016年12月12日，在老挝琅勃拉邦拍摄的二级电站库区移民村哈克。（新华社发　刘艾伦摄）

理的开挖面，原始林我们都尽最大可能地予以保护；我们专门投资约 30 万美元建设废水处理系统；在施工营地也都建有化粪池。"

中国电建南欧江一期的运营方、南欧江流域发电有限公司总经理宋会红介绍说，南欧江一期项目正在发挥着较大的经济效益，到二期全部投产时，南欧江将占老挝总装机容量的 30% 以上。

除了经济效益，项目给整个流域带来了巨大的综合社会效益。宋会红说，项目建设以来，除去项目带来的周边产业就业，项目高峰期提供的 5000 余个岗位中，当地员工占了一半；已运营的一期三个电站同样有超过一半的老挝员工。

2014 年 6 月，在新建的二级电站库区移民村哈克，242 户移民整体迁入别墅式的砖木房。宋会红介绍说，中国电建在移民村修建了集中的供水设施、民用电线路、学校、寺庙、医务所、村公所、交易市场等公共设施，还组织了十几批次的家具捐赠；另外，仅一期建设就改扩建公路约 250 公里，修建大小桥涵 20 余座，形成了进村、进城的道路网，周围村庄基本形成了"村村通路通电"。

"以前村子在河的对岸，进出需要划船，很不方便；现在新村有水有电，省好多事，"52 岁的妇女布翁说。

中国电建还在新村里修建了宏伟的寺庙，79 岁的潘阿婆还在适应新村环境。她满意地对记者说："寺庙更大了，到那里修行的人可以住得更舒适了。"

中国电建为村民新建的宽敞的教学楼边，大树下聚着一群小学生，"这里比以前山里好"，"找伙伴们玩方便多了"，"教室比原来的大很多"……孩子们叽叽喳喳地表达他们纯真的感受。一个叫拉塔的 11 岁小女孩对记者说："我长大以后也要修电站！" 🔴

迪拜沙漠中的绿色农场

新华社记者　李震

来阿联酋迪拜的游客大多听过这样的介绍：判断当地某户人家是否真"土豪"，就看其房子的绿化程度。因为在常年干旱炎热、遍地黄沙的阿联酋，养活一棵树每年的维护成本高达 3000 美元。

在距离迪拜市中心西南方向大约 50 公里的地方，在黄沙漫漫的纳兹瓦沙漠里，却有一座郁郁葱葱、充满生机的蔬菜农场，里面种植有丝瓜、苋菜、韭菜、油菜等中国人餐桌上常见的蔬菜。农场的主人名叫孙建省，是迪拜温州超市集团董事长，他希望当地的华侨华人能从他的菜里吃出家乡的味道。

2006 年孙建省初来迪拜，从一家小超市做起，经过 10 年时间，小超市一步步发展为集超市、网上商城、茶业、绿色农场、食品进出口贸易为一体的温州超市集团。

孙建省说，迪拜的饮食以烧烤油炸为主，蔬菜种类有限，饮食不习惯是很多华人来迪拜后面临的最大问题。而且，"这边蔬菜水果基本依赖进口，要么价格昂贵，要么不够新鲜，而且很多食品为了运输储存而添加防腐剂、保鲜剂，很不利于人体健康。"2012 年，孙建省决定斥资逾千万元人民币在沙漠中建设蔬菜农场，当时，许多人认为这是天方夜谭。

室外高温炎热，而记者和孙建省站在恒温恒湿的钢架塑料大棚里却倍感凉爽，藤蔓上的黄瓜顶花带刺，丝瓜又嫩又长。

　　站在田边，谈起当初那个艰难的决定，孙建省记忆犹新："当时我就一个人站在这里，面前除了一片沙漠，什么都没有。迪拜一年到头下不了几场雨，有半年气温在四五十摄氏度，朋友们的怀疑我完全理解。但新鲜正宗的中国味道就是我们华人的思乡之情，这条路再难走，我决定做了，就一定全力以赴。"

　　灌溉水源是种植蔬菜的首要条件，孙建省用魄力和勇气打动了迪拜当地政府，有关部门特批允许他打了6口深度超过100米的深井，开采地下水用于灌溉。

　　除了决心与投入，在沙漠中建设农场更需要吃苦耐劳的精神和持之以恒的毅力。从铺设浇灌管道、防风沙围护，到架设变压器拉电、搭盖水冷空调大棚，孙建省在基建初期的一年里几乎每一项都亲力亲为，顶着烈日高温每天驱车近百公里，奔波往返于农场和迪拜市区之间。他还从家乡请来有经验的农民，并手把手地教授外国员工，逐渐将荒芜的沙地变成了绿油油的农田。

　　农场秉持"生态环保、精细化种植、可持续发展"的经营理念，坚持使用从上百公里外养殖场运来的牛粪和骆驼粪混合有机肥料，就连除草都是员

2016年10月25日，在阿联酋迪拜，当地员工在孙建省的绿色农场工作。（新华社记者李震摄）

工们蹲在菜地里一点一点用小刀清理。而这样精心培育出的蔬菜价格并不"土豪"，和国内价格基本持平。

如今，孙建省的绿色农场已初具规模，一期、二期总面积约130亩，拥有20个水冷温控大棚、100多平方米的保鲜库，种植中国特色的瓜果蔬菜30多种，每天产量数吨，除了一天两次供给自己的超市零售，还向驻阿联酋的中资企业食堂供货。

向来以采购标准严苛著称的阿联酋航空公司不久前发来认证书，正式将孙建省的绿色农场列为阿航机上餐食特约蔬菜供应商，这下农场的绿色蔬菜真是名副其实地"美上了天"。

谈到今后的目标时，孙建省说，将继续科学合理地管理农场，进一步完善种植养殖、清理加工、销售配送等一条龙流程，并适时扩大规模。"希望迪拜80%以上的华人每天都能吃到我们提供的新鲜有机蔬菜，"他说。

正如中国驻迪拜总领事李凌冰今年年初参观农场时所感叹的，迪拜政府在沙漠中建起繁华都市是让世人瞩目的奇迹，而中国企业家克服重重困难，在沙漠中打造出如此规模的现代化农场，也是一个令人钦佩的"绿色奇迹"。孙建省是广大在阿华商艰苦创业的一个缩影，随着中阿共建"一带一路"的深入开展，两国各领域交流合作不断加强，相信这样的绿色创业奇迹也会越来越多。

中国绿色技术助吉尔吉斯斯坦棉农致富

新华社记者　杨定都　郑开君

吉尔吉斯斯坦南部的奥什市，离中国西部的伊尔克什坦口岸只有200多公里。在这里，有大片棉花田。

烈日下，农民努尔迪诺夫还在田里忙碌。说到种棉花能挣多少钱，他露出自豪的微笑："一年4万美元。"在月平均工资200美元的吉尔吉斯斯坦，努尔迪诺夫堪称"土豪"。而他种棉致富，靠的是中国绿色农业技术。

2003年，中国农业科学院棉花研究所（中棉所）高级农艺师古捷开始在吉尔吉斯斯坦推广棉花技术。那时，努尔迪诺夫和乡亲觉得古捷是"骗子"。"中国种棉技术怎么可能超过苏联的？棉花产量怎么可能那么高？"

为了让当地棉农接受中国种棉技术，古捷义务帮助他们解决难题，免费提供化肥和地膜让他们试用。敢于尝鲜的努尔迪诺夫成为中国种棉技术最早的受益者之一，他说，采用中国技术之后，自己田里棉花的产量从每公顷3吨增长到了5吨。

"现在，我们都非常相信中国技术，很愿意与中国农艺师合作，"努尔迪诺夫说。

根据当地自然条件，筛选最合适的品种种植；引入地膜除草，降低劳动强度；测量分析土壤，提高用肥的针对性和效果；引入更先进的播种机，节约种子……中棉所技术人员的一系列技术措施，每一项都成效显著。

多年来，中国农艺师在当地示范指导，开办讲习班、宣讲会，中国技术逐渐赢得了当地棉农的青睐和信任。2013年，中棉所与吉尔吉斯斯坦最大的棉花生产企业合作，在奥什卡拉苏棉区推广先进的棉花生产技术。如今在吉尔吉斯斯坦，使用中棉所技术的棉田面积已经达到1万公顷。

作为中棉所中亚综合试验站站长，古捷还获得了吉尔吉斯斯坦农业部的嘉奖。吉尔吉斯斯坦时任农业部长艾达拉利耶夫在向古捷颁奖时说："过去，苏联棉花研究所的棉花最高产量纪录是每公顷3.3吨，多少年都没人打破过，中国的技术简直就是传奇。"

在苏联时代，中亚地区几个加盟共和国是主要的棉花产区，棉花在这里被称为"白色的金子"。苏联解体后，中亚地区的棉花种植和纺织工业遭到严重冲击，吉尔吉斯斯坦棉田面积大幅缩减，大批纺织厂倒闭。

2016年8月22日，吉尔吉斯斯坦南部卡拉苏地区农民尼佐米丁展示自家地里种的棉花。（新华社记者郑开君摄）

中棉所所长李付广说，中亚地区自然条件与中国新疆极为相似，光照和水资源条件甚至更好。新疆的棉花种植技术和经验可以复制到中亚地区，帮助吉尔吉斯斯坦等中亚国家棉花产业复兴。

中亚五国人口 6300 多万，农村人口约占 60%。除吉尔吉斯斯坦以外，棉花还是乌兹别克斯坦、土库曼斯坦和塔吉克斯坦等国农业的支柱产业，占大田作物面积的 1/4 以上。乌兹别克斯坦棉花产值约占农业产值的 40%，年出口皮棉 120 万吨，占对外贸易额的 20%，是主要创汇产品。

李付广说，中亚地区发展棉花潜力很大，如果我国先进的植棉技术和优良品种能进入中亚，中亚各国的棉花生产能力将会迅速恢复，世界棉花市场供应量将会大大增加，为我国利用世界资源、世界市场满足原棉需求增添一重保障。

问渠哪得清如许

新华社记者　黄海敏

　　"未来农作物将旱涝保收，洁净饮用水将流入千家万户，严重干旱缺水状况将一去不返，百姓可安居乐业走向富裕，"在建设中的延河农业灌溉项目现场，斯里兰卡中北部阿努拉德普勒地区一位村长满怀期待地对新华社记者说。

　　记者近日前往阿努拉德普勒，参观由中工国际工程股份有限公司（简称中工国际）承建的延河农业灌溉项目。村长拉斯纳亚克告诉记者，斯里兰卡结束内战，迎来难得的和平建设时期，中方支持建设延河农业灌溉项目，斯里兰卡人民对中国政府和人民给予的巨大支持与帮助深表感谢。

　　阿努拉德普勒曾是斯里兰卡内战主战场之一。内战过后，当地基础设施破坏严重，水资源极度匮乏。旱季时，居民不仅缺乏灌溉用水，而且严重缺乏日常饮用水。延河农业灌溉项目将在延河上修建总长为5.9公里的拦河引水坝灌溉系统，建成后可最大限度满足斯中北部附近区域的农业灌溉和生活用水需求。

　　记者在现场看到，在接近40摄氏度的高温天气下，中斯两国工程技术人员不畏酷暑紧张施工，大型挖掘及吊装机器正进行挖掘和吊装作业，拦河主坝已初具规模。

　　中工国际成套工程四部总经理闫海禄表示，根据"一带一路"倡议精神，近年来中工国际在拓展海外市场时十分重视同驻在国的合作伙伴携手共建民生工程，以推动"一带一路"倡议更多地同驻在国发展战略对接，为当地民众带来更多实惠，并树立中国企业在海外市场的良好形象。

据闫海禄介绍，延河项目于2015年2月正式动工。其间，中斯两国工程技术人员克服了项目范围大、地质情况复杂、交通条件落后等施工难点，努力高质、优质、按期完成项目。目前，项目已完成总体工程的51%，进度比计划提前了15%。延河项目业主斯里兰卡灌溉部对项目现场进度、质量控制以及管理能力给予了高度评价。

闫海禄说，延河农业灌溉项目是中工国际于2011年11月同斯政府签署的在斯首个农业项目，建成后可解决7000公顷农作物灌溉问题，使7000个农民家庭直接受益，同时新增3000个农业就业机会。拦河水坝建成后，将极大改善当地旱季严重缺水的问题，为当地近万顷耕地创造旱季复耕条件，从而显著提高耕地利用率和粮食产量。

2016年3月8日，中斯双方工程技术和监理人员在斯里兰卡阿努拉德普勒延河农业灌溉项目1号附坝施工现场。（新华社记者李鹏摄）

"绿色丝路"：从畅想到现实

新华社记者　程云杰　赵宇　张爽

新华社"一带一路"全球行中亚小分队近日到访塔吉克斯坦和哈萨克斯坦，欣喜地发现，由于丝绸之路经济带上的一批早期收获项目坚持绿色发展理念，当地经济结构和制造能力正在逐步优化，"绿色丝路"正在从畅想变为现实。

在有着两三千年棉花种植历史的塔吉克斯坦丹加拉盆地，由中泰（丹加拉）新丝路纺织产业有限公司投资的中亚最大的 6 万锭纺纱车间已经建成。试产纱线才几个月，该车间产品就出口到俄罗斯、土耳其、意大利和波兰等国。

公司董事长肖瑞新说，塔吉克斯坦一直把棉花作为国家重要战略物资，中泰项目的特色在于它用在全球领先的生产技术，把农业种植与工业生产紧密结合起来，不仅改变了当地棉花种植方式，而且完善了原料深加工产业链，拓展了农业发展潜力，为该国增加了税收。

据肖瑞新介绍，中泰的设备采购自技术在全球领先的纺纱设备制造商瑞士立达集团，其纺纱机长度创下世界之最。由于在生产中采用国际最先进的瑞士乌斯特标准，塔吉克斯坦生产的纱线从此有了进入高端市场的通行证。

为了推广应用新技术，中泰还选择了 38 名具有培养潜力的塔方员工到江苏无锡进行为期半年的学习，这些员工后来都成了企业技术骨干。

按照总体规划，纺织厂下一步还要进行织布、印染和成衣生产，也将采用处于世界领先水平的环保工艺，预计可以帮助 3000 人就业，每年销售额预计可达 10 亿索莫尼（1 美元约合 7.87 索莫尼），上缴利税 1 亿索莫尼。

肖瑞新说，纺织听起来是传统产业，但事实上随着相关国际最新工艺出现质的提升，纺织生产的科技含量和环保理念都发生了巨大变化。"我们的目标是在原料、设备和技术优势基础上，充分发挥塔吉克斯坦的地域优势，把高附加值纺织产品出口到世界各地。"

程绍山是中铁十九局集团国际公司塔吉克斯坦铁路项目部总工程师，负责"一带一路"框架下中方在塔国的首个铁路项目——瓦亚铁路，这条铁路将于本月正式通车。对于项目运行，他最关心的问题，除了工程进度和质量，就是环境和水土保持。

塔吉克斯坦地处帕米尔高原，植被以草本为主，一旦被破坏将很难恢复。中方建设者进场后就提出质量与环保并重的要求，对铁路沿线的自然边坡进行绿化，防止水土流失，对隧道排水也采用以排水导管暗排的方式，以减少

2016 年 8 月 16 日，塔吉克斯坦中泰纺织厂的一名当地女工走过纺织机。（新华社记者赵宇摄）

对地面的冲刷。

记者发现，在瓦亚铁路沿线，只要跟随那"一抹绿色"，就能识别出哪些路段为中方负责。因为坚持环保理念，中方负责路段的环境绿化和水土保持措施明显好于其他路段。

程绍山说："虽然当地缺乏铁路建设的环保标准和规范，但是中方在施工建设中一直坚持从长远考虑，把环境保护放在首位，以免沿线环境破坏给路基和铁路运行造成隐患，这一点也受到了当地政府和员工的认可。"

为解决首都杜尚别居民缺电和冬季供暖不足的问题，塔吉克斯坦还引入中国特变电工在当地建设一个热电联产项目。项目工程部部长孙洪山说，这个火电站采用世界先进的电袋除尘和湿法脱硫技术，各项指标达到国际领先水平，工业废水实现零排放。为了提高能源利用效率，就连选择锅炉的炉型时都考虑到了当地燃煤的特点。

2015年12月22日，塔吉克斯坦能源部给该项目中方负责人肖志颁发"能源贡献奖"。据孙洪山介绍，这是该奖项首次被颁发给外国人。

通过环保技术优化产业链，促使经济结构多元化的实践也在哈萨克斯坦展开。其中之一就是中信集团承担的沥青厂建设项目，这是哈萨克斯坦自1991年独立以来兴建的第一座现代化石油加工企业。

中信哈萨克斯坦里海沥青合资公司总经理赵景忠说，这个沥青厂于2014年正式投入运营，年加工原油100万吨，可生产氧化沥青、改性沥青、混合油、重燃料油、部分脱沥青原油等产品。该厂的建成有利于哈萨克斯坦经济结构的调整和转型。

哈萨克斯坦许多公路年久失修，其维护工作需要大量沥青。但该国过去只有个别炼油厂有一些小的沥青生产装置，其一年产量只有几万吨，满足不了需求。哈萨克斯坦不得不从俄罗斯进口所需的大部分沥青，这些沥青价格高，质量上也不符合要求，因为哈萨克斯坦很多地区冬夏温差大，冬天能到零下40摄氏度，夏天能到零上40摄氏度，对沥青的质量要求比较高。

赵景忠说，中信沥青厂项目在哈萨克斯坦境内首次成功生产改性沥青，填补了该国的空白。改性沥青在高温和低温下的耐受性与抗疲劳性比普通沥青要好，其与填充物的聚合力和粘合性明显增强，具有较高的柔性和弹性，使用寿命更长。

赵景忠说，中国企业积极响应"一带一路"倡议，在沿线国家开展项目建设和生产制造时，始终把绿色发展和环保理念放在首位，这是因为"一带一路"的发展面向未来，寻求的是经济共荣和民心相通。

中国太阳能"点亮"喀麦隆农村

新华社记者　刘莹　报道员　拉斐尔

"有电了，我们终于可以通过电视收看非洲杯球赛直播了，这实在是太棒了，"中部非洲国家喀麦隆的一个小村子里的居民们兴奋地欢呼着。

纳刚，这个距离喀麦隆首都雅温得 30 多公里、一个密林中的小山村，自 2016 年 11 月底以来一直沉浸在节日般的欢乐之中。中国华为技术有限公司援建的太阳能电站竣工发电，给这个村子带来了光明。村民们享受到了持续的太阳能电力给日常生活带来的各种便利，他们的生活也发生了翻天覆地的变化。

山村的学校里，学生们可以利用电脑学习信息技术，通过网络了解外部世界；村农产品加工厂里，村民们不必再手工搓制木薯棍、制作玉米粉，电力磨房的开工使效率大大提高；年轻人晚上可以观看有趣的电视节目，不再无所事事，到处游荡；主妇们也不必再用柴火灶做饭，电炉煮饭又快又香。太阳能带来的光明让他们告别了黑暗，加快了乡村社会经济的转化，更让年轻人有了更多学习新知识、新技能、融入现代社会的机会。

29 岁的帕斯卡是一名电器修理商，他很满意现在的生活。

"之前，村里人想看电视要跑到很远的地方，现在村里通电了，我学过的修理电视、收音机的技术有了用武之地，收入也有了保障。"

工作之余他还开电动车载客，也能增加一些收入。"电力给我的生活带来了巨大变化，"帕斯卡感叹道。

克莱特是一所公立小学的校长，今年 51 岁，鼻子上架着厚厚的眼镜。她说，之前长期在油灯下批改作业导致她严重近视。没有电灯前，晚上油灯烧尽，学生们无法继续学习，老师们也无法批改作业并备课，完成教学大纲里的信息技术教学更是成为难以企及的梦想。但现在，大家在明亮的灯光下学习工作，学生们特别喜欢使用电脑学习，孩子们不断进步，人们的生活也变得更有意义。

弗郎索瓦是纳刚村一名 63 岁的退休公务员，在村里通电的那一刻激动不已。他说，太阳能电站的建设对村庄来说具有历史意义，电力让村村相连，改变了原来纳刚村与现代文明隔绝的状况。"华为太阳能电站让我们有机会实现发展梦想，"他动情地说。

纳刚村太阳能电站只是中国华为技术有限公司针对喀麦隆 166 个村镇开始建设的太阳能电站项目之一。这些项目总造价 530 亿非洲法郎（约合 8800

图为 2015 年 08 月 27 日，喀麦隆水资源和能源部长巴希尔（左二）参观华为公司承建的太阳能发电站项目。（新华社记者黄亚男摄）

万美元），由中国进出口银行提供 85% 的贷款。

喀麦隆电力基础设施薄弱，水电为其主要电力来源，由于连接到国家电网的成本高昂，许多村镇都无电可用。据喀麦隆官方统计数据，新能源（太阳能、风能等）发电量更是只占全国发电量的极小比例。

随着中国"一带一路"倡议的实施，中国华为技术有限公司不断拓展在喀麦隆的绿色能源项目建设。2015 年 8 月 27 日，华为承建的喀麦隆南部大区莫沃莫卡村太阳能电站二期工程竣工。该项目主要为当地道路提供照明用电而设计，总装机容量为 72 千瓦，是喀麦隆当时已建成的最大太阳能电站项目。

对于中国提出的"一带一路"倡议，喀麦隆政府官员们期待能有更多的具体合作项目在喀农村布局并实施，给偏远落后地区带来发展动力和机会。

喀麦隆水资源和能源部长巴希尔说，能源建设是喀麦隆发展的核心和基础，政府正在全力推动区域能源发展计划，力求提高国家电网的发电量与覆盖率，推广可再生能源。他认为喀中两国在能源领域有着巨大的合作空间，同时对华为公司给予喀麦隆可再生能源方面持久稳定的投资，以及优良的工程建设表示感谢。

"比亚迪"改变巴西城市交通

新华社记者 王正润 荀伟

巴西，南美洲第一大国，总人口超过两亿人。刚刚过去的 2016 年，巴西继 2014 年世界杯后再次为全球奉献了一场体育盛宴——里约奥运会。受预算拮据所限，巴西选择了节俭办会，秉承着绿色、环保的理念，成功举办了一届极具巴西特色却又不太花钱的奥运会。

建设绿色家园是人类的共同梦想，中国企业在节能环保上也有着自己的使命。走在巴西街头，时不时能看到一两辆顶着"BYD"徽标的出租车从身边驶过。这是中国企业比亚迪生产的新能源汽车。

巴西在很长一段时间都是发展中国家里最大的汽车市场，大众、丰田、日产、福特等跨国汽车巨头都在巴西设有工厂。由于近年巴西经济呈现整体下行之态，传统汽车销量出现大幅下滑。比亚迪抓准这一时机逆势而上，大跳"新能源之舞"，在重视环保的巴西市场发展得有声有色。

李铁，比亚迪巴西公司总经理，来到桑巴之国已经 4 年了。他说，目前比亚迪已在圣保罗、里约热内卢、巴西利亚、萨尔瓦多和贝洛奥里藏特等多个城市完成了电动大巴的测试和试运行，各地政府和企业均对这种高科技电动车表现出了浓厚兴趣。与此同时，比亚迪将自己在拉美地区的研发中心设在圣保罗坎皮纳斯市，这里的电动大巴工厂设计年产量可达 500 辆。

在李铁看来，比亚迪电动大巴的优势在于节能环保、人性化设计、维护

便利和运营成本较低。成本方面，电动大巴的购买费用加上后期的电费基本和柴油大巴的购买费和燃油费持平，这对巴西客户来说有很强的吸引力。

为了解决客户前期购车成本高的问题，比亚迪还创造性地提供了"车体出售，电池出租"的解决方案，令客户不必增加初期购买成本。同时，车辆电池具有 30 年的使用寿命，也不需维护，在车辆使用 10 年报废后，其电池仍有 20 年寿命可用于其他储能方案，无疑令用电高峰时期电力紧张的巴西心动。

目前，比亚迪正在与当地公交公司合作参与圣保罗州政府 14000 台电动大巴的招标。圣保罗市政府曾在 2009 年出台办法，要求公交公司在 2018 年前以清洁能源巴士来替换掉现在所有的化石能源巴士。李铁举例说："比亚迪现在的大巴单次里程可达 250 公里，在圣保罗作为公交车可以满足一整天的运营。"

2015 年 5 月 22 日，巴西圣保罗州坎皮纳斯市街头的比亚迪电动出租车。（新华社发 拉赫尔·帕特拉索摄）

而在号称"巴西明信片"的里约热内卢市，比亚迪将通过"车辆共享"计划提供 300 台定制电动汽车。通过这种流行于欧洲的租赁模式，可有效避免个人用户面对充电难的窘境。李铁说，里约市政府也在和比亚迪洽谈电动出租车和大巴项目，巴西媒体对此十分关注，《巴西商报》评论说，比亚迪将为巴西城市交通带来"革命性"的变化。

不过，比亚迪的目光并不仅仅局限在新能源汽车的销售与服务上。"我们在巴西不仅仅是卖车，更注意开发太阳能及储能方案，利用离网等分布式储能技术，试图为巴西提供绿色城市整体解决方案。"李铁自豪地说。

长久以来，巴西的电力供应过分依赖水力发电这一种形式。经济不断发展使得用电缺口越来越大，巴西不得不开始重新审视自己的电力建设，而相对环保的新能源发电无疑是最佳选择。

太阳能是目前可开发利用的最为清洁的能源之一，并且"取之不尽，用之不竭"。比亚迪自然不会错过太阳能发电这一市场。李铁介绍说，比亚迪投资了 4000 多万美元在坎皮纳斯兴建了一座工厂，主要生产太阳能板，产品将覆盖包括巴西在内的整个拉美地区。现在该工厂已经进入设备安装阶段，预计 4 月初就可以举办产品下线仪式。

此外，比亚迪还立足于废物处理设计了一套"垃圾发电"整体解决方案：在城市周围建立垃圾焚烧发电厂，通过比亚迪电动垃圾车收集垃圾，焚烧后发的电白天供城市使用，晚上给大巴充电，多余的电力通过储能设备存起来。李铁介绍说，目前国际上先进的焚烧发电技术可将污染降到非常低的水平，在环保要求近乎严苛的巴西，目前有 3 个城市正在试运营垃圾焚烧发电，并准备向更多城市推广。

"这是比亚迪在巴西前所未有的机会，"李铁说，"现在谈成功还为时尚早，比亚迪在巴西的前途是光明的，但道路是曲折的，困难中充满着机会，就看怎么去把握了。"

还有很多像比亚迪这样的中国新能源企业也已经在拉美立足。他们积极

参与到中拉产能合作当中，展现了"中国制造"的高科技，也改变了"中国制造"在整个拉美的形象。他们不再靠低廉的价格涌入海外市场，而是凭借自己的核心技术填补空白，将中国的高新技术带出国门，与全世界人民一起分享科技发展的成果。

"美丽山"里的中国电力"高速公路"

新华社记者　荀伟　王正润

巴西北部的帕拉州被广袤的亚马孙丛林所环绕，在小城阿尔塔米拉附近
60公里左右，坐落着建设中的世界第四大水电站——美丽山水电站。这座为
巴西国家发展所热烈期盼的水电站，其绝大部分输电工程都由中国国家电网
公司（国网）一手打造。

2014年2月，国网与巴西国家电力公司联营体成功中标巴西美丽山水电
特高压直流送出一期项目。美丽山是巴西第二大、世界第四大水电站，装机
容量达1100万千瓦。而国网为美丽山精心打造的800千伏特高压直流输电线
路，将使巴西拥有拉美第一条特高压直流输电线路，可将巴西北部的水电资
源高效输送到东南部的负荷中心。

一期输电工程起于北部帕拉州，止于东南部的米纳斯吉拉斯州，中间跨
越托坎廷斯和戈亚斯两个州，线路全长2084公里。项目总投资约44亿雷亚尔（1
美元约合3.99雷亚尔）。

国网美丽山项目公司换流站部副经理徐畅表示，国网美丽山项目在巴西
创造了"四个最"：输电线路最长、输送容量最大、电压等级最高、输电技
术最先进，建成后，将成为巴西国内最重要的输电通道。

巴西用电负荷相对集中，80%负荷分布在南部和东南部发达地区，而位
于巴西北部水力资源最为丰富的亚马孙河流域发电能力却仅能满足当地用电

需求。随着近年来经济规模扩大，电力供给不足的问题日益突显。统计显示，去年巴西居民电价上涨超过50%，严重影响了国家发展和人民生活。

在全国亟待北电南送的大背景下，国网的特高压输电项目可谓雪中送炭，来自中国的先进技术有望大大改善巴西南部用电难的问题，因此这一项目也被当地人亲切地称为"电力高速公路"。

国网美丽山一期输电项目从一开始就面临着种种挑战和困难，国网人凭借多年巴西运营的本地化经验，耐心将其一一化解。

根据巴西法律规定，建设项目环评许可必须得到巴西联邦环境研究所（IBAMA）的批准，还需分别获得环评预许可、施工许可证和进行考古调查等，审批程序和流程极其繁杂和严格。

经过项目公司的共同努力，2015年10月5日，一期项目终于获得巴西环保局颁发的两端换流站和营地建设的施工许可证及相应的砍伐许可证。2016年1月5日又获得巴西环保局颁发的输电线路建设施工许可证。

2013年7月23日，在巴西卢济阿尼亚，国电巴西公司中部运维中心的工人进行变电站巡检。（新华社记者翁忻旸摄）

时值巴西雨季，现场施工因连日大雨遭遇了极大困难。记者现场采访的几天，每天下午都有一场大雨，现场的红土地一片泥泞。巴方工程师保罗说，这样的条件下几乎无法正常施工。

国网美丽山项目公司为此采取了大量雨季施工措施，并动员工程承包商克服困难，劝说他们放弃了对巴西人非常重要的圣诞节和新年休假，从而有效推动了施工进度。同时，国网巴西公司的 50 余位中方员工也放弃春节回国团聚机会，与巴西员工一道坚守一线。

春节期间巴西人不休息，中方员工也必须正常上班，有几年连春节晚会都没时间看。"今年比较幸运，除夕夜我们这里是周末，大家准备过节就在小食堂包饺子，一起看看春晚。"徐畅笑着说。

在一期项目的推进中，国网公司积攒了大量宝贵经验，从而于去年 7 月成功地独立拿下美丽山二期输电项目的 30 年特许经营权。

二期项目更加宏大，全长 2518 公里，北起帕拉州，跨越托坎廷斯、戈亚斯和米纳斯三州，静态总投资达 70 亿雷亚尔，项目建成后电力将直接送往里约热内卢州。

国家电网公司进入巴西市场后，以大型特许经营权项目为平台，将中电装备、南瑞集团、中电普瑞、山东电建、山东电工电气集团等一批工程和设备制造企业带入巴西。

"通过具体的项目创造合作机会，可以为这些企业缩短至少 10 年的市场开发时间。"国网巴西副总经理曲扬说。

中企的进入带动了巴西大型工程和设备制造的发展，同时也为当地民众创造了更多就业机会，显示出中巴产能合作的乘法效应。

萨拉·巴克在国网人力资源部工作，她的故乡就是帕拉州。提起美丽山输电项目，萨拉很开心。故乡的经济并不发达，而国网美丽山仅一期项目，就能为当地带来 15000 个就业机会。

如今，依托于水电站工程和国网输电项目，美丽山周边已形成数万名工

人为消费核心的大型生活社区，其规模已超过附近多个小城。

徐畅表示，二期工程上马后，将带动更多中国设备与投资进入巴西，也将为巴西本地创造更多就业岗位。

"巴西美丽山800千伏特高压直流输电工程，是国网首个海外特高压直流技术输出项目，也是其贯彻落实国家'一带一路'倡议，构建全球能源互联网的重要示范工程，对实现中国特高压技术和装备'走出去'具有重要的战略意义，"国网巴西总经理蔡鸿贤介绍说。

以带动国产设备、技术和服务"走出去"为首要任务；以输电、发电、配电、资源即"三电一资"业务为核心进行产业布局，实现产能对接；同时以巴西为依托辐射南美地区，打造综合投资运营平台，国网在美丽山的项目，仅仅是一个开始。

荒漠变绿洲

新华社记者　陈鹏

　　"这个地区以前就是一片荒漠，连当地人都不会到这里来。但现在，这里正成为巴基斯坦的光能绿洲。"在中兴能源 900 兆瓦光伏地面电站项目施工现场，25 岁的巴基斯坦小伙卡西姆向新华社记者介绍说。

　　中兴能源 900 兆瓦光伏地面电站项目是中巴经济走廊的一个优先实施项目，位于巴基斯坦旁遮普省巴哈瓦尔布尔真纳太阳能工业园内，由中兴能源有限公司投资建设，总投资额逾 15 亿美元，预计 2016 年全部建成。

　　卡西姆虽是巴哈瓦尔布尔当地人，但有着很深的中国情结。2010 年至 2014 年，他在西安的西北工业大学读电气工程专业。卡西姆说，他非常喜欢中国，一直希望毕业后能留在中国。家乡要建设大规模光伏电站的消息，促使他踏上了归途。

　　真纳太阳能工业园设计装机容量 1000 兆瓦，其中一期项目 100 兆瓦由旁遮普省投资兴建。卡西姆先是在 100 兆瓦项目工作，2015 年上半年完工后，他又加入中兴能源投入 900 兆瓦项目的建设。

　　和卡西姆一样，工程师雷赫马特也是这样加入中兴能源的。已在电力领域工作近十年的他说，中兴能源的建设速度之快是他从未见过的。

　　据中兴能源巴基斯坦公司总经理刘凯介绍，900 兆瓦光伏项目 2015 年 4 月 20 日破土动工，首个 50 兆瓦工程从 6 月中旬开始建设。由于巴基斯坦面

临严重的电力短缺，巴政府对这一项目高度重视，希望项目尽快建成。中兴能源急巴方之所急，在银行资金尚未到位的情况下自筹 8700 余万美元，通过海运加特殊设备包机等方式运送设备，同时克服建设期内当地连日大雨等困难，仅用两个半月就完成了 50 兆瓦的建设，"在沙漠上创造了奇迹"，而且为当地创造了近 2000 个就业岗位。随着项目大规模展开，预计高峰期需要两万名巴方工人。经过培训后的工人大多能熟练掌握太阳能电池板的安装技术，这也给他们增加了一种谋生的手段。

项目建成后，中兴能源还需对电站进行 25 年的运营和维护，其中大量工作将由巴方技术人员完成。对卡西姆等人来说，这有可能成为他们的终生职业。

随着越来越多中国建设者来到巴哈瓦尔布尔，当地的商业也逐渐繁荣起来，许多人因此获益。

当地人最为关心的还是困扰他们多年的停电问题。巴哈瓦尔布尔位于塔

2016 年 2 月 28 日，在巴基斯坦旁遮普省巴哈瓦尔布尔地区，巴基斯坦工人在中兴能源 900 兆瓦光伏地面电站安装太阳能电池板。（新华社发　艾哈迈德·卡迈勒摄）

尔沙漠边缘，夏季气温可达 50 多摄氏度，与之相伴的是每天 12 小时以上的停电，停电时水泵无法工作，这意味着停电的同时也没水可用。当地民众表示，在 100 兆瓦项目建成投产后，他们已经能感受到停电的减少，他们希望在 900 兆瓦项目全部投产后，当地的停电状况能得到根本性的改善。

卡西姆对这一项目还有更多期待。他说，巴哈瓦尔布尔有丰富的历史和文化遗产，这里每年还举行全国规模最大的汽车拉力赛，光伏电站的建设将使更多人了解巴哈瓦尔布尔，吸引他们来到这一地区，带动当地经济发展，让他的家乡变得更加美好。🔴

打造斯里兰卡"热电之都"

新华社记者　黄海敏　邱兵

　　普特拉姆曾经是斯里兰卡西北部一座名不见经传的穷困小镇，如今因为有了全国首座燃煤电站而远近闻名。这座由中方贷款、中国公司承建的燃煤电站并网发电后不仅为斯全国提供了 40% 左右的电力供应，而且还使长期居高不下的电价得到平抑。

　　日前，新华社记者走进被称为"热电之都"的海滨小城普特拉姆，亲身感受了过去几年普特拉姆燃煤电站给当地百姓生活带来的巨变。

　　普特拉姆距离首都科伦坡以北约 120 公里，位于被碧海蓝天包围的尔皮提亚半岛，这里保持着原生态的自然环境，树木葱茏，环境清幽，气候宜人。普特拉姆城外是如诗似画的田园风光，乡间道路上羊群漫步，旷野中牛群星散，天际白鹭翻飞……

　　一进入普特拉姆城，是一派欣欣向荣的商业气息：街道齐整、店铺林立、搭客三轮一字排开。日用百货店主桑塔拉对新华社记者说，自从有了普特拉姆燃煤电站，居民再也不用饱受一日数十次的停电之苦，买卖也因此越做越红火。

　　燃煤电站带来的改变不仅仅发生在城中，也深刻影响着当地农村居民的生活。电站周边那拉卡利亚区明亚村民拉贾勒特纳对记者说，如今昏暗的煤油灯被明亮的白炽灯替代，狭窄的泥泞小道变成了笔直宽敞的水泥大道。

在拉贾勒特纳家，记者看到，这个三口之家现有住房已称得上宽敞，但一侧仍在扩建。谈起最近几年的生活变化，他说："我在这个村子整整生活了 18 年，见证了燃煤电站建设的整个过程，许多人在电站找到了工作，生活有了明显改善。"

普特拉姆以盛产烟草、辣椒、番石榴、番木瓜及西瓜等经济作物闻名。拉贾勒特纳介绍说，他家种植着 1 英亩洋葱，以前每月的柴油发电成本是20000 卢比（约 148 美元），负担很重，现在只需 3000 卢比（约 22 美元）。如今，全家除了洋葱种植，妻子还在燃煤电站找到了一份稳定工作，月收入18000 卢比（约 133 美元），生活改善很大。

燃煤电站建设对环境的影响一度引起当地极大关注。对此，拉贾勒特纳说，电站对周边环境不仅没有影响，反而因电力供应充足以及电价下调促进了当地生态农业的发展。

"飞灰综合利用，变废为宝，造福一方，"东京水泥公司飞灰化验室负责人拉克马尔在回答记者关于燃煤电站环保问题时说，飞灰是煤燃烧后伴随产生的细碎粉末物。东京水泥公司是普特拉姆燃煤电站所产飞灰的主要采购

图为 2014 年 9 月 12 日拍摄的斯里兰卡普特拉姆燃煤电站照片。（新华社记者黄海敏摄）

商，目前采购电站所产43%的飞灰。在电站建设前，斯里兰卡所用飞灰主要从印度进口，如今从普特拉姆燃煤电站采购的价格是以前进口价格的三分之一。

据中国机械设备工程股份有限公司普特拉姆燃煤电站工程项目部现场总经理王路东介绍，该电站总装机容量为90万千瓦。自去年9月全部建成投产以来，电站已累计发电80亿千瓦时，为业主锡兰电力局节省发电成本1000亿卢比（约合7.6亿美元），一期投资已完全收回。目前，该电站已成为斯里兰卡最大盈利实体。

普特拉姆燃煤电站是斯里兰卡历史上第一座燃煤电站，承建和技术输出方是中国机械设备工程股份有限公司，项目资金来自中国进出口银行提供的优惠贷款。这是迄今已投入运营的中斯两国最大经济合作项目。

工匠故事

从阿勒颇到天津

——一块叙利亚手工橄榄皂的旅程

新华社记者　王雅晨

叙利亚，阿勒颇。

骄阳似火的 6 月，地中海的橄榄树枝繁叶茂。

道路上飞驰着一辆破旧的货车，车身上散落着弹孔和弹片的刮痕。坑洼和破损的道路让汽车颠簸不停。

青年司机艾米尔·阿尼斯不时看看后视镜。尽管此前已用油布和棕榈绳包扎得严严实实，但车厢里近 1 吨的货物依然一路摇晃。

这趟路委实不好走。但现在战乱不断，经济衰退，为了挣到家人的生活费，他必须这么做。

只有老板才能晚上跨越边界回土耳其睡安稳觉。像他这样的阿勒颇居民，大多只能和家人守在一起，小心躲避流弹和炮火。

突然，车身被气流"咣"地撞了一下。是一枚炮弹在路边爆炸，碎片混着石头瓦砾四下迸溅。艾米尔眼疾手快，猛打方向盘朝另一边闪避。幸好车胎没爆，车身无碍，车上货物也没受到太大冲击。好在距离拉塔基亚港已经不远，他松了口气。

老板说，这些货要漂洋过海，运到中国，一个他从未去过的地方。

现在这战火纷飞的光景，是谁订的货呢？

中国，天津。

城郊一栋写字楼的办公室里，李健炜指挥员工将港口新到的货物拆封分装。

他喜欢把这些货物存放一段时间再启封，甚至干脆堆放在仓库里"熟化"，如红酒一般酝酿香味。

1989年，李健炜进入北京外国语大学阿拉伯语专业就读，毕业后开始经商。一路走来，他和阿拉伯国家结下不浅的缘分：先是去沙特阿拉伯卖男士头巾，鼎盛时期曾给沙特王室成员做过供应商。随着中国与阿拉伯国家的贸易日渐升温，特别是在"一带一路"倡议提出后，李健炜公司的业务蒸蒸日上。

2000年去叙利亚游玩，李健炜第一次接触阿勒颇手工橄榄皂，谁知刚一尝试就再也放不下了，像收古董一样收集了几大箱陈香型古皂。但直到2015年年底，从国内电商平台上买到假的叙利亚手工橄榄皂，才让他打定主意从叙利亚进口手工橄榄皂并在国内销售。

图为由叙利亚生产的阿勒颇橄榄皂，这种香皂的生产最早可追溯到公元前300年。目前，这种富有阿拉伯特色的产品已经在中国境内销售。（图片由安达卢斯公司提供）

这条路同样不好走。

手工橄榄皂在阿拉伯世界都算小众，更别提在中国了。很多朋友都说他疯了，但李健炜却并无太多顾虑。依托国内的"互联网＋"浪潮，他想通过电商平台在国内宣传手工橄榄皂，挖掘潜在客户群。

在国内，"全天然"和"有机"越来越受欢迎，阿勒颇手工橄榄皂的原料只有橄榄果肉和橄榄油，与这种绿色消费理念不谋而合。

人活着就是要做自己喜欢的事，而李健炜喜欢的事物都跟阿拉伯有关。能把真正传承阿拉伯文化精髓、提高生活品质的好东西引入中国，这是李健炜 2017 年的小目标。

"叮"的一声，这是一条来自阿卜杜拉·纳赛尔的微信。这个身体健壮、剃圆寸的叙利亚 90 后小伙儿，正打算离开家乡，来中国跟着李健炜干。

李健炜在津南区金街盘了个店面，要开一家主打叙利亚原汁原味饮食的阿拉伯餐厅，他邀请纳赛尔来当主厨。两人一拍即合，都希望用焦脆的叙利亚比萨饼、浓郁的鹰嘴豆酱和喷香的烤肉，"俘获"更多中国人的胃。

不光这些，他还想打造一家阿勒颇手工古皂博物馆，想请叙利亚驻华大使来尝尝他们做的叙餐，想把自己的公司打造成一个让阿拉伯人都喜欢来的地方……

天津的夜色里，李健炜眺望着已经结冰的海河。这条河通往渤海，从渤海、东海、南海过马六甲海峡，再经印度洋、红海，最后抵达地中海的叙利亚拉塔基亚港。

叙利亚，阿勒颇。

艾米尔蹲在干燥坚硬的青色橄榄皂体上，一刻不停地忙碌着。皂体是融化的皂液直接铺在地面上晾晒凝固后形成的，约有一掌厚。

艾米尔左右移动，手起锤落，砰砰砰，在一排切割好的手工皂上依次打下商标。

距离上次运货已过去好几个月了，老板说很快就有下一批要运往中国。

去年全厂出产的 40 余吨手工皂，近五分之一是被一位名叫李健炜的中国客户订走的。

老板为了留住回头客曾主动提出降价，却被对方拒绝，对方还直接打了定金过来要订今年的货。有了订单保底，工人们的工钱就有了着落。老板说，等这批完工，艾米尔就会再次出任司机护送货物去拉塔基亚港口。

这条路以后可能经常要跑，艾米尔对此怀抱希望。

身后不远处，他的兄弟一边分切着凝固的皂体，一边和工人嬉闹。这个时候的平静，是炮火来袭前为数不多的好时光。

"丛生竹林河流"上的"辉煌"工程

新华社记者　易凌　薛磊　谢美华

额勒赛，坐标柬埔寨西南，从首都金边沿 4 号公路西行 300 多公里到达依山傍海的国公省，再转上省道接近密林覆盖的豆蔻山区，一条新建的 45 公里盘山公路现于眼前，路那头就是额勒赛下游水电工程。这座由中国华电集团修建并运营的水电站不仅点亮了国公省这个曾隔绝于国家电网的电力孤岛，也正改变一些柬埔寨青年人的命运。

"在一个无人区河谷建起柬埔寨最大的电站，可以承担起这个国家用电高峰期全国近一半的负荷，让普通百姓享受国家发展的成果，这是我最大的成就感。"中国华电额勒赛下游水电项目（柬埔寨）有限公司总经理乐建华说。

作为中资企业在柬水电站的旗舰项目，总装机容量达 338 兆瓦的额勒赛下游水电工程是目前柬埔寨境内单机容量和总装机容量最大的水电项目。从 2010 年 4 月开工建设到 2013 年 12 月 28 日最后的 4 号机组正式投产发电，整个项目比工期提前 9 个月完成，首相洪森专门出席了电站竣工庆典，称赞该项目将对柬埔寨社会发展和经济全面发展与消除贫困起到巨大作用，正契合中国的"一带一路"倡议。

柬语里"额勒赛"这个名字充满诗意——穿过丛生竹林的河流。但在这样一片旖旎风光之地修建一座现代化水电站却是困难重重。乐建华依然记得工程建设中必不可少的重要工作——扫雷，"是联合国队伍来扫雷的，后来

在厂区还挖出过手雷"。

此外，最大的困难是柬埔寨的多雨和技术工人的短缺。乐建华说："对我们做水电的来说，雨多是好事，但在建设期间，雨不停不仅延误工期，更影响施工和建设质量。再就是缺技术工人，当地只能找到电工和焊工，修卡车的工人都只能从国内找。"

在森林里筑大坝，风餐露宿修路建房，"斗蚂蟥、躲黑熊"，两国工作人员克服万难，最终建成电站，也结下深厚友谊。

中方人员的付出也得到了柬埔寨政府的高度认可。洪森首相亲自为额勒赛项目中 11 名作出突出贡献的中方人员授勋。

柬埔寨工业、矿藏和能源大臣隋森在接受新华社记者专访时对中资电站项目实施中的"中国速度"和"中国质量"也赞誉有加："所有项目建设都提前完工投产，即使是在全球经济危机背景下，工期也未延宕；中资企业项

2015 年 1 月 12 日，柬埔寨首相洪森出席中国华电援建的额勒赛下游水电站项目竣工庆典仪式。（图片由中国华电提供　陈克宁摄）

目执行均严格履行合同条款，与我们政府部门合作友好；这些水电站从建设到投产我去过很多次，我观察到中国技术人员技术好，经验丰富而且努力工作，没有他们，这些项目不可能顺利完成，成本也会更高。"

得到柬方赞誉的乐建华并未松懈。他说："我们的工作还没结束，培训柬方工作人员，帮助他们建立现代企业管理制度，制定行业标准，授人以渔，这才是未来发展的长久之计。"

马卡是位毕业于柬电力科学学院电力专业的90后，现在额勒赛水电站运行管理部任领班。他与乐建华怀有同样想法。在柬埔寨谋求国家发展、经济振兴的今天，他这一代年轻的"高知"被寄予了厚望。

"我们的经验太少了，需要跟中国师傅学习。"马卡中文说得很流利。大学时，他也专门自费学习了汉语，目前在电站工作了3年多，靠着工资，马卡为家里贷款买了地，今年新房落成，马卡又给家里添了冰箱，这在四季炎热的柬埔寨对一个普通家庭来说还是奢侈品。"我能帮助家庭也很高兴，下一步计划是给家里买空调。"他说。

作为能源开发部门的当家人，隋森也看好未来柬中两国在能源开发方面的合作："我们计划到2020年实现所有村镇全面通电，这需要修建更多包括太阳能在内的清洁能源电站和输电线路。我们希望在'一带一路'倡议框架下跟中资企业继续展开合作，延续两国的传统友谊。"

连通亚欧大陆的中国路桥人

新华社记者　陈瑶

昔日丝绸之路，使节商贾穿梭其上，沟通中西。今天丝绸之路，时代赋予它新内涵。2013 年，中国国家主席习近平提出共建丝绸之路经济带的倡议，这一倡议已开始为沿线人民带来更多福祉。

这条路上，与中国西部接壤的吉尔吉斯斯坦成为新丝绸之路的重要枢纽。中国路桥人在这里倾注心力，筑路架桥，让亚欧大陆人民的往来交流更为便利顺畅。

隆冬时节，记者走访了中国路桥公司在吉尔吉斯斯坦的办事处和工地，听他们述说条条大路背后的故事。

连通亚欧的重要枢纽

位于比什凯克的中国路桥公司驻吉尔吉斯斯坦办事处，总经理张军武正在布置道路修复项目冬歇后工作，案头大图纸上标记的几个项目都是"一带一路"建设的重要组成部分。

吉尔吉斯斯坦是内陆国家，东与中国有 1000 多公里共同边界，向北通过中吉哈公路进入哈萨克斯坦，向南向西通过中吉塔和中吉乌公路进入塔吉克斯坦和乌兹别克斯坦，一路向西经里海可到达欧洲，地理位置重要。

张军武指着地图说，一旦将吉境内主干道连通，便可组成四通八达的公路网，中国与中亚乃至亚欧大陆其他国家的交通将更为便利。

这位曾在非洲工作过的高级工程师为中国在吉修建和修复的众多公路项目倾注着心血。他总希望多建设几条公路，于是在吉尔吉斯斯坦一驻就是7年。

张军武说，进入吉尔吉斯斯坦境内的中国货品有七成分散到其他国家。得益于交通与物流的便利，吉尔吉斯斯坦如今已成为中国商品进入中亚及独联体地区的重要集散地。

险路变通途

"天山三丈雪，岂是远行时。"在唐代大诗人李白眼中，古丝绸之路上的天山如此高寒、险峻。一千多年以后，一条条由中国路桥人新修建和修复的公路如同灰色长龙，盘旋在天山山脉，穿过高原与盆地，一直通向远方，险路已变通途。

2014年国庆节当日，在比什凯克—巴雷克奇路段，中国路桥工作人员在仰望中吉两国国旗。（新华社发　罗曼摄）

清晨，机械手张政伟钻进寒冷的推土机驾驶室，在中国路桥中吉哈公路比什凯克—吐尔尕特道路修复项目（简称"60公里项目"）的路段上清除积雪。他身后跟着长长的货车队，车上满载着从中国新疆吐尔尕特口岸运出的货物，车队将经过纳伦、托克马克等数个重要城市，最终到达首都比什凯克，有些货车还要从比什凯克继续北行，前往哈萨克斯坦和俄罗斯。

19日，吉尔吉斯斯坦中商商会会长赵建共在货站等到了3天前从吐尔尕特口岸出关的货物。他说，几年前，吐尔尕特口岸到比什凯克路况较差，经常堵车，货车要在路上走上一周甚至更久。如今，随着道路修复工作快速推进，货车不断提速，中国商人生意也更加红火。

中国路桥吉北部地区项目负责人魏晓航告诉记者，60公里项目今年全线贯通后，货车从吐尔尕特口岸出发，两三天就能到达比什凯克。

公路沿线新建起众多交易市场，当地居民能买到更多质优价廉的中国商品。公路还经过一个自然保护区，那里风景秀丽的高山湖泊吸引大量国际游客和骑行者。畅通的公路，将带动当地旅游业发展，让更多的人欣赏到美景，也让当地人过上更好的生活。

冷山无情人有情

"劝君更尽一杯酒，西出阳关无故人。"唐代诗人王维送别友人元二出使西域时写下这样的诗句。当年，通向西域的路上荒无人烟，充满险阻。今天，在王维友人经过的天山山脉，路桥人在海拔3000米以上高寒缺氧的山区建起了60公里项目营地。

每年11月到第二年2月是项目冬歇休整期。施工人员中，一些人主动要求驻守营地，让其他同事有机会回国探亲。驻守人员冒着山区风雪的寒冷，上路铲雪确保交通顺畅，还为来年开春施工保养设备、储备材料。

在这种高寒地区，大部分地方没有通信信号，不少货车在沿途因为各种原因发生翻车、打不着火等突发情况。一名常年跑该路段的货车司机张志告诉记者，他和他的很多货车司机朋友都得到过 60 公里项目部的帮助。

张志说，一旦得知货车司机受困，中国路桥 60 公里项目部立即派来吊车和修理人员，为司机解困，帮他们脱险，还给他们带来食品、药品，安置他们住宿。"像亲人般雪中送炭的温暖，我们终生难忘！"他说。

得到中国路桥人救助的不只是往来的各国司机。去年 5 月，两位法国青年骑行经过 60 公里项目所在路段，遭遇突然降温，发生严重高原反应。中国路桥工作人员及时发现他们，将他们送到营地。服用抗高原反应的药物后，两位法国青年在温暖的营地中充分休息，身体很快复原，重新上路。

新丝绸之路上，中国建设者的一个个项目营地，在为路上旅人排危解困。在冬日里零下三四十摄氏度的高寒地段，上演着一个个温暖的故事。🔴

练就丝路建设"真功夫"

——中国师傅与洋徒弟的故事

新华社记者 赵宇 程云杰 张爽

在丝绸之路经济带上，"高山之国"塔吉克斯坦因为中国企业的进驻而在工业生产与基础设施建设上实现了多重突破，水泥主要依赖进口、国内铁路无法连通、冬季供电缺口巨大等问题正迎刃而解。

新华社"一带一路"全球行中亚小分队在调研时发现：所有中塔合作项目在实施过程中无一例外地大力推进本土化，加强技术培训，越来越多的当地员工走上了生产建设的核心岗位。

"谢谢我的中国师傅！"这是很多塔方员工在采访中不约而同说出来的一句话。正是在这样的师徒传承中，中国制造与中国建设的"真功夫"逐步转化成丝路沿线国家的生产力，中国的"一带一路"倡议在实践中给各国人民带来看得见、摸得着的实惠。

"一对一"出高徒

霍尔姆罗德·尤素波夫是华新亚湾水泥有限公司中央控制室的操作员，他认为自己走上公司核心技术岗位的秘诀就是"竖起耳朵听师傅的话，好好钻研技术"。

"以前没有专业技术，工作不固定，一两年就要换一次工作，有时还没事做。现在到了华新，师带徒的传统给了我学习技术的机会。我成了一名磨机操作员，不用担心找工作，也不用担心工资被拖欠，就是忙起来没空回家，老婆和孩子希望天天见面，"操着一口"洋味"汉语的尤素波夫说。

过去3年，华新连续组织"一对一"师带徒培训，每年有40多对中塔员工结成"师徒"关系。在年度大考中，徒弟们要接受严格的测试。巡检工须按照操作规范逐点巡检线路，眼观、手摸、耳听、鼻闻，小故障随手处理；维修工则需熟练掌握拆洗电机、扎钢丝绳、割焊工件、维修电路板等细活……

华新亚湾水泥有限公司总经理周致远说，师带徒是中国技术工人成长的传统路径，是手把手的经验传承。它能有针对性地帮助新人解决在工作中遇到的实际问题，也有助于增进彼此的感情，在跨文化国际合作中尤为重要。

"一对一"培训极大提高了塔方员工的独立操作技能，一些员工甚至自己当上了师傅。2015年下半年以来，已有4名塔方员工走上水泥厂的"神经

2016年8月16日，塔吉克斯坦员工霍尔姆罗德·尤素波夫在华新亚湾水泥有限公司中央控制室现场监控机组运行。在中国师傅的悉心教导下，他迅速走上公司核心技术岗位。（新华社记者赵宇摄）

中枢"——中央控制室的操作岗位。随着本地员工的快速成长，华新亚万项目的中国员工数量已减少40人，塔方员工上升至250多人，占员工总数的70%。

培训地点并非限于塔吉克斯坦。尤素波夫与80多名本地员工跟着师傅们到华新在中国国内的企业学习，了解生产理念、技术规范和安全标准。

尤素波夫说，华新在塔吉克斯坦建厂以前，塔水泥主要依赖进口。现在塔吉克斯坦生产的水泥已可以卖到国外，成功实现了水泥从进口到出口的逆转。在与记者的交谈中，尤素波夫的成就感溢于言表。

携手攻坚克难

8月24日，预计塔吉克斯坦总统拉赫蒙将亲自为瓦亚（瓦赫达特—亚万）铁路一号隧道开通剪彩。届时，塔吉克斯坦铁路中段与南段实现连通，国家铁路网首次实现互联互通。

瓦亚铁路是丝绸之路经济带建设框架内首个开工并建成的铁路项目，具有标志性意义。这条铁路最难啃的"硬骨头"——三个隧道和五座桥梁由中铁十九局负责建设。按照塔方要求，项目工期比预定计划缩短了12个月。

项目总工程师程绍山说，提前一年竣工难度非常大，除了加大人力物力投入，根据施工进展不断优化建设工艺、统筹协调物资运输外，通过师徒传承来完善塔方工人的技术培训格外重要。

记者了解到，隧道桥梁建设涉及十多个工种，技术含量高，但塔方人员主要是以力工为主，缺乏必要的专业技能和知识。因此，中国师傅在传授技艺过程中主要从安全标准和技术规范上入手。

32岁的季万彬是名吊车操作手，带的两个洋徒弟都40岁出头，一个叫巴赫都，另一个叫拉夫尚。在两个徒弟眼里，季万彬很有威严，一上来就把两人使用吊车的不良操作习惯一一指出，每天开早会都会点评两人前一天的操作情况。

"吊装这件事情干到老学到老，因为每种吊装货物的特点都不一样，对操作手的经验和临场应变能力要求很高。有一次巴赫都把吊车撞在了准备吊装的钢件上。他害怕得不想干了，后来我耐心地跟他一起分析原因，他的安全意识一下子就提高了，"季万彬说。

在瓦亚铁路建设中，5号铁道桥的架设让程绍山伤透了脑筋。那里地处峡谷，山壁陡峭，操作场地十分有限，大型吊装设备施展不开，无法按传统作业规程架设27米长的钢梁。在这种情况下，项目组设计了三套非常规方案，最后采取3台吊车空中接力的方式架设安装。这一次，季万彬和他的两个徒弟一起上阵，攻克了这个技术难题。

程绍山说："用两台小型吊装机把钢梁吊起，再由一台中型吊装设备在空中接力，转送到指定位置，这个操作难度很大，我们反复测算，基本上是贴近设备操作的安全极限来运行，没有过硬的功夫是很难做到的。"

消除技术盲点

同样应塔吉克斯坦政府要求在今年提前完工的是中国特变电工在杜尚别承建的2号火电厂二期项目，这个项目将使杜尚别等地告别缺电历史，并为冬季采暖提供可靠保障。

项目负责人张伟说，要保质保量提前完成任务，需要大量技术人才支撑，但是当地火力发电厂的运行工人基本上是空白。比如说，当地根本找不到能完成氩弧焊工艺的技术工人。

与普通电弧焊技术不同，氩弧焊接技术能在高温熔融焊接中不断送上氩气，使焊材不与空气中的氧气接触，从而防止了焊材的氧化，确保了管道的清洁度。

为帮助当地员工尽快掌握先进工艺，特变电工选拔98名当地员工到中国电厂接受培训，消除塔国工人的技术盲点。

曾在俄罗斯打工、只学过手工焊的伊力洪·祖罗夫说，跟着中国师傅，

他很快学会了氩弧焊技术，相同尺寸的管子，以前他要焊 2 个小时，现在只需要 40 分钟就可以焊完。

他说："很感谢中国师傅对我们的帮助，我也希望自己能把这种工艺传授给其他同胞。"

据张伟介绍，杜尚别 2 号火电厂项目最开始投标时有 8 家到 10 家国际企业参与，一听说要求 23 个月就投产，很多企业当场放弃。建设期间，塔国政府迫切希望尽快解决杜尚别及周边居民冬季用电取暖的难题，特变电工动用研发力量重新设计方案，又设法把工期缩短了半年。

张伟说，中国企业的每个海外项目能走到最后都很不容易，依靠的不仅是过硬的技术，还有真心实意造福项目所在国的愿望。丝绸之路经济带建设是共同富裕之路，中外师徒情无疑是文明互鉴、繁荣共生的有力支撑。

醉心中华餐饮艺术的秘鲁名厨

新华社记者　贾安平　张国英

在美食界，法国人的米其林餐厅星级体系一直是最权威的餐厅排名参考，而英国著名饮食杂志《餐厅》推出的"全球50佳餐厅"以其不错的含金量正在挑战米其林的权威。在2016年评选出的"全球50佳餐厅"中，《餐厅》杂志对一位厨师给出了"秘鲁料理殿堂的重要缔造者之一"的评价。他就是在这份榜单上排名第30位的"Astrid & Gastón"餐厅的老板加斯东·阿古里奥。

加斯东其实对"全球50佳餐厅"这一荣誉并不陌生。早在《餐厅》杂志2012年的评选中，他管理下的这家餐厅就排名第35位，成为秘鲁第一家进榜的餐厅，后来又曾一度在2013年跃升至第14名，成为当年排名进步最快的餐厅。

加斯东在厨艺上所取得的成就，得益于他对美食的爱好和不懈的坚守。

加斯东出生于经济条件优越的家庭，他的父亲曾经是秘鲁政府内阁部长、国会议员。父亲希望儿子将来成为一名律师，于是就把加斯东送到西班牙去学习法律。

在父母的眼中，厨师并不是体面的职业。但自幼喜欢厨艺的加斯东却瞒着家人放弃法律专业，偷偷转入一所烹饪学校学习。他说："我认为自己天生就是做厨师的，尽管这个志向在那个年代不合潮流，但我不想放弃梦想。"

3年后，加斯东学成回国，站在父亲面前的不是一名律师，而是一名厨师，

父亲无奈只能接受儿子的选择。随后，加斯东又到世界顶级厨艺学院法国蓝带厨艺学院进一步深造，他每天都要花上十几个小时苦心钻研来改进自己的菜品。也正是在巴黎的这段时间里，加斯东结识了德国姑娘阿斯特丽德，也就是他未来的妻子。

1994年，加斯东和阿斯特丽德回到秘鲁，并向亲朋好友借钱开了一个当时十分流行的法式餐厅。他倾其所学，为前来探店的食客献上一道道既传统又正宗的法式大餐。虽然这家餐厅开业第一周仅迎来12位顾客，但很快就凭借高超的厨艺在老饕中树起了口碑，顾客前来就餐常常需要提前预约，否则一座难求。

但加斯东逐渐发现，自己身边那些色香味完美融合的秘鲁菜肴散发出一种别样的魅力，这让他坚定了要将秘鲁料理发扬光大、传遍世界的志向。

加斯东说，秘鲁是世界上生物多样性最丰富的国家之一，制作美食的天然食材也非常丰富，加之历史上来自不同民族的移民饮食文化不断融入，秘

2016年4月28日，秘鲁首都利马举办第二届环球旅游美食大会，秘鲁名厨加斯东·阿古里奥向观众展示如何制作秘鲁传统名菜酸橘汁腌生鱼。（新华社发　雇员路易斯·卡马乔摄）

鲁美食有着非常丰富的内涵。

于是，加斯东走遍秘鲁的大小城镇，品尝各地名吃，与有经验的厨师切磋厨艺，将自己的餐厅转向本国美食。经过不断的尝试，加斯东在秘鲁传统美食文化基础上勇于突破、大胆创新，经他之手出品的秘鲁创新料理一炮而红。2000 年，夫妻俩在智利开设同样以夫妻两人名字命名的餐厅"Astrid & Gastón"，不出一年就被当地媒体评为全国最佳餐厅。

此后，加斯东在烹饪艺术的路上越走越远。他凭借自己的执着、智慧和汗水为秘鲁料理赋予了新的生命，将秘鲁美食推上了世界舞台。现在，加斯东和阿斯特丽德夫妻俩在秘鲁、智利、美国、巴西、墨西哥等 11 个国家经营、管理着近 40 家餐厅，打造了一个属于他们自己的美食天地。

可谁又能想到，童年时代让加斯东怀有厨师梦想的竟然会是一家中餐馆。

他回忆说，他从小就想当一个厨师。有一天，父亲问他想要什么圣诞礼物？加斯东不假思索地说："我想要一家中餐馆。"父亲不懂他的意思，以为他想去吃中餐。加斯东又重复一遍："我想要一家中餐馆。"

这是因为加斯东家附近有一家很大的中餐馆，里面有小桥流水和带屏风的小房子，人们在那里吃饭、聊天，十分惬意。一个周六的上午，父亲带加斯东去中国城一家中餐馆，加斯东好奇地走进厨房，看到笼屉的蒸汽，闻到烧卖的香味，从此，烧卖特有的气味就刻在加斯东的记忆中。

如今已成为国际顶尖大厨的加斯东聊起中餐时依旧兴致浓浓。为此，他特地选择了他所经营的一家中餐馆作为采访地点。他对记者说："在我记忆深处有对中餐的热爱。"

"我最喜欢吃炒饭，而且里面一定要放中国的香肠。"正如加斯东所说，160 多年前，中国移民来到秘鲁，不仅融入了当地社会，也改变了秘鲁人的很多生活习惯。过去秘鲁人餐桌上的主食是玉米、土豆和面包，随着时间的推移，中国人把水稻种植技术传到秘鲁，秘鲁人慢慢地认识了大米，而且喜欢上了香喷喷的大米饭、炒饭。"这是中国文化给我们的礼物，大米已是秘鲁人生

活的一部分，"加斯东感慨地说。

随着生意越做越大，加斯东于 2011 年在利马米拉弗洛雷斯区开了一家中餐馆。他说："这家中餐馆的菜谱基本上是中式粤菜，有少量的大蒜，略带一点儿甜味，这里的厨师长是生在广东的中国移民，我经常和他一起研究更新菜单。"

对于加斯东来说，美食并不仅仅是美味佳肴，它更是一个讲述历史、文化的载体。他以全新的视角将自己的餐厅与秘鲁的人文、地理、历史、文化紧密地结合在一起，坚持"创新、时尚、品位"的理念，每6个月更新一次菜单，让满怀期待的食客吃出一个个秘鲁的优美童话故事。

现在，加斯东已不仅仅是美食达人、顶尖大厨，更是秘鲁美食文化的传播者。除了通过自己经营和管理的餐厅将秘鲁美食献给全球饕客外，加斯东也不忘与人分享：他写书讲述心得，上电视教观众做菜，还和秘鲁当地的基金会共同创办了一所厨师学院，将自己多年来积攒的烹饪心得一并传授给年轻人，并给他们在一线餐厅实习、创作的良机。

如今，加斯东的愿望是将他的秘鲁餐厅开到中国。他满怀信心地说："我相信最终有一天能在中国开一家美丽的秘鲁餐厅，使中国顾客能品尝到正宗的秘鲁美食。"

柬埔寨信息"高速路"上的中国身影

新华社记者　薛磊　张艳芳

　　李勇毅从事电信行业已经 20 余年，来到柬埔寨出任柬埔寨光纤通信网络有限公司副总经理也已近一年，分管公司的两个部门。他近日在接受新华社记者采访时说，身在异乡，加班加点是常态，前线后方都要顾得上。

　　柬埔寨光纤通信网络有限公司是中国光启海容国际通信集团（简称光启海容）在柬的全资子公司。今年 3 月，光启海容与柬埔寨邮电部签署了亚非欧 –1 海缆（AAE–1）柬分支及相关基础设施建设和运营合作协议，这是中国企业承接的当地首个洲际海缆项目。

　　AAE–1 海缆系统全长约 2.5 万公里，连接中国香港和欧洲，中间分支连接东南亚、非洲和中东，是第一条绕开马六甲海峡经由泰国连通印度洋和南海的国际海缆。据介绍，工程预计在 2017 年年底建成并投入服务。

　　李勇毅说，柬工程项目一旦成功实施，将彻底改变柬国际带宽出口必须经由泰国和越南转接、内容源受限，传输质量差、价格高昂等现状。

　　据李勇毅介绍，自 2006 年进入柬埔寨至今，该公司雇员近 90% 为当地人。公司里有很多从基层做起的柬籍员工，通过自身不断学习和努力工作，跻身中层岗位。

过去 10 年里，光启海容在柬的光纤网络建设陆地光缆铺设已达一万多公里，覆盖柬埔寨 25 个省市，为柬 17 家电信、电视、互联网运营商提供服务，占据当地光纤网络市场约 80% 的份额，光纤接入网覆盖数达到 30 万户。

在项目初期，陆地站点设立在柬埔寨的西哈努克港。4 月的柬埔寨进入雨季，暴雨时常灌满新挖的地基，建设方案只得更改。李勇毅说，"我们最后采取打桩的建筑方式，海缆站的建筑要求是每平方米地面承重量为一吨，而一般民用建筑承重只有 200 到 250 公斤，像这样相差 5 倍的建筑水泥桩，整个柬埔寨市场都找不到……"几经周折之后，问题最终得以解决，并顺利实施。

他说，基础设施、建筑材料、地理因素等方面出现的问题，是以往国内工作中没有的。从水泥桩到周边配套设施、油电机、发电机、电池组等大量设备的使用以及施工方式，都受

2016 年 6 月，西哈努克海缆站打下第一根桩。（图片由柬埔寨光纤通信网络有限公司提供）

到好评。

柬埔寨光纤通信网络有限公司总经理贺乐平介绍说，进入柬埔寨电信市场后，该公司的管理模式以及项目工程标准逐步发展成为柬行业标准。柬政府去年年底为其电信行业立法，通信基础设施获得法律保护，柬埔寨长期通信发展有了可靠的法律保证。

李勇毅说，希望海缆在投入使用后可以把充足的、直达的、独享的国际带宽提供到柬埔寨市场上，为柬埔寨电信、经济市场打开一扇新的大门，满足从政府到企业和普通民众的一系列需求。

未来，这条带宽充足、价格合理、质量可靠的新一代信息高速公路将有效带动柬埔寨信息产业链的发展，推动柬经济发展，缩小其与发达国家之间的数字鸿沟，实现柬埔寨与世界各地的互联互通。

点亮几内亚绿水青山

新华社记者　陈晨

"峡谷瞬成湖浩瀚，彩虹横架翠峦连。"

凯乐塔，坐标几内亚西南，从首都科纳克里向东北方向行驶近 160 公里到达密林覆盖的孔库雷河流域，一处白浪滔天的瀑布随即映入眼帘，远远望去仿佛一个巨大的"勺子"，侧卧在美丽的孔库雷河上。这座由中国水利电力对外公司承建的水电站不仅改善了几电力供应紧张的局面，也正改变着当地人的命运。

近日，几内亚总统孔戴宣布启动了西非输配电线路互通项目，起点就位于凯乐塔水利枢纽。它被赋予新的使命，未来将把电能输送到冈比亚、塞内加尔、马里和几内亚比绍等周边国家。

价值在汗水中闪光

从凯乐塔水电站到科纳克里，需要修建 5 处变电站和全长 158 公里的输变电线路工程。当地特有的红色土壤，似乎把太阳光的热度完全吸收保留，由上至下"烤"验着奋斗在一线的建设者们。

凯乐塔水利枢纽工程项目综合事务部的王晓溢曾是这群建设者中的一员。

他回忆说，"项目从 2012 年开工建设，作为一线工作者，我们需要在酷热高温的环境下完成浇制、组塔立杆和架线等工作，汗水浸湿了衣襟，摘下安全帽头发总是湿漉漉的，一天工作下来衣服都起了一层白白的盐碱。"

炎热的天气在夜晚也困扰着大家。王晓溢说，项目临时驻地条件简陋，往往仅依靠小型发电机发电，没有空调和风扇，一天劳顿，闷热的环境却让人无法入睡。

不过，中国建设者们克服了艰难困苦，积极应对恶劣环境，2015 年 9 月，凯乐塔水电站正式投产运营，把电力输送到科纳克里的千家万户。

几内亚能源和水利部长谢赫·塔立比·西拉说："凯乐塔水电站项目造福几内亚民众，为当地大街小巷带来光明，中国建设者们不辞辛苦，是最可爱的人。"

埃博拉疫情中坚守战线

2014 年初，埃博拉病毒首先在几内亚境内确认发现，当时正值凯乐塔大坝、厂房土建施工高峰期，项目被推上了风口浪尖。很多外国企业在紧急关头相

面值为两万的几内亚法郎纸币背面印有凯乐塔水电站示意图。（资料图片由中国水利电力对外公司提供）

继撤离，周边国家关闭陆上口岸，航空公司停飞，项目的安全形势不明朗。

中国水利电力对外公司总经理助理、非洲部经理张如军介绍说，"当时项目工地上有1000多名中方员工和2000多名当地雇员，停工撤员会把主线工期延后一年，项目将蒙受损失；而且半途而废无疑会伤害几内亚人民的感情。"

张如军说，作为中几两国重要的合作项目之一，凯乐塔水电站代表着中国的形象。公司选择坚守阵地，设计、施工、监理各方留下来继续施工。

张如军回忆说，"对于凯乐塔项目而言，工程战线绵长，尤其城网改造部分各施工点均在人口聚集区，疫情防控难度很大。"在中国驻几内亚使馆、经商处、援几医疗队和疾控专家的指导和帮助下，项目团队共同迎战，至项目竣工时，中方和当地员工无一人受到疫情威胁。

几内亚计划和国际合作部长坎尼·迪亚洛表示，"两国工作人员克服万难，最终建成水电站，也结下了深厚的友谊，几内亚人民不会忘记在困难时候站在我们身边的朋友。"

成长奋斗在中企

不论是中方的张如军，还是当地项目高级雇员塞古，都认为，培训几方工作人员，帮助他们建立现代企业管理制度，才是未来发展的长久之计。

今年是48岁的塞古在凯乐塔项目工作的第五个年头，从最初的翻译工作到现在负责与当地政府部门接洽的外联工作和项目人力资源属地化管理，他被寄予了厚望。

2001年塞古前往中国学习汉语，并获得了博士学位。2012年他返回几内亚，找到了在中资企业做翻译的工作。因能力突出、汉语流利，塞古很快被公司安排其他更重要的工作任务。

塞古在中资公司找到了归属感，把个人前途与公司发展前景紧密地结合在一起。他认为，很多在几内亚的中国企业不仅带来了资金和技术，还提供大量就业机会，"能在一家有责任、有担当的企业里工作，我感到非常自豪。"

塞古接受新华社记者采访时说，"这份工作改善了我家庭的生活水平，前年我们一家六口人搬进了新房。"

塞古是三个孩子的爸爸，他希望自己努力工作多攒些钱，未来让他的孩子可以去中国留学。"我的大儿子读中学三年级，今年刚开始学习汉字，我希望我的孩子们都能到中国去学习、去了解外面的世界，"他说。

如今，在孔库雷河流域距离科纳克里约 135 公里处，苏阿皮蒂水电站正在建设之中。晚霞的余晖中，起重机挥舞着大臂，土建工程如火如荼，施工人员向更大的装机容量和发电目标冲刺。🔴

中国匠人筑梦北非

新华社记者　黄灵

阿特拉斯山脉自西向东横贯非洲最大国阿尔及利亚。在这排雄奇而险峻的山脉腹地，一支中国建筑队伍正在修建阿尔及利亚一号工程——绵延数千公里的南北高速公路。一批以年轻人为主的骨干力量在工地上勤学苦干，在非洲大地上书写自己靓丽的人生。

功崇惟志，业广惟勤。

90后的杨洋是中国建筑工程总公司（简称中国建筑）的一名测量员。这位外表文气的小伙子现在已是一个测量小组的负责人了。从2013年起他就来到南北高速公路项目地，负责项目前期测量工作。每天早上不管风吹雨打，他都带着测量队的小伙子们在绵延起伏的峡谷入口地段穿行。他所在的地段地势陡峻，地形起伏，沟谷纵横，地貌复杂，施工条件非常艰难。但他领着测量队打标高、放线、实测实量，从不含糊。

杨洋深知，他肩负的测量工作有一点点疏忽或失误就会影响后期工期进度，使企业蒙受巨大经济损失。为了确保测量技术资料准确，进场不久他就利用电子表格，根据工程实际要求，结合各项曲线参数编制了一系列程序，确保数据的准确。

野外测量由于缺少机器设备，很多数据经常要拿回办公室后再进行计量测算。为了缩短计算时间，杨洋利用普通卡西欧电子计算器，编写计算程序，解决了野外计算时间长、测量放样速度慢等难题。在需要计算直线和各种曲线上某一点时，只要输入一些简单的要素就可以得到相关坐标和方位数据。大大提高了工作效率。

凭着过硬的测量技术，杨洋在项目上解决了许多复杂难题。但中专毕业的他深知学习的重要，参加工作以来他就一直没有停止学习的脚步。他办公桌上经常堆着许多专业技术书籍，每一本上都做了不少笔记。在项目施工中他勤于思考，只要有空就上工地向工人师傅请教，和同事们一起探讨如何放样、控制才能达到最佳效果。在南北高速公路项目上他改进了许多测量流程和数据处理方法，大大缩短了前期测量时间，为后期全面施工打下了坚实的基础。

南北高速公路是非洲大陆从地中海直达中非腹地、贯穿阿尔及利亚南北向的交通大动脉，建成后对阿尔及利亚经济发展和国家安全具有重大战略意义。中国建筑修建的这段公路要穿越地势险峻的阿特拉斯山脉，是南北高速公路中公认最难啃的"硬骨头"，而其中 T1、T2 两条隧道又是其中的重中之重。

隧道工区副经理谢天义就承担着这副重担。

他单独负责的第一个工程是 T2 隧道仰坡上的锚索框架梁。这是阿尔及利亚目前最大的锚索框架梁工程，包括 34 片框架梁、11577 米锚索。施工开始后谢天义每天在现场工作超过 16 个小时，

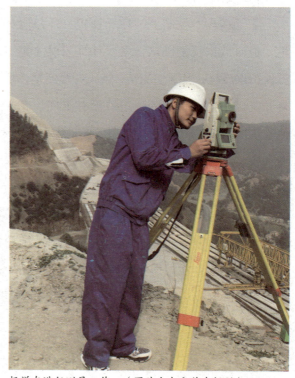

杨洋在进行测量工作。（图片由本文作者提供）

215

安排工序，调配资源，严控施工质量。回到营地后还要用 2 个多小时研究锚索体系，整理相关资料。

从 2014 年 6 月 24 日第一根锚索钻孔开始到 12 月 25 日最后一根锚索张拉完成，一共 184 天。184 个日夜里，他管控每一片梁的钢筋、模板和混凝土，关注每一米锚索的安装、注浆和张拉，保证每一根锚索、每一片梁都紧紧地锚固在山体上。

付出就会有回报。由于锚索框架梁施工优良，T2 隧道左右洞开始安全施工比预定工期提前半年。

谢天义的同事领导以及手下的工人对他精益求精的劲头深有感触。每次开挖爆破结束后，他就会拿着一把卷尺在掌子面比比划划。爆破的超欠挖控制是隧道施工成本控制的关键。为了达到最佳效果，他跟风枪师傅学习钻炮眼，寻找合理钻眼角度；查资料，做试验，优化炮眼布局。

除了在成本控制上"斤斤计较"外，他对质量问题也从不放松。隧道测量，他对数据反复确认，多次计算无误才签字；钢筋绑扎，他控制间距，确保保护层厚度；混凝土浇筑，他从头看到尾，每一方混凝土都在他监督下施工。自开工以来，他负责的隧道口没有出现一起质量事故，得到业主、监理和其他施工同行的好评，还被评为样板工程。

曾有人问谢天义，大学毕业才 3 年多，所学专业也不是隧道工程，为什么会有这么好的成绩。他笑笑说，学之不如好之，好之不如乐之。

2016 年 12 月 15 日，南北高速公路 T2 隧道顺利贯通。这一隧道长 2425 米，是阿尔及利亚最长的公路隧道。当天，中国建筑举行了盛大的开通仪式，一张张年轻的面孔在鞭炮和音乐声中露出开心与自豪的笑容。凭着传承与钻研，靠着专注与磨砺，他们在这里实现了自己的梦想。

"中国制造"托起厄瓜多尔地震灾区人民的希望

新华社记者　郝云甫　梁君茜　钱泳文

"你好，这里是 ECU911。"

位于厄瓜多尔首都基多的国家安全指挥控制系统（ECU911）总部应急指挥大厅的接警电话红灯闪烁不停，一条条求助信息通过电话、网络ＡＰＰ软件、公共设施的一键输入应急按钮等方式源源不断汇入。

2016 年 4 月 17 日凌晨，应急指挥大厅里气氛紧张、凝重。当地时间 16日 18 时 58 分，一场 7.8 级的强震袭击了厄瓜多尔西北部沿海地区。这场近 30 年来厄瓜多尔所遭受的最具破坏性的地震共造成 600 多人死亡、数千人受伤。

数秒之内，报警人的求助信息出现在 3 台显示器上，分别显示着报警人位置、电子地图、事件记录和可调度资源等信息。在调度员的协调下，一幕幕与时间赛跑的营救在距离应急指挥大厅约 170 公里外的地震灾区有条不紊地展开。

ECU911 最核心的指挥系统是由一家中国企业——中国电子进出口总公司（简称中电子）设计打造的。中电子厄瓜多尔分公司负责人汪飞说，地震发生后，灾区所有的报警、救援、应急处置、全国救援力量的调拨和协调都通过系统平台处置。

"中国企业为厄瓜多尔打造的国家安全指挥控制系统（ECU911）在地震灾害救援中发挥了关键作用，挽救了许多人的生命。"负责指挥协调救灾工作的厄瓜多尔安全协调部部长纳瓦斯在接受新华社记者采访时坦承。

当地时间 17 日凌晨至早 7 时，ECU911 系统接警 5600 多起。灾情较重的曼塔市发生的一幕让救援人员倍感振奋：一个 4 岁小女孩在废墟中被埋近 8 个小时后，被救出时已奄奄一息。可当时震区所有的医院都因满员或损坏，无法提供救治。救援队联系 ECU911 系统，经过紧急协调，厄瓜多尔军方派出直升机将小女孩紧急送往瓜亚基尔医院进行救治。

纳瓦斯说，如果没有中国公司为厄瓜多尔打造的这套国家公共安全和应急平台，厄瓜多尔在这场大灾难中面临的困难将不可想象。ECU911 系统保证了灾民的受灾信息及时送达救援部门，大大提高了救援效率。

中方工程师在地震后所展现出的大无畏精神也让厄方人员称赞不已，他们没有出于安全考虑转移至他处躲避，而是选择了留在灾区协助厄方对系统

2012 年 9 月 22 日，在厄瓜多尔第一大城市瓜亚基尔，工作人员在由中国企业承建的国家安全指挥控制系统（ECU911）应急指挥大厅内工作。（新华社记者施思思摄）

进行维护。

"地震发生后,中方人员很快和厄方技术人员一起投入到这场战斗之中。他们在灾害面前表现出的勇敢精神和兄弟情谊令人感动,感谢中国朋友!"ECU911资源协调部门官员埃拉斯动情地说。

在平时,ECU911是一张公共安全网;当自然灾害突然来临时,ECU911就是一个高效的救援指挥中心。2011年以来,中电子帮助厄方建立起覆盖全国、设有16家指挥分中心、融合军警消防等职能部门的ECU911系统。随着这一系统投入使用,厄瓜多尔国内犯罪率显著下降,其在拉美地区国家治安状况排名也由倒数第三升至正数第三。"中国制造"的ECU911在厄瓜多尔已然有口皆碑。

除了凸显技术的信息化建设能力,ECU911还将中国建筑企业里千千万万"鲁班"们追求质量、精益求精的工匠精神一并带到了厄瓜多尔。

马纳维省首府波托维耶霍市(简称波市)是这场大地震中受灾最严重的城市之一。站在波市的街道上放眼望去,满目皆是倒塌的房屋、移位的建筑、遍布的瓦砾,大量房屋在强震中成为危房,许多居民都不敢继续在家中居住。

无家可归的他们找到了一座三层白色的建筑,这里是ECU911波托维耶霍安全应急指挥中心(简称波托中心)。地震发生后,这里不仅成为了震区抗震救灾临时指挥中心及新闻发布中心,同时也是大量灾民最安全的临时新家。

由中工国际工程股份有限公司(简称中工国际)厄瓜多尔分公司负责承建的这个安全应急指挥中心经受住了严峻的考验,大跨度、高悬挑的操作大厅几近毫发未损,部分空间内仅有局部吊顶塌落,少数外墙墙皮粉刷层脱落,剧烈晃动导致个别墙体与钢结构连接处出现裂缝,但整体结构未受损伤,中心一切功能运转正常。

波托中心在地震中"屹立不倒",大批受灾民众聚集到中心附近,甚至直接在中心外围的草坪上席地而睡。

中工国际厄瓜多尔分公司负责人杨谅告诉记者，整个厄瓜多尔国内共有7座ECU911应急指挥中心由中工国际承建，其中4座位于震区。经历过强震的"洗礼"，所有承建项目都未出现大的结构性损伤，充分体现了中工国际在项目施工管理、质量管理、突发事件应急处理中专业高效的管理水平，也让厄瓜多尔民众更加相信"中国制造"。

基础设施建设"走出去"，信息化能力建设"走出去"……越来越多的中国企业积极响应"一带一路"倡议和国际产能合作号召而选择了走出国门、走向世界。大灾面前方显英雄本色。这一次，中国技术和"中国制造"经受住了厄瓜多尔强震的考验，每一位"走出去"的中国人都有理由为此感到自豪。

以中国工匠精神打造百年工程

新华社记者　王守宝

埃塞俄比亚东部的古老城市哈勒尔，阿拉伯文化盛行，一座座清真寺静静矗立在高原上。这里距埃塞俄比亚首都亚的斯亚贝巴 500 多公里，平时鲜有中国人到来。

2013 年开始，一群中国人冒着烈日，开始频繁到访这个地方，他们走街串巷，时而驻足、时而思考，有时还激烈讨论。

这群人是中国铁路技术人员，他们要为当时正在修建的亚吉（从亚的斯亚贝巴至吉布提首都吉布提）铁路沿线的一个火车站——德雷达瓦车站寻找设计灵感。

技术人员希望把车站打造成艺术精品，使车站的格调和埃塞东部城镇文化风格一致，能够将埃塞独特而古老的建筑特色融入到车站的建造中，同时又能体现埃塞在现代化道路上的活力。

他们每来访一次哈勒尔，都会仔细打磨车站设计图。哈勒尔古城中伊斯兰建筑的优雅古典美不断激发他们的灵感。

设计图五易其稿。当一座座拱门与墩柱交错排列的车站设计图展现在埃塞铁路局官员眼前时，他们竖起了大拇指。

精心设计的德雷达瓦车站建筑造型类似"门户"，两翼较矮，中间候车大厅正面是一座座高大的伊斯兰风格拱形大门，庄重而典雅，既有阿拉伯文

化的传统美，又洋溢着浓烈的现代气息。

亚吉铁路是非洲第一条跨国电气化铁路，由中国中铁和中国铁建中土集团联合建设。它是继坦赞铁路之后，中国在非洲修建的又一条跨国铁路，被誉为"新时期的坦赞铁路"。

中土集团董事长袁立说："我们追求以打造百年工程、精品工程为目标，来建设这条新时期的坦赞铁路。"

2016年10月5日，这条倾注了中国公司智慧和汗水的全长约756公里的铁路举行了通车仪式。

"亚吉铁路充分展示了中国企业的技术实力。"埃塞总理海尔马里亚姆在通车仪式上高度评价这条中国公司修建的铁路，并赞扬中国政府和人民为亚吉铁路的成功建设提供的合作与支持。

精品工程的意识不仅体现在对民族文化的尊重上，还体现在充分反映自

2016年10月3日，在埃塞俄比亚首都亚的斯亚贝巴附近，一列试运行列车在亚吉铁路上行驶。（新华社记者孙瑞博摄）

然规律、保护农牧民利益上。

2014年8月10日，亚吉铁路一项目部接到电话，铁路里程DK78公里处发生大批当地村民阻工事件，得知情况后，项目部马上派出处理小组达到现场，了解原因。

原来，该处铁路北侧有3户常住村民，担心铁路建成后让家里牲畜无法跨越铁路进行放养，因此该村长老会成员组织一大批村民阻拦施工，要求解决3户人家的牲畜通道问题。

埃塞俄比亚农牧民喜好养牛、羊、驴，该国人均牲畜占有量处于世界前列。"修建铁路时，经常可以看到大批牧民，赶着上千只牛、羊在草原上放牧，如何保障农牧民牲畜的放养问题，是亚吉铁路建设需要考虑的细节。"亚吉铁路结构队队长邱海彪说。

后来，铁路施工人员耐心向他们做了解释，该处会设计一个3米×3.5米涵洞，骆驼等大型牲畜都可以顺利通过，才使事态得以平息。

亚吉铁路中土集团修建的线路每公里设有2个涵洞，全线430公里总计约750余座涵洞，部分涵洞专门扩大了尺寸，成为专设的野生动物通道，可供铁路沿线牛羊等家畜和骆驼等野生动物自由通过，加上沿线便道贯通，确保野生动物可以安全通过铁路。

打造精品工程贯穿于铁路修建的每一个环节。亚吉铁路在修建中还把环保放在重要位置，努力建成一条绿色运输通道。

"铁路修建过程中的污染问题在生态环境脆弱的非洲丝毫不能忽视。由于铁路修建时要打大量地基，每向地基内浇灌100立方的混凝土，就会涌出400立方米的泥浆。"邱海彪说，泥浆不易干，且是地下沉积物，容易污染水源，如果再用被污染的水灌溉，还会严重损坏庄稼。因此，在处理泥浆时，中土集团会严格按要求将其排放到指定地点，例如在钻孔桩附近专门开挖泥浆池、排污池等，施工完毕后，将泥浆池回填并加以绿化。

2017年1月10日，一辆中国生产的电气化旅客列车沿亚吉铁路首次由吉

布提驶向埃塞俄比亚，标志着这条铁路在运营方面又向前迈进了一步。

　　作为中国海外铁路建设者再一次用质量创造的非洲铁路的奇迹，亚吉铁路将为埃塞俄比亚和吉布提经济、社会发展，加强东非地区一体化进程发挥巨大作用。

感人

迪瓦拉卖羊

中国铁路通信信号集团公司　刘晓

1

迪瓦拉今年六十岁了，他没有娶妻，也没有子女。

这个独自生活在山区的老人过得并不容易。他已经记不得自己的父母是什么时候去世的了，几十年以来，他一直孤独地生活在肯尼亚内罗毕。

小麦和羊群是他的一切，可如今他老了，耕种小麦对他来说太吃力了，牧羊成了他唯一的谋生之道。

现在，迪瓦拉有了新的苦恼。

政府对于肯尼亚山国家公园越来越重视，被划入公园的范围实在是太广了，其中不少地方，是迪瓦拉赖以生存的牧场。迪瓦拉不得不慎重考虑，究竟要不要继续进入肯尼亚国家公园放牧。

肯尼亚山国家公园并无明显的边界，迪瓦拉知道有一条隐秘的通道可以进入其中，那里有一片平坦、广阔的草地，是他多年来的秘密牧场。

2

去往隐秘通道的路上，迪瓦拉必须穿过一条铁路——蒙内铁路。笔直的路轨伸向远方，将茫茫的荒野一分为二。

这条中国工人们修建的肯尼亚百年来的首条新铁路已经接近完工。目前，中国通号的工人们正在紧锣密鼓地进行最后一道关键工程的施工——通信信号专业安装，搭建列车运行控制系统。

好几次，中国工人都阻止了迪瓦拉穿越铁路的行为，并且请来翻译告诉他，一旦铁路通车，他就不能随意穿越铁轨。

老头子当时就不干了，大吵大闹了一番，中国人面露难色，却暂时无法解决他的问题。

迪瓦拉能有什么办法呢？平时沉默的他也只是在发怒过后默默地走了，而后他每天依旧穿过这条铁路去放羊——中国人说距离通车还有一年多的时间，他只能过一天是一天。

那时迪瓦拉心想，也许到了通车的时候，他已经不在了吧，到时候就没

图为2016年7月，中国通号中方员工与肯尼亚员工一起在孔扎站安装信号机。蒙内铁路是首条海外全中国标准铁路，通信、信号列车运行系统由中国铁路通信信号集团公司承建。（图片由本文作者拍摄）

有这些烦恼了。

有一天，这条安静的铁路又来了很多黄皮肤的中国人，他们正忙碌着。迪瓦拉远远地看见铁路边上，多了一些栅栏一样的东西。那些不过一米多高的栅栏将去往铁路的路完全挡住了，他很疑惑也很愤怒：中国人为什么要修这些栅栏，是要将他唯一的活路也断掉吗？

迪瓦拉急匆匆地朝着中国人聚集的地方走去，后面跟着他温顺的羊群，他需要一个解释，否则这一大群羊就吃不上草了。羊群吃不上草，就代表着他吃不上饭。

3

有人注意到攥着羊群的迪瓦拉，认出了这个倔强的老头子。迎向迪瓦拉的是一个微笑着的中年中国人和一个本地人，还有一个稍微年轻的中国人。

迪瓦拉怒气冲冲地对那个中年人说道："你们为什么要修栅栏，是要断我的路吗？"

本地人将他的话翻译给了中国人，那个气质温和的中年男人慢慢开口，耐心向他解释起来。

通过翻译的传达，迪瓦拉慢慢了解了事情的始末。

原来这条栅栏的修建，一直都在中国人的计划之中，是为了防止野生动物跑上铁轨。听中国人讲，在这条栅栏的某些地方，还为野生动物设置了绿色通道，还会安排工作人员对其进行引导，以后公园里的野生动物要想过铁路，就可以从绿色通道过。

听完解释后，迪瓦拉也理解了中国人的做法。可是理解归理解，中国人的这条栅栏对野生动物虽然有极大的好处，但却影响他的活路，他依旧很着急。

中国人看出了迪瓦拉的着急，通过翻译对他说道："老人家，我们理解你的难处，我们有两个办法。如果能找到别的地方放羊，你可以继续放牧。但如果你找不到的话，可以试试我们给你的工作。"

听完，迪瓦拉有些犹豫——他已经六十岁了，还有什么工作是他能做的？

中国人接着说道："我们的铁路护栏和安全通道完工之后，需要工作人员进行简单的维护，绿色通道那边，也需要人去引导野生动物，如果你不介意的话，这份工作我们可以交给你。"

这是一个巨大的惊喜，他不敢相信，连着问了几次："真的吗？"得到中国人肯定的答复后，他立刻答应接受这份工作，甚至没有询问工资有多少。

迪瓦拉还可以找到另一个稍小一些的牧场，但那里无法供养所有的羊。他心里有了一个主意。

4

迪瓦拉将自己的羊群赶回家后，又急忙赶回铁路旁，他想起来要和中国人商定工作内容、时间，当然，还有工资。签订好合同之后，他慢悠悠地回家了。

第二天，他赶着自己家里一半的羊走向了集市，准备卖掉这一半。这样，小牧场能维持羊的生存，他可以既放羊，又安心工作。两项收入足够他度过余生了。

六十岁的迪瓦拉快步走在路上，唱着古老的歌谣，却像年轻了二十岁一样。

中国公司给补牙，阿诺笑了

中国东方电气集团有限公司　段炼

外号"小漏斗"的小姑娘阿诺终于敢在哈开村村民们面前咧开嘴笑了。

过去两年多的日子里，她都快抑郁了，作为一个花季少女，在风景如画、瀑布飞流的南芒河畔，每天都有无数让人高兴的事儿发生，可她连和别人打招呼的时候都不敢笑——要不是那两颗牙齿掉了，她早就笑成一朵花了。

三年多前的春天，她跟着伯父到河边打鱼。那天，他们用半截鸡胗钓到了一条十几斤重的大鲶鱼，十岁的阿诺迫不及待地把鲶鱼抱上岸。那条肚皮泛红的大鱼使劲挣扎，居然用头撞掉了阿诺的半颗门牙。

"那天费了好大劲，回家牙疼得都吃不上鱼！"阿诺现在想起来都觉得委屈。

虽然南芒河鱼很多，可从小捕鱼长大的阿诺却觉得家里做的鱼总是感觉不那么清鲜。尤其是每年旱季的时候，妈妈的手艺总会感觉降低好几个水准，从小到大都是这样，所以阿诺不喜欢旱季。

和阿诺一样，快70岁的哈开村老村长布依每年也最怕旱季。旱季一来，村里的老井就打不上来水了，即使有的井里有水，也都是浑浊泛黄，带着一股浓浓的土腥味和水藻味。老村长说，村里以前的井太浅了，可是大家这么多年来也没打新井，因为打井这事太费劲了。离河近的打出来的水味道重，离河远的打不出水。村子里的人住得也很分散，所以多年来就一直凑合着用。

　　阿诺明白，村里的老头们很多都是一口黄黄的牙齿，其实不是吃芒果吃的，而是与村子里的水有关。两年前，阿诺的牙齿也出现问题，之前磕掉了半颗牙，加上旱季水质不好，阿诺上颚的第二颗门牙也因为细菌感染出现松动，吃饭时经常塞牙。终于，在一个雨后，当阿诺摔倒在泥泞的道路上时，这颗牙齿应声落地……

　　这个偏僻的小村子没有牙医，只有一个懂点治疗的老村民，弄了点止痛的草药给阿诺敷上。两颗上门牙掉了一个半，阿诺吃鱼剔不出刺，说话一张口就赶紧闭上，慢慢地笑不出来了。

　　没过多久，村里来了一批中国人。这些人不是游客，阿诺看他们简单地搭了些房子，一个个还戴着圆顶的帽子。村长和邬卡大叔告诉大家，这些中国人来自东方电气，是来做南芒河1水电站项目的，电站建成后要给老挝发电。

　　"哦，那就跟我们没啥关系，我们打鱼种稻子，晚上就睡觉了，好像也不怎么用电。"村民们都挤在庙宇里议论着。

　　转眼间又到了旱季，村子里的水又不够吃了。有一天，阿诺看到村长、

2017 年 1 月 19 日，老挝当地学生在路上行走。（新华社发　刘艾伦摄）

邬卡还有几个中国人在庙宇里商量着啥，一边说还一边比划着。

第二天，村长告诉大家，我们马上就要挖新井了，中国人有机器设备，他们免费帮我们挖。

不到一个月，村民们就看到四台电动水泵安装到位，干净的水哗啦啦地流到了各家水缸中。阿诺第一次在旱季觉得妈妈的炖鱼手艺依然是那么棒。她还听说，这个中国企业做的事情得到了老挝政府的重视，国会还派专员协同资源环境部、能源矿产部官员到村里视察生活用水状况。哈开村还是第一次受到国家这样的重视。井水流出来的那一天，老村长跑到项目部，激动地对中国人说了好几次"Mee Nam Leo，Chop Jai Lai Lai"（"有水了，非常感谢"）。

不过，第二年雨季过后，老村长也摔倒在村口的路上，项目部的中国人来看他了。老人家在床上躺了一个星期都没见好转，小腿还是肿的。

这条颠簸不堪的进村路一到下雨天就泥泞不堪，不仅老村长和阿诺在这里摔倒过，一到雨季，村民们外出卖鱼都很困难。

天气渐渐晴朗了，那群带着圆顶帽子的人又来了。他们带来了不一样的机器设备，先是在村口拿卷尺量了量，然后就开始推、平、挖、填，也就十天，一条平整硬朗的新路就修好了，阿诺专门上去踩了踩，又跑到后面的土坡上往下看，简直跟城里的路一样！听说还开挖了排水沟，埋设了涵管，从村口闭着眼睛骑摩托到家都没问题。

路是修好了，可老村长的病还没好，加上雨季容易感染，老村长好多天都没出门。项目部的人听说后，专门送来了一些消炎药品。

又过了两个月，到了旱季，阿诺第一次看到很多白大褂来到村子里。她想，是不是老村长的病严重了呢？

"听说中国人到外边联系了个医院，明天给我们做免费体检，还会赠送一些日常药品，真是太好了！"阿诺听到村民们在议论着，她抿抿嘴巴想问什么，又走开了。

第二天，还是在庙宇里，那些白大褂们在忙忙碌碌。

　　"老村长，您这腿正在康复，吃点这药，平时稍微活动下，下雨天别出门，估计再有仨月就好了。"

　　"富玛大姐，您稍微有点胃炎，平时吃饭要注意，千万少吃生冷的东西。"

　　医生给村民们都检查了个遍，阿诺也有了意外惊喜：有个年轻的医生哥哥帮她修补了牙齿。这一下，"小漏斗"补上了，阿诺腼腆地笑了。

　　"还是笑起来比较好看吧，阿诺！"旁边的老村长说。

　　"反正我以后吃饭再也不怕塞牙了。"阿诺摸了摸嘴巴，咧嘴笑了。

　　2016 年，南芒河 1 水电站建成发电，东方电气为部分当地村民培训水电基础知识，培养了一批当地员工，还在下游放养了鱼苗保护生态。

　　"要是东方电气早点来做水电站，路修了，水净了，我的牙可能就不会掉了！"阿诺想到这里，回头看了看远处的南芒河 1 水电站。

阿宝见副总理

中铁电气化局　李健翔

　　阿宝要去见副总理了，早上一起来他心不在焉地胡乱咬了几口馕，扔下叉子就开始往外跑。

　　阿宝是乌兹别克斯坦的汉语翻译，几年前他在孔子学院学了两年中文。两个月前经过朋友介绍，他来到中铁电气化局集团有限公司乌兹别克斯坦项目部当翻译。就在昨天，项目部的中国朋友们告诉他，今天，乌兹别克斯坦新上任的副总理要到德赫卡纳巴德车站参加庆典。项目部领导应邀参加庆典，让阿宝跟着一块过去。这可把阿宝激动坏了，他长这么大还没见过国家领导人呢。

　　很快，阿宝和中国朋友们坐上项目部的车辆前往德赫卡纳巴德车站。车站坐落在两山中间，如果不是修建了这么一座车站，这里还只是一个住有三两户人家的戈壁滩。即便现在车站修好了，进站的道路也很崎岖。

　　车辆一路颠簸着开进车站。车站广场被打扫得干干净净，到处插满了五彩的旗帜。人们在紧张地忙碌着，外围站满了安保人员。阿宝和中国朋友们很快通过了检查。车站站房内，一堆人正在铺地毯，暖气烧得暖洋洋的。

　　阿宝和朋友们来到了站台上。站台上全是人。今天气温很低，冷飕飕的，大家却热情高涨。记者也来了，有国家台的、也有地方台的。他们看到阿宝和一群中国人来到站台，都围了过来，热情地采访着。

很快，专列徐徐开来。大伙儿在站台上一字排开，列车一停稳，就都往车门口拥过去。

副总理下来了。

"阿宝，快往前站！"中国朋友们对阿宝说，不知道谁在后面轻轻推了他一下。

就在这时，副总理注意到了他们这群不同的面孔，走了过来。

"你们是参加铁路施工的中国人？"副总理问。

"是的，他们是的。"阿宝抑制住心中的激动，认真地回答。

"在我看来，世界上只有乌兹别克斯坦人和中国人。"副总理开玩笑道。

周围的人大笑起来。阿宝的中国朋友们不懂乌兹别克斯坦语，都催促着阿宝赶紧翻译。阿宝把副总理的话转告给他们，但他们似乎不太明白是什么意思。

"我和中国人一起工作了十年，中国人很勤劳，做事很认真，对我们帮助很大，谢谢你们。"这一次，阿宝把副总理的话认认真真地翻译给了中国

中铁电气化局员工在乌兹别克斯坦施工现场与外方监理人员交谈。（图片由本文作者提供）

朋友们。

听到副总理的称赞，中国朋友们高兴起来，大声说着"谢谢"。

2015 年的夏天，乌兹别克斯坦古都撒马尔罕迎来了一批身穿天蓝色制服的专业电气化人员。他们将对马拉康德至卡尔西段铁路进行电气化改造，改造项目涵盖 3 个变电所、3 个分区所以及 37 个电力变台，全长 141 公里。项目虽小却意义重大，是乌兹别克斯坦南部电气化铁路项目的桥头堡。

每年的 6 月至 10 月正是乌兹别克斯坦最炎热的季节：盛夏，地表日照温度将近达到 55 摄氏度。在如此恶劣的天气条件下，从接货、清关到安装调试，海外电气化人员携手本地业主、雇员与法国监理于 2016 年 8 月 15 日顺利实现马拉康德至卡尔西区段电气化通车。开通典礼上副总理亲切问候中铁电气化人，并对他们的工作效率与专业性大加赞扬；在场的法国总监阿兰眼睛流露出赞赏的目光，用浓郁的法国腔对在场的电化人连说：Well done. Well done.（干得好，干得好！）

时任乌铁采购办副主任萨尔多先生表示："如果说上一个项目让我了解到中国电气化铁路的现代化以及设备的高品质性，那么这个项目，无疑让我感受到了中国人民的敬业性。"在回程的路上，萨尔多先生说道："电气化开通后，卡尔西至塔什干车程缩短了 3 个小时，全部改用电力机车还可以降低不少成本，同时也为乌兹别克斯坦人民出行带来了便捷，希望你们下个工程尽快开始。"

正是因为第一、第二期工程的出色完成，第三期卡尔西至铁尔梅兹电气化改造项目依然由中铁电气化局集团来承建。这才有了这次"阿宝见副总理"的故事。相信通过这第三期工程的顺利开展，中铁电气化局集团与乌兹别克铁路公司建立起来的信任在 2017 年又会得到新的提高。🔴

那场面试改变了我的人生

东方电气越南沿海工程项目翻译　阮玉英书（越南）

2011 年 4 月 11 日，我刚从胡志明大学毕业不久的一天，在一位中国学长的带领下，我怀着惴惴不安的心情，在胡志明市中心的一间咖啡馆参加了毕业以来的第一次重要面试。

面试的公司是中国的东方电气股份有限公司，应聘的职位是越南语－汉语翻译，工作地点是位于茶荣省沿海县的沿海一期火力发电厂工程现场。工作地点偏远，对于身处胡志明这个越南最繁华都市的年轻人来说，工资再高，吸引力也不高。但对于我来说，这份工作却是相当重要。毕业后这几个月，我一直在胡志明市打工，每月工资 400 万越南盾（约合人民币 1200 元），除去房租和伙食费，几乎没有剩余。巨大的生活压力让我不敢和其他人一样挑三拣四，何况，这份工作的报酬对于我来说相当有吸引力，就我当时的汉语水平，人家肯要我就要谢天谢地了！

面试官是沿海工程现场的综合部经理，面试在咖啡的香气中进行，气氛融洽，没有办公室那种一板一眼的紧张感。即使这样，我还是基本上把面试搞砸了，就连简单的自我介绍都难以顺利完成。咖啡是如何喝完的，我大脑一片空白，做好了面试失败的心理准备。

经理站起身来跟我握了握手，笑着说："你的汉语还需要很大的提高，不然无法满足工作的需要。"

面试果然以"失败"告终了！

谁料，他接下来的话简直让我难以置信。

"但是，你是第一个知道了工作地点偏远后主动要求去的女孩，没有其他人那种扭捏作态和漫天要价的心态，我决定聘用你。态度决定一切，只要想工作，那就一定会工作好，能力不行，可以通过努力工作和学习来提升。东方电气是中国的一家大型国有企业，在现场和你一同工作的有许多中国人，就当是一个带薪的留学机会。希望你抓住这次机会，努力工作，在工作中提升自己！"

我还能说什么呢？激动的心情难以平复，我暗暗发誓一定要好好工作，好好学习，报答公司的提携之恩。于是，我回家简单收拾了一下行李，不顾亲朋好友的劝说，第三天就一个人踏上了前往沿海工程现场的路。

2011 年的沿海就是一个小乡镇，即使和越南的其他小地方比，也算是极端落后的。5 个多小时的长途颠簸后，当我踏上这个城镇的中心街道时，迎接我的是一阵狂风夹杂着的尘土。没走几步，整个人身上就沾上了一层土灰。公路年久失修，到处坑坑

2016 年 1 月 2 日，东方电气股份有限公司在越南茶荣省沿海县修建的沿海一期火力发电厂 1 号机组顺利通过第二阶段高负荷运行测试。图为阮玉英书（右二）与同事在电站集控室合影。（图片由本文作者提供）

洼洼，根本看不出曾经是柏油路。路两旁的人行道是纯泥土的，下一场雨就难以下脚。镇上只有一个农贸市场，三、四家破旧的餐馆，没有任何娱乐设施。就算是大白天，街上也行人稀少，车更是难得看到几辆。这么落后，难怪没有人愿意来工作了。

我接手的工作就如同这个破败的县城一样，百事待兴。由于我是公司招聘的第一位越南员工，现场的中国同事们把各种期待都寄托在我身上。我打起精神，调动百分之两百的积极性，用我那只能得50分的汉语每天穿梭于工地、业主和当地政府部门间。

经理的话很在理，能否做好工作不全靠你有多大本事，更取决于你的态度。一开始，还有不少人抱怨我听不懂他们的话，他们也不明白我在说什么，完全是"鸡同鸭讲"。慢慢的，抱怨声越来越少，称赞和表扬越来越多。到2012年，我变成了东方电气在沿海地区的"对外代言人"，即使走在大街上，也有不少陌生人笑着跟我打招呼，我在沿海县城成了一个可以"刷脸"的"公众人物"，这在一年前是我做梦都无法想象的。

沿海一期工程于2011年4月开工，2016年1月，两台机组顺利移交业主投入商业运行。其间我亲眼目睹了中国员工在现场24小时不停奋战的场景，也经历了大大小小或感人或棘手的事件。要问我最大的感受是什么，只有两个字：变化。而这变化改变了我的人生。

首先是自身的变化。从一个刚毕业、不谙世事的小姑娘成长为业务骨干，对于我来说无异于脱胎换骨。当年的同学当中有很多人条件比我好，但今天，我的汉语水平和工作能力无不比他们强，短短几年间我成功破茧成蝶。

同样发生巨大变化的是沿海这座小县城。随着沿海一期工程中越双方各单位的进驻，寂静的小县城逐渐有了人气，一天比一天热闹起来。沿海电厂的修建给这个小地方带来了极大的发展机遇，经过5年的建设，当年破旧的街道不见了，取而代之的是宽广的马路、繁茂的花木和美观的人行道；县城的农贸市场已修葺一新，变成一个高大上的大市场；一家家新商店相继开业，高档的餐馆、咖啡厅和卡拉 OK 厅等娱乐休闲的地方比比皆是，这个曾经无比落后的地方如今夜晚霓虹闪耀，热闹非凡。2015 年，沿海县已荣升为越南最年轻的县级市，发展前景一片广阔。

更让人感慨的是，当年风沙肆虐的海边荒地，如今已矗立起一座现代化的电厂，每天生产出强大的电能输向四面八方，为当地的经济发展正做出巨大贡献。

居住在电厂附近的居民成了直接受益者。公司的水电工阿积、司机阿小都成了电厂的正式员工，有了稳定的工作和收入。我刚来沿海时结交的好朋友阿兴 2012 年开了家卡拉 OK 厅，如今收入颇丰。周围村子里很多人家都依附着电厂发展起来，有开餐馆的、开旅馆的、开咖啡厅的，曾经贫困的海边渔村已从当初的十几户人家发展成一个连片的街区，成功脱贫致富，人们满怀信心和希望朝着更加富裕的明天迈进。

沧海桑田，不需一万年，只在转眼间！一次特殊的面试改变了我的人生，谢谢你，我亲爱的东方电气！

中国钻工坐上贵宾席

中石化集团　杨君　张向东

额尔增沁村位于哈萨克斯坦阿克纠宾州，古丝绸之路曾经从这个小村庄经过，这里至今仍有不少丝路故事流传。

就在不久前，村里举行了一场传统的哈萨克婚礼，来自遥远中国的客人却坐上了贵宾席。

"来自中国尊贵的朋友，请喝下这代表了我们全村感恩与祝福的美酒吧。"在欢快的音乐声中，村子里最受尊敬的热依纳特大叔向同坐在贵宾席上的几名中国客人频频敬酒。

这几名中国人就是附近井队上的钻井工人。原来，年初这里下了一场暴雪。这个牧民村庄由于远离大路，被大雪围困，一时间道路不通，草料运不进来，整个村子里的几千头牛羊面临饿死的危险。

最终，接到求救电话的中国钻井队员工及时赶到，利用专门的铲雪设备将积雪清除，为牧民们打通了通往外界的道路。多年来，中国井队在这里施工慢慢形成了一个习惯。每次来到新的施工区域，井队就会主动和附近的牧民、居民联系，大家互留联系方式，以便及时沟通信息。这次就是因为留下电话号码，才及时为牧民们解了难。

这不，在这场传统的村民婚礼上，这些来自中国的钻工被请上了贵宾席。

　　按照哈萨克斯坦的习俗，婚礼在晚上举行。虽然冬夜气温很低，但婚礼现场气氛热火朝天，乡亲们在欢快的音乐中喝酒、唱歌、跳舞、交谈。尤其是坐着中国客人的贵宾席更加热闹。

　　"你们中国人好，中国的井队更是我们的驿站。"因为在油田贩卖生活用品而经常与中国井队打交道的米尔吾儿提一边说一边向几名中国钻工敬酒。

　　哈萨克斯坦经济发展相对落后，尤其是牧区，交通等基础设施还不足。无形之中，这一座座中国井队的钻塔就成了当地牧民和旅行者的坐标与长途跋涉之后的"服务区"。

　　米尔吾儿提说，他最喜欢在有中国钻井队的地方停留休整。他每次到井队都会得到友好接待，可以在井队给车加水、进行维修，他自己也可以休息和就餐。

　　"我的中国同事、朋友、兄弟们，来好好喝一杯啊。"新郎支勒科拜过来敬酒了。"中国人来开发油田，给咱们带来了工作机会，提高了生活水平，真是太棒了。"

图为2010年1月18日，哈萨克斯坦阿拉木图市一栋民宅被白雪覆盖。17日中午，一场罕见的大雪纷纷扬扬飘落在哈萨克斯坦第一大城市阿拉木图，整个城市银装素裹。（新华社记者赵宇摄）

　　这就是今天婚礼的主角支勒科拜，这个哈萨克牧民的后代，如今已是中原石油工程公司钻井队的哈籍员工。今天参加他婚礼的正是他井队上最好的几个中国朋友。

　　在甘甜的美酒和动听的乐曲中，贵宾席上的中国客人受到了众人的极大关注。

　　"你们公司还要招人吗？""中国公司越来越多了。"在热闹的气氛中，宾客们都觉得，这几年越来越多的中国企业来到这里，有开发石油的，有修铁路、公路的，有盖楼房的，还有搞运输、做贸易的，当地人的生活中越来越多地显现着中国元素。

　　支勒科拜告诉乡亲们，仅仅中原石油工程公司钻井四公司在哈萨克斯坦就招聘了500多名当地员工。而以后会有越来越多的同胞和他一样成为两国合作的参与者和受益者。

　　"以前咱们这里是古丝路经过的地方，现在咱们又要成为新丝路的参与者了。"既是哈国新郎又是中国井队员工的支勒科拜兴奋地展望未来。

　　他告诉大伙，前一阵他到中国学习参观后才知道，哈萨克斯坦是落实"一带一路"倡议的关键国家。在共建"丝绸之路经济带"的背景下，中哈两国合作势头强劲。一大批本着互利互惠、平等共赢的原则在两国间进行的合作项目，将给乡亲们带来更多机会，给家乡带来更多变化。

跨国"师徒情"

国家电网公司　唐智勇

在中国国家电网公司所属中电装备公司承建的埃塞俄比亚 GDHA500 千伏输变电工程变电站起重机吊装班，有一对非常能干的师徒，师傅是中国人，徒弟是一名埃塞小伙子。徒弟的中文名叫温弟，是项目部有名的起重机吊装技术能手，他身上有着典型的非洲特色——皮肤黝黑、心地善良、踏实肯学。

掐指算来，温弟在该项目工作已有两年多了。说到这位非洲徒弟，不得不提到他的师傅，今年 56 岁的尹建业。尹建业 1977 年参加工作，是位老送变电人，在电气施工、吊车吊装方面有着精湛的技能水平和丰富的工作经验，人称"尹一吊"，意思是他操作起重机从来不用演练，都是一次精准到位。

尹师傅 2002 年就来到埃塞俄比亚参加项目建设。10 多年来，他最引以为傲的就是收了个非洲好徒弟温弟。

"2012 年前后，埃塞俄比亚的起重机吊装司机几乎没有，我当时所在的工程非常缺这个工种。一次机缘巧合，在同一个项目上发现了这个小伙子，他精干、头脑灵活，关键是为人踏实。我毫不犹豫就把他拉到我所在的吊车班，从此便与他结下了不解之缘。"尹建业师傅谈到几年前收徒弟的情景时手舞足蹈，话匣子一下子打开了。

自从被尹建业发现并"拉"到吊车班后，温弟就被这份新工作激发了强烈的热情。他说，"这是一项非常有挑战的工作，而我喜欢挑战。"

　　2013 年 4 月，温弟跟随尹建业来到位于埃塞俄比亚奥罗米亚地区霍雷塔镇的 GDHA500 千伏变电站施工项目部。在该工程建设的两年多时间里，温弟把 15 吨到 30 吨的起重机吊装技术学了个有模有样。

　　随着对尹建业的了解日益增多，温弟对这位中国师傅也越发敬佩。"我师傅待人和蔼，即使我在做得不好的时候也很少批评我，不因肤色不同而另眼看待我，平时我们在一起工作就跟家人一样踏实自在。"说到师傅的好，温弟的喜悦之情溢于言表。

　　在变电站施工项目部，温弟将学到的起重机吊装技术发挥到极致，和其余两名中国吊车司机一起承担着整个变电站钢架构、电气设备的吊装工作。"师傅英语不是很好，平时遇到技术术语大多直接用手势表达。时间久了，只要师傅说一个单词，我就能理解他的想法。我做错了，只要看一下他的眼神，就知道错在哪里。"温弟自豪地谈论着他们师徒俩的默契。

　　在尹建业的精心培养下，温弟的吊装技术提升飞快，每次都是精确地将

由中国师傅尹建业悉心培养的埃塞俄比亚好"徒弟"温弟开心地站在自己日常操作的吊车旁。（图片由本文作者拍摄）

一台台电气设备送上位，实现了"零误差、零事故"的目标。

来自两个不同的国度，师徒俩也经常面对文化、语言等方面差异带来的"烦恼"，但长久的相处和交流让二人不再感觉到有什么隔阂。"我师傅喜欢抽烟，喜欢喝'二锅头'。每次从中国探亲回来，他总会带来这些'中国制造'。"温弟笑着说。工作之余，他会和师傅一起互相帮助对方学习当地语言和中文，遇到假期还会相约去当地的博物馆、风景区，他甚至还学会了包饺子。他想，将来有机会，一定要去趟中国，登长城，到少林寺感受下中国武术。

温弟平时工作责任心很强，每天收工后，他会仔细保养一遍吊车，按时给起重机打油，有时候还主动提醒其他起重机司机保养维护车辆。"温弟出色地完成了项目部交给他的任务，他是7000多名埃塞籍参建者的优秀代表，为工程建设起到了重要的示范作用。"项目部负责人说。

"中国企业不远万里来帮助我们修建工程，帮助我们提高经济发展水平，改善我们的生活质量。中国朋友付出的辛苦比我们埃塞人不知多了多少倍。我要把学到的技术用好，好好工作，才对得起我师傅。"温弟坚定地说。

2015年12月，这个由国家电网所属中电装备公司承建的"超级工程"建成竣工，电压等级、输电距离、建设规模均创东非地区之最，成为埃塞俄比亚境内最重要的骨干输电网。2016年5月，工程被埃塞俄比亚政府命名为"爱国教育基地"。工程顺利建成，成为中国和埃塞俄比亚两国巩固传统友好、深化经贸合作的重要见证。

尼罗河畔的中国"收麦专家"

中国能源建设集团　方业爱　李科胜

在埃及大开罗环城公路项目，"收麦专家"罗国任名声在外，连周边的埃及农民都知道这个个头不高、外表憨厚的中国广西小伙。作为中国能建广西局埃及大开罗环城公路项目部副经理兼总工程师，罗国任具有丰富的国际施工管理经验，堪称工程技术专家，为什么在埃及却被称为"收麦专家"？这就要从头说起了。

随着"一带一路"倡议的深入实施，2015年，中国能建广西局将国际业务拓展到了沿线的埃及，以EPC模式承担了埃及大开罗环城公路项目的建设任务。随着项目的签约、开工，中国能建广西局这支具有30多年海外施工经验的"能建劲旅"，漂洋过海踏上了尼罗河流域的土地，罗国任就是其中一员。

当时埃及内乱刚刚平息，百废待兴。大开罗环城公路项目开工后，埃及路桥总局十分重视，经常派员到现场检查、监督工程进展。几番检查下来，却发现工程连基本的土层清表都没有进行。这让时刻关注施工进度的埃及路桥总局局长唐克十分着急，赶紧亲自带队到项目部"兴师问罪"。

谁知，项目部营地人去楼空，一个人影也没有。唐克一行赶紧派人四处去找。没想到，在项目部附近的麦田里找到了罗国任他们。原来，中方员工在罗国任的带领下，顶着炎炎烈日在帮埃及农民收麦子。阳光下，统一的白色安全帽、蓝色工作服在金色的麦浪中特别显眼。

面对唐克局长的质疑，一身泥巴、满头大汗的罗国任停下手头的农活，解释了事情的来龙去脉。

原来，公路建设征用了当地的麦田，农民辛苦种出的小麦刚抽穗，就面临因公路清表施工被摧毁的命运。为了这一季的收成，当地农民找到了罗国任，希望罗国任给他们一段时间，麦收之后再进行施工。

"我非常理解他们的心情。"农村出身的罗国任知道，对于刚刚结束内乱的当地农民来说，这些麦田是他们赖以生存的希望。但是如果同意他们的请求，就意味着项目3个月不能进行施工，而整个标段工程的工期只有12个月，剩下的工期将十分紧张。

罗国任几经权衡，同意了当地农民的请求。"我们参与'一带一路'建设，就是为了造福当地百姓、树立企业品牌，宁愿后期自己累点、苦点，也要在埃及树立起中国能建的良好形象。"

于是，项目部暂停了原计划的清表工作，进入了3个月的"停工"状态。

中国能建广西局埃及大开罗环城公路项目部副经理兼总工程师罗国任同埃及员工合影留念。（图中右二为罗国任，图片由本文作者提供）

在此期间，罗国任他们并没有闲下来，虽然清表施工暂时不能进行，但准备工作一点儿也没落下，营地建设、基础设施建设等工作也在如火如荼地进行。

"中国人尊重我们，我们也理解他们。"小麦刚成熟，当地农民就赶紧下地收割，他们也想尽快把小麦收了，把土地让给远道而来的中国兄弟进行施工。"中国兄弟是来帮我们修路的，我们也期待早日走在平坦的大路上……"

看着当地农民在麦田里辛勤收割，罗国任带领同事们也客串了一把农民，集体出动帮忙收麦子。农民们高兴得合不拢嘴，连连竖起大拇指："中国人，好！不仅帮我们修公路，还帮我们收麦子！"

他们还打趣地夸收麦技术娴熟的罗国任为"收麦专家"，不光工程施工搞得好，收麦子也是一把好手。"收麦专家"这个称号就这样传开了。

"收麦专家"带着"收麦施工队"一边收麦子，一边推进清表工作，每收完一块，就清理一块，在最短时间内同时完成了麦收和清表工作。由于准备工作做得好，即使延迟了3个月开工，项目部的工作也有条不紊迅速向前推进，圆满完成各项节点目标，丝毫没有受到耽搁。中国能建广西局施工的"中国速度"被埃及朋友誉为"奇迹"，所有工程的完成情况均得到了埃及路桥总局的充分肯定。

尼罗河畔的希望田野上，在中国"收麦专家"的辛勤耕耘下，一条中埃友谊之路正在不断向远方延伸。

中东沙漠造城记

中国一冶集团　齐郑

每天早上 4 点，吴杰准时起床。早上洗漱完毕后，出门去食堂吃饭。

天蒙蒙亮，远处一座清真寺正矗立在晨曦中，周围的别墅鳞次栉比，充满异域风情。如果换个角度远眺，可以看到一望无际的漫漫黄沙。这是一座美丽的新城，坐落在科威特海滨的热带沙漠里。每天，吴杰踩着黄沙穿行其中，为建设这座城市殚精竭虑。

整整五年，吴杰和一群中国同事，带领来自不同国家的工人队伍，在黄沙中建城。如今，这座新城即将竣工交付。

新城位于科威特城外 15 公里，名叫加伯·阿尔·阿迈德，由中国一冶建设，吴杰正是该项目的总工程师。2011 年，中国一冶中标该项目。同年，吴杰来到科威特，在沙漠里一干就是五年。

这是一座全新建起的城市，功能齐全。城中包括 11 个片区的 1475 栋别墅，14 栋住宅楼，并配套建设了 7 座清真寺、4 个商店群、1 个商业中心以及各类学校。

沙漠里造房子，第一道难关就是炎热。科威特属热带沙漠型气候，夏天平均气温 45 摄氏度，最高可达 52 度。一年至少 6 个月都是夏天。拉车门的时候一定要戴手套，不然手会被烫伤。除了炎热，沙漠里最可怕的还是沙尘暴。基本上每周两次，经常没有任何征兆。工人们有时正在工作，突然就黄沙漫天，

风沙打在脸上生疼生疼。

对于吃苦耐劳、适应性极强的中国人来说，自然环境再恶劣都不是事。

吴杰说起沙尘暴的时候，显得轻描淡写。这位45岁的湖北汉子，从31岁起就进入中国一冶海外公司，从普通技术员做起，一直做到总工，可谓见识多广。

怎么克服高温？分时干活。每天早上4点半开始干活，中午11点至下午4点禁止露天作业。夏季地面温度常达70度，普通鞋子会烫得开胶，项目部买来厚底劳保鞋。

搅拌好的混凝土易干怎么办？吴杰和他的团队发明了一种干式混凝土，获得技术专利。整个工程下来，他们获得了六项专利。

工人在沙漠里怎么生活？项目部把后勤都安排妥当，工人住的都是别墅，两人一间房。科威特城在15公里外，工人去购物，项目部还派车。

项目施工，人手是关键。中国工人技术较高，但成本昂贵。于是，中国

中外方管理人员在由中国一冶承建的科威特新城项目（2011-2016）前合影留念。（图片由本文作者提供）

一冶通过多种渠道引进朝鲜、巴基斯坦、埃及、印度、孟加拉国、越南、希腊等国家劳务人员，组成一支"多国部队"。项目现场劳动力将近3000人，其中中国人有600多人，其余都是外国工人。这么多工人，文化风俗，包括信仰都有差异，管理工作自然十分重要。

"其实，外国工人比较好管理，了解他们的需求，给予尊重就够了。"吴杰显得游刃有余。每到斋月，根据习俗，巴基斯坦工人白天不吃饭。这个时候，就把他们的工作安排在夜晚。白天安排其他人就餐时，尽量避开巴基斯坦工人。对于朝鲜工人，要把后勤生活保障到位，把工资按时发放到位。部分印度工人技能水平较差，就打散编入中国班组，由中国工人带着他们施工。但遇到需要赶工期的时候，顶在前面的还是中国工人。

科威特建筑行业采用欧美标准，设计起点高，质量要求非常严格。比如土方回填，严格按15厘米一层，分层夯实，每层都要报验，缺少一个环节，监理会拒绝签字，就拿不到进度款。

科威特人习惯采用书面方式沟通，对合同、技术标准执行极为严格，没有半点商量余地。因此，项目部施工人员精神高度紧张，经常错过吃饭午休时间。

项目部用5个月时间完成样板房施工并通过验收，令业主和总承包方刮目相看，赢得了科威特人的尊重。

"出国工作后，感觉越来越爱国！"吴杰在国外工作十几年，最大的感受是，祖国越来越强大，自己的腰板也挺得越来越直。一名巴基斯坦商人曾在吴杰面前感慨：15年前，甚至10年前，国外各类建设项目中，中国人普遍都是劳工身份，而现在，中国人都成了项目经理。

中国一冶集团副总经理、总工程师郭继舟也感慨地说，上世纪80年代，公司主要对国外进行劳务输出，90年代开始从事项目分包，后来开始正式承接项目。如今，中东地区规模较大的建筑公司基本都来自中国。🔴

中斯光明的"纽带"

中国机械工业集团　万茜

　　斯里兰卡位于南亚次大陆南端，隔保克海峡与印度半岛相望。斯里兰卡在僧伽罗语中意为"乐土"或"光明富庶的土地"，该国有"宝石王国"、"印度洋上的明珠"的美称，被马可·波罗认为是世间最美丽的岛屿。

　　斯里兰卡植物繁茂，物产丰富。幽香的红茶，鲜美的海产，深邃的蓝宝石都是这里的特产。6.5 万平方公里的土地上养育着 2000 多万人口，他们大多信仰佛教，生活安宁。遗憾的是，1983 年至 2009 年的内战打破了原本的和平与发展，使得这个国家经济衰退，社会动荡，民不聊生。

　　普特拉姆是斯里兰卡西北省的主要城镇。这里说是城镇，但在内战结束之初，却看不到一座像样的建筑。战火洗劫了每一处街道和房屋。每当夜晚降临，镇上基本一片漆黑，只有零星灯光闪现。

　　尹杜尼尔是个普通的家庭主妇，在这个镇上生活了大半辈子。她和丈夫、孩子已经很久没有好好地看看电视和享受空调了。平均每天 8 小时的停电和反复断电，让收入不多的尹杜尼尔十分心疼家中为数不多的电器。

　　帕里萨在当地经营渔业养殖，拥有雇工 3 人、各类工作电器 10 台，算是用电大户。长时间的电力中断和每月 10 多万卢比（按 2009 年汇率 1 美元约合 130 卢比）的高额电费，使他不堪重负。由于缺电，他只能用备用电池来维持机器运转，极不方便且成本更高。

帕里萨表示，电力能否稳定供应对他的生意影响很大。特别是在鱼类繁殖期，如果无法抽取大量活水来养殖，鱼类的繁殖成功率就很低。

这样的情况在斯里兰卡比比皆是，就连首都科伦坡也是如此。普特拉姆燃煤电站项目经理王路东 2006 年来到斯里兰卡，他还能清楚回忆起初到此地的感受："晚上八九点的样子，这里到处都是黑漆漆的。街道两旁的小商铺大门紧闭，科伦坡中心城区的路灯也是忽明忽暗，路上没有什么行人，到处是荷枪实弹的军人和一个个检查站。"电力设施陈旧，电网薄弱，使得居民长期处于缺电的状态，同时工业发展也受到很大制约。

面对这样的情况，斯里兰卡政府虽然决心做出改变，但由于资金的困扰使得电力建设项目迟迟不能开展。直到 2006 年，中国政府为斯政府提供贷款解决了资金问题，并由中国机械设备工程股份公司作为普特拉姆燃煤电站项目 EPC 承包商执行该项目的建设。该项目分为两期进行，涵盖 3 台 30 万千

图为 2016 年 3 月 9 日拍摄的由中国贷款并建设的斯里兰卡普特拉姆燃煤电站外景。普特拉姆燃煤电站是斯里兰卡历史上第一座燃煤电站，也是迄今中斯运营中的最大合作项目。（新华社记者李鹏摄）

瓦机组及附属设施、5000吨煤码头及码头设施、2条220KV输变电线路（分别向西南和东南方向延伸，电力供应覆盖科伦坡以及西北和中部地区）及220KV变电站。两期项目分别于2011年和2014年相继完工并投入运营。

普特拉姆燃煤电站总装机容量为90万千瓦，发电成本大幅低于斯里兰卡以往主要采用的燃油发电方式。这座由中方贷款、中国公司承建的燃煤电站并网发电后不仅为斯全国提供了40%左右的电力供应，而且还改善了供发电体制，降低了发电成本，使长期居高不下的电价得到平抑，提高了斯里兰卡人均用电量。

发电成本大幅降低促使了斯里兰卡电价调整。2014年9月，斯里兰卡时任总统拉贾帕克萨和中国国家主席习近平共同出席普特拉姆燃煤电站视频连线启用仪式。拉贾帕克萨在公开致辞中当场宣布，斯里兰卡全国电价从即日起下调25%。这一举措轰动全国，赢得一片赞扬。

这一惠民之举直接体现在了尹杜尼尔一家三口的电费单上。"电费大幅降低了，我们可以毫无担忧地尽情享受电力带来的光明生活，"尹杜尼尔高兴地说，"以前我们每月电费花销是4000到5000卢比，现在是3000到4000卢比，而每月用电量比以前还要多。"

现在，帕里萨的生活"自由多了"。电力供应有了保障，"我可以喂养更多种类的鱼，养殖风险也得到降低，"帕里萨的脸上堆满笑容，"电站发电了，电力中断的情况很少发生，我还可以承受更多的电力成本来扩大生意。"

如今，在普特拉姆镇的街道上，拉起各种彩灯，商铺老板们正在忙着安装各式各样的霓虹灯招牌，孩子兴高采烈地玩了一天后可以回家享受清凉的冷饮。

夜晚的科伦坡灯火通明，市中心的道路上依然穿梭着车辆和行人，一座座高楼上的霓虹灯相互辉映。几处大型设施的工地上，工人们还在灯光照耀下忙碌着。一片欣欣向荣的景象映在普特拉姆燃煤电站项目经理王路东的眼前，站在办公室窗前的他感慨不已："我们这些年的努力都是值得的！"

　　普特拉姆燃煤电站不仅带给斯里兰卡"光明"和"希望"，作为工贸结合的大型出口项目，它契合了"一带一路"精神，促进了中斯两国经贸合作。中国设计标准走出国门，300多家设备厂家、近千种产品实现出口，2000多名中国施工人员和工程技术人员参与项目建设，改变了中国企业过去以基建市场为主的工程承包模式，成功转型为输出技术和高端产品。

　　这样一座令人骄傲的电站，是中国机械设备工程股份公司通过长达10年的辛勤付出铸就的辉煌。从2007年项目开工建设到2016年，这10年间，公司员工始终坚守在电站岗位，为了祖国和公司赋予的使命付出了青春，牺牲了与家人团聚的时光为斯里兰卡发电事业保驾护航。正是由于这份奉献，项目一期顺利建成并提前发电，得到斯方高度认可。2011年2月4日，斯里兰卡"独立日"当天，斯里兰卡中央银行发行新版纸币，其中100卢比新钞正面印有"普特拉姆燃煤电站"的设计鸟瞰图。

　　普特拉姆燃煤电站凝结着中斯两国人民的深厚情谊，电站的投运为斯里兰卡人民带来了更多光明，为中斯两国友谊的发展编织了新的纽带。中斯两国人民之间的情谊在时空的深度和广度上会不断延续和加强，中斯友谊美好的未来必将更加笃实。

海岛渔村的华丽变身

新兴际华集团　姜亮

2016 年 11 月 29 日，中央电视台《远方的家》"一带一路"印度尼西亚专题片《小岛变身记》首播。印尼奥比岛 MSP 公司的中方食堂大厅里，坐满了守候着的新兴铸管员工，他们都在等待着节目播出的那一刻。

多迪·阿里斯曼是其中唯一一位印尼员工，他比任何人都殷切期盼着那一刻的来临：他的母亲——在附近的卡瓦西村经营小吃店的雅蒂将出现在节目中！熟悉的木屋出现在电视上时，多迪激动地说："Ini Rumah Saya（这是我的家）！"接着又用生疏的中文说了声："家！"

节目中，雅蒂热情地带领来自中国的客人参观厨房，用简单的中文"丸""豆腐""面""炒饭"介绍着自家的美食。她说，这些鱼丸和豆腐很有当地风味，不但本地人喜欢，很多中国员工也成了她的回头客。这一年多来，村里人口翻了一倍多，10 元人民币一碗的鱼丸豆腐面，她每天能卖出上百碗，一个月下来盈利可观。最近，她还用赚来的钱重新扩建了店面。

也许是受到节目的触动，多迪滔滔不绝地谈起自家和卡瓦西村的变化。

奥比岛是位于印尼马鲁古群岛的哈马黑拉岛以南一个小岛屿，四面环海。多迪家所在的卡瓦西村位于岛的西南部，是一个以捕鱼和种植木薯为主要经济来源的渔业村。曾经的卡瓦西村贫穷落后，村民直接饮用河里的水，饮水卫生是天方夜谭；到了晚上，村中漆黑一片，渔民赶潮出海捕鱼时常常是"摸着石头"走路，摔伤扭伤的事儿经常发生。

改变发生在 2014 年的春天。

奥比岛地处世界上红土镍矿最集中的区域，镍矿储量位居印尼前三位，预计储量超过 2.5 亿吨。2014 年 4 月，印尼政府为提高本国矿石的附加值，颁布了原矿出口禁令，要求所有矿石必须在当地冶炼后才能外销。然而，印尼的工业基础落后，没有成熟的镍铁冶炼技术。乘着"一带一路"的东风，中国央企新兴际华集团与岛上矿石开采权拥有者——印尼哈利达集团合资组建 MSP 公司：哈利达集团利用新兴际华集团下属企业新兴铸管的冶炼技术，哈利达负责原矿开采，新兴铸管负责加工冶炼，在卡瓦西村后建一个镍铁冶炼基地。同年，新兴铸管成立印尼工作组，开始了筹备、建厂……2016 年 10 月，年产 19 万吨镍铁的一期项目建成投产，预计产值 1.8 亿美元，每年将为当地贡献 500 万美元税收。

随着中国人的到来，贫瘠的卡瓦西村开始了它的华丽转变：原本千余人的卡瓦西村现在已有 2000 多人，村中 200 多人成为 MSP 公司正式员工，月

2016 年 11 月 29 日，"一带一路"印尼专题片《小岛变身记》在中央电视台首播。当天，MSP 公司的中方食堂的大厅里坐满了新兴铸管的员工们，他们期待自己身边的这片热土和身边的人们在央视画面上出现的那一刻。（图片由本文作者提供）

收入由曾经的不足 500 元人民币增长到 2000 多元，各类店铺由 2 家增加到 20 多家，商业设施越来越完善。

村子也再不是旧模样：MSP 公司为村中架设了专用高压线路，安装了变压器，还免费为村子供水、供电；此外，还帮助村里修路、建清真寺……如今的卡瓦西村，夜间灯火通明，宛如一座巨型的海上灯塔。

多迪兴奋地说："这厂开了后，给我家带来的变化很大。我在厂里工作，和母亲的鱼丸店一起赚钱还债，以后还能买地建房和买车！"他相信，在中国朋友的帮助下，自己的日子会越过越好。

成长 故事

丝路续驼铃，长河话友谊

依和（乌兹别克斯坦）

对于每一个乌兹别克斯坦孩子来说，关于中国的记忆是与丝绸之路分不开的。

小时候，有一段时间我的腿经常疼，奶奶就把我带到安集延地区，那里有很多沙子，把腿放进暖暖的沙子里，疼痛就渐渐消失了。

"为什么这里的沙子这么神奇？"我不解地问奶奶。

奶奶告诉我，很久之前，中国有一位皇帝，女儿病了，他就派人通过丝绸之路去寻找治疗的秘方——沙子。使者经过长途跋涉，终于找到了宝贵的沙子，星夜兼程往回赶，走到安集延的时候，皇帝派来的信使很遗憾地告诉他，皇帝的女儿已经不幸去世了，沙子用不上了。于是，使者就将沙子留在了安集延。结果，很多当地人发现这些沙子在治疗腰腿疼方面有神奇的疗效，于是一传十，十传百，乌兹别克斯坦其他地方有疼痛病的老人和孩子也纷纷赶到安集延去治疗。

太神奇了，有这么神奇沙子秘方的国家，一定也很神奇。中国？中国是什么样子的呢？

奶奶看我对中国很感兴趣，于是找来一些和中国有关的故事讲给我听，其中一个就是乌兹别克斯坦历史上最有名的文学家阿里舍尔·纳沃伊的作品《法尔哈德和希琳》。这是一个类似罗密欧和朱丽叶的爱情故事，王子法尔

哈德和来自亚美尼亚的公主希琳一见钟情。奶奶告诉我，法尔哈德虽然有一个乌兹别克名字，但却是一位来自中国的王子。中国人可以起一个乌兹别克名字？那么我是不是也可以取一个汉语名字呢？小小的我不禁幻想起来。

9 岁那年，我过生日的时候，奶奶送给我一本关于中国功夫的书。书上有一些方块一样的图案。咦？那是什么？既不像我们自己的文字，也不像英文。我来了兴趣，找到当老师的妈妈，妈妈告诉我："这是汉字，是中国文字，是世界上最难的语言之一。你只有学习汉语之后才能看懂这本书。"哇！这就是中国的语言啊，是不是学过汉语就可以给自己取一个汉语名字了？于是，我暗下决心，一定要学好汉语！

后来，我考入塔什干国立东方语学院，又得到去中国留学的机会，回国后我回到东方语学院，成为一名汉语老师。如今，我每天早上起床后都会打打太极拳，然后上网看看中文消息，每天都会用微信、QQ 和朋友们聊聊天，听听中国音乐，我的偶像是周杰伦，最拿手的歌是《童话》和《月亮代表我

来自乌兹别克斯坦的依和是辽宁师范大学毕业生。图为他获得中乌外交部合办的同声传译项目结业证书时拍摄的照片。（右二为依和，图片由本文作者提供）

的心》。现在的我不仅有了一个汉语名字，生活也离不开汉语，离不开中国文化了。

每次给新生上第一堂课的时候，我总是告诉他们一句中国的成语：天下无难事，只怕有心人。虽然汉语是最难的语言之一，但如果我们认真努力，就一定会掌握。我还会用小故事来讲述一些中国文化，比如每个成语都有自己的来源，我会告诉他们成语是从哪里来的；还会用一些笑话和段子来解释格式和语法、搭配；我最喜欢的名句是：有朋自远方来，不亦乐乎，我跟学生说中国人非常好客、热情，我们欢迎他们来家里做客的时候就可以说这句话……我想告诉学生们的太多太多，仿佛讲也讲不完。

2013年中国国家主席习近平提出建设"一带一路"，这对乌兹别克斯坦学汉语的学生来说，是一个极大的利好消息。一方面，中国的很多学校都设置了"一带一路"奖学金，本地学生可以很方便地去申请留学。另一方面，我们的学校也和中国很多学校建立了合作关系，中国的优秀老师会经常来到学校授课，我们还可以收到很多珍贵的教学书籍和用品。同时，越来越多的相关论坛、研讨会在乌兹别克斯坦举办，我们的老师和同学都有机会去参加。在"一带一路"倡议提出后，乌兹别克斯坦有越来越多的年轻人对汉语感兴趣了。看到他们，我就想起了儿时的我，于是，我又暗暗下定决心，一定要让更多的年轻人学会汉语，让古老的丝绸之路重新焕发光芒！

当然，更为重要的是，习近平主席提出的"政策沟通、设施联通、贸易畅通、资金融通、民心相通"已经在乌兹别克斯坦逐渐实现，越来越多的中国企业来到乌兹别克斯坦投资建厂，也有越来越多的中国企业和乌兹别克斯坦企业开展贸易，还有从中国直达塔什干的直通货运列车，把中国的商品运输到乌兹别克斯坦，再把乌兹别克斯坦的物资和原材料运到中国。这样，对于汉语人才的需求一下子加大了很多，我们的学生都成了非常抢手的人才，在就业市场上供不应求。这也激励了越来越多的年轻人学习汉语，老师们都在感叹，现在比以前忙多了，可是每个人又都干劲儿十足。是的，我们很忙、很累，

但是我们忙并快乐着！

　　看着越来越多的学生熟练地用汉语和中国朋友们交流，看着 1000 多年前在丝绸之路上东西方交流的盛况正在一步一步地重现，回想起童年时有关中国的记忆，我总是百感交集，一首诗不禁涌上心头：心存赤子情，感召日月明。丝路续驼铃，长河话友谊。🔴

我与昆曼公路的美丽邂逅

苏玉贤（泰国）

　　昆曼公路，全长 1880 公里，是一条泰国曼谷通往中国昆明的高速公路。对我而言，它有着与众不同的意义。

　　记忆定格在 2005 年，那一年我考上了清莱皇家大学的汉语专业。刚进入大学的时候，我对汉语一无所知。同班同学早在初中、高中时就开始学习汉语，入学时他们已经能够流利地用汉语唱歌，而我还在为发不好"b、p、m、f"而郁闷发愁。那时候的我，经历了汉语学习中最初的迷茫阶段——什么都听不懂，不会说、不会读、也不会写。

　　痛苦的感觉环绕着我，我的心情一直很低落。我已经记不清有多少次在返程的大巴上、在离昆曼公路很近的公路上，为此而默默流泪。我一度怀疑自己的梦想是否只是空想？我是否有学习汉语的能力？我是不是应该放弃汉语学习了呢？

　　正当我绝望的时候，我遇见了一位对我影响深远的汉语老师。她帮助我从绝望中渐渐坚强起来，让我看到了希望。让我印象最深的是，当我向她倾诉学习的困惑时，她语重心长的一番话。她说："在不久的将来，昆曼公路就要修过来了，而且还会穿过清莱府。到那时，清莱府会作为一个迎接四方游客的重要门户枢纽。来泰国旅游的中国人会越来越多，我们会有更多机会与中国人交流，了解中国的文化，结交更多中国朋友，让更多的中国人了解

泰国，我们就是泰中的民间文化使者。"她的这番话让我热血沸腾，重新扬起了学习汉语的斗志，也让我对汉语学习有了更明确的目标。

作为一名汉语教师，她不仅课教得非常好，还为我们带来了学习汉语的无限乐趣。她把教室布置得充满中国风；她只用一把剪刀、一张红纸，就剪出了雄伟壮观的长城、历史悠久的天坛；她还教我们跳中国舞、做灯笼、编中国结……而她第一次提到的昆曼公路更成为我每每回家路上必看的一道美丽风景和汉语学习的动力。

2008年，备受泰中两国高度重视的昆曼公路正式通车。那一年我大四，正好有一个机会在泰国驻昆明总领馆实习3个月。在这3个月里，我每天都在翻译有关昆曼公路的新闻。

昆曼公路起于中国昆明市，经老挝会晒进入泰国清孔，在泰国境内经清莱等最后直达首都曼谷。昆曼公路是条"让东南亚人激动的路段"，它可以和东南亚其他公路网连接，还是"一带一路"重要项目，有利于促进东南亚各国和中国政治、经济及文化的友好往来。

2011年，我考上国家公务员，成为一名汉语教师。我在清孔中学教初高

图片为本文作者泰国留学生苏玉贤在北京游览故宫时拍摄。（图片由作者本人提供）

中学生汉语，后来又成为学校汉语系的主任和学校汉语骨干教师。我经常给学生讲昆曼公路开通后的变化与清莱的发展，同时我自己也在不断感受着昆曼公路开通后清莱日新月异的变化。

昆曼公路开通后，清莱的知名度迅速提高，来自中国的自驾游游客也变得越来越多。因为海关的工作人员不太会说汉语，我还带着学生们在海关当志愿者，为中国游客们翻译。从那以后，我的学生们也开始与昆曼公路结缘。

现在，我为了实现我的汉语梦，正加倍努力地学习着。我已经通过了汉语水平考试六级，而且考上了孔子学院并获得了奖学金。因为有了奖学金，我才能再次来到中国，得到更好的学习中文的机会。我要充分利用在中国的这段时间学好中文，深入了解中国文化和风土人情。回国后，我将把学到的知识传授给我的学生，让他们加深对中国的了解。

美丽的昆曼公路啊，是你带给我生命中无数个与众不同，让我重拾学习动力走进汉语世界，拉近我和中国的距离。你是我人生的金光大道，今后也将带着我的一批批学生走近中国，做泰中的友好使者。感谢与你的美丽邂逅！

我与汉语的不解之缘

阿斯兰（巴基斯坦）

　　我叫阿斯兰，来自中国的兄弟国家——巴基斯坦。地理位置上，巴基斯坦毗邻中国；国际关系上，中巴不但是合作伙伴，更是兄弟之邦。在很小的时候，我就受到了中国文化的熏陶，尤其是对中国的语言——汉语及其博大精深的传统文化充满了向往。那时候，我家对面住了很多中国人，他们每天早晨都在外面打太极拳，我每天早早地起床，就是为了能欣赏到开合有致、动静相生的太极拳。从那时起，我对神秘的中国文化充满了好奇，希望自己以后能有机会到中国，也希望能实现自己的梦想——增进巴中友谊。

　　随着"一带一路"倡议的实施，巴中之间的交流越来越密切，友谊也愈发坚固和深厚。这让我不禁想到，古代陆上丝绸之路和海上丝绸之路既是连接亚非欧的商业贸易通道，也是沟通东西方政治、文化的重要桥梁。在 21 世纪，中国提出的"一带一路"倡议必然会带动更多汉语人才参与其中。我，也赶上了"一带一路"的潮流，并与汉语结下了不解之缘。

　　缘分的降临是美妙而新奇的，但维系缘分的旅程却是无比艰辛的。我在巴基斯坦学习的时候，共有 250 个人学习中文，但能申请到奖学金并且去中国留学的名额只有两个。怀着满腔的热情与一颗永不服输的心，我一路上披荆斩棘，力排万难。虽然这期间很多朋友因为中文难学而中途放弃，但是我没有，因为我知道"世上无难事，只怕有心人"。

终于，我从 250 个人中脱颖而出，获得了到中国留学的机会。2012 年 9 月 1 日，怀着兴奋而又期待的心情，我从巴基斯坦伊斯兰堡机场乘坐飞机，经过 6 个小时的飞行，终于到达了北京。

时光飞逝，我已经在国际贸易专业度过了 4 年时光，但我对自己的普通话水平仍然不满意，于是又到华东师范大学攻读汉语国际教育专业硕士学位。经过一个学期的学习，我的汉语水平更上一层楼了。此外，学校开展的各种各样丰富多彩的活动给我带来了新的希望。我参加了第一届"华夏杯"中文之星演讲比赛，并取得了第一名的好成绩，这给予我很大的鼓励和信心。我还参与了第十届国际文化节中外学生文艺汇演话剧《蔡文姬》的表演，不仅学习了很多语言知识，也对中国文化有了更深的理解。我曾经以为自己的普通话讲得不错，但在表演过程中，老师们指出了我们语音上的错误。在老师的指导下，这些错误一点点减少了。

随着"一带一路"倡议的深入发展，我对巴中合作的认识越来越深刻，

2016 年 11 月 22 日，在巴基斯坦伊斯兰堡，几名巴基斯坦国立现代语言大学的学生在展现中国风貌的照片前自拍。（新华社记者刘天摄）

对自己的未来规划也越发清晰。"一带一路"不仅为巴中经济交流创造了合作共赢的格局，也为两国间文化交流铺设了道路。但不管是经济往来还是文化交流，语言都是重要的一环，我现在所学的"汉语国际教育"专业让我对中国的语言有了更深入的理解。我会更加努力地学习这个专业，毕业后回到巴基斯坦当一名汉语教师，让更多的人了解中国美丽的语言和文化。

从和汉语结缘的那一刻起，它就陪伴着我努力前行，同时也见证了我的成长。我相信"一分耕耘、一分收获"，我会用心耕耘留学梦，把增进巴中友谊作为自己的责任。巴中友谊万岁！

永久牌自行车与我家的故事

苏俐娜（塞尔维亚）

我叫苏俐娜，是一个来自塞尔维亚的姑娘。和其他外国人比起来，我的汉语讲得比较标准，很多人夸我是个"中国通"。我的汉语可能说得比我的母语——塞尔维亚语还要好，这是因为，我学汉语是从胎教开始的。

我的母亲是一名汉学家，她热爱汉语，在我很小的时候就会同时教我塞语和汉语。我其他的家人也十分热爱中国，说起我家与中国的故事，得从我姥姥姥爷那一辈讲起了。

我的姥爷并不是历史学家或哲学家，他只是一名普通工人。在上个世纪六七十年代，南斯拉夫特别流行中国产的自行车和布鞋，谁要是有这两样，那可就非常神气了。姥爷在追我姥姥时，为了显得与众不同，特意省吃俭用买了双中国产的红白条纹布鞋，他说，就是因为这个姥姥才更注意他。姥爷认为是中国给他带来了好运，在和姥姥结婚的时候还特意买了一辆上海的永久牌自行车。可以说，姥姥就是坐在中国产的自行车上嫁给姥爷的。也许就是因为这个原因，姥爷非常喜欢中国，也将他对中国的热情传给了孩子。妈妈上大学时，毫不犹豫地选择了学习中文。

妈妈对中国的热爱也影响了我。从小，妈妈就让我塞语汉语同时学，让两门语言都成为我的母语，还记得小时候妈妈教我数数，一只手用塞语数，一只手用汉语数，这样我就学得很快了。

初中毕业后，我报考了有中文系的贝尔格莱德语言中学，与一群和我一样喜欢中国文化的同学一起学习。他们有任何不懂的有关中国和汉语的问题都会来问我，我也非常乐意解答，久而久之他们给我起了个外号——"中国百事通"。虽然自认为还当不起这个称呼，但有同学们的认可，我可有成就感了。

2015年，我参加了第八届"汉语桥"世界中学生中文比赛，不但结交了很多来自世界各地的朋友，还在云南学到了很多关于少数民族的知识，这让我受益匪浅。在比赛中我获得了个人一等奖，回国后有许多媒体采访我，我也向他们讲述了学习汉语的故事。同学说，他的妹妹就是在我的影响下开始学汉语的。

在塞尔维亚有很多人和我一样，都感受到了中国的魅力，纷纷学起中文来。现在，不仅是大学、中学，连一些小学和幼儿园都开设了汉语课程。

今年我就要高中毕业了。从儿时起我就十分喜欢中医学，也在自己生病

本文作者（右一）与同学们开心地合影留念。（图片由本文作者提供）

的时候到中医院就诊，立志长大了一定要学中医。其实塞尔维亚也有自己的民间医术，只是在漫漫岁月中被人渐渐遗忘，所以我想以后将塞尔维亚的民间医术和中国的医术相结合，让更多疾病得以治愈，也让更多人相信传统医学一点不比现代医学差。

　　"一带一路"让中国与世界沟通更紧密。"一带一路"既是维系感情的纽带，也是一同走向明天的光明道路。而我，作为走在这条友谊、光明路上的千万人中的一个，早已把中国当成了我的第二故乡，中国也如同塞尔维亚一样变成了我生命中不可割舍的一部分，我爱中国就像爱自己的国家。

我和中文的美丽邂逅

蒂玛（巴勒斯坦）

在我的国家，当我告诉别人我在学中文时，许多人感到很奇怪。有些人不知道为什么我坚持要在不同的文化和语言中生活。我通常会给他们这样的回答，"那有很好的工作机会"或"我喜欢不同的文化"，但事实上，在我自己看来，有些原因远比这些重要。

我和中文的美丽邂逅始于童年时的想象。

当我还是一个小女孩时，就很喜欢站在中国饰品店外惊奇地盯着橱窗里的各种东西看。在读到或是在电视里看到有关中国的内容时，我就幻想着有朝一日与她相遇。有时候，这些方方正正的文字被我"歪歪扭扭"地誊在笔记本上、墙壁上甚至印在我的 T 恤上。虽然我不懂得这些文字的含义，但只要看到它们，就不由得欢喜起来。我有一种感觉，世界上有一些既迷人又神秘的地方，激发我一点点去探索的渴望。所以，小小的我立志长大后一定要考上大学学习中文。要知道，在那时候，在我的国家女人上大学真的是一个不简单的理想。

高中毕业后，我选择了约旦大学的中文专业。但很遗憾的是，作为一个巴勒斯坦人，我所能选择的大学专业是有限的。除非我付出双倍学费，否则我不能选择中文专业。迫于经济压力，我不得不选择了工程专业。枯燥的算式和机械的思维没有让我体会到学习的乐趣，我开始寻找自学中文的办法。

一开始是上网找免费的学习资料，看中文视频，不过这些视频无法满足我的学习热情。我开始结交中文专业的同学，请他们帮我纠正发音，获得更好的学习资料以及练习口语的机会。虽然一开始并没有明显的提高，但我知道，只要努力就一定会进步。

就这样，到大学的最后一年，我已经能读懂一些中国诗歌并且试着将这些诗歌翻译成我的母语。通过中国诗歌，我真切地体会到了汉语的美丽。汉语对我而言不仅仅是交流的工具、获得好工作的媒介，她更与我生命相连、心意相通。那个时期，我读了很多中国的古诗词，李白的、杜甫的、白居易的、苏轼的……我还读了一些现代诗，非常喜欢，尤其是海子的诗，我能从《面朝大海　春暖花开》中体会到诗人内心的脆弱，它带来的震撼使我久久不能平静。

在约旦大学学习期间，我读了许多中文书，可是我的口语和听力依旧很差。

2016年9月1日，国际医科学生协会联合会在巴勒斯坦拉姆安拉市举行义诊，来自该协会的10多位医生和巴勒斯坦圣城大学医学院的30多名学生参加。图为新华社记者高路（右一）与医学院学生合影。（新华社记者刘立伟摄）

我需要更为专业的中文训练，需要更加真实的语言环境，于是我下定决心寻找到中国留学的机会。对于我这个巴勒斯坦平凡的小姑娘来说，这又是一个不简单的理想，

没想到，这一次很顺利，因为有了孔子学院的帮助。我不仅有到中国学习汉语的机会，有在中国留学生活的机会，更获得了孔子学院奖学金，这对于我来说无疑是雪中送炭。

当我来到中国时，有一种似曾相识的感觉，我好像在这里度过了我的童年时光。这里的老师非常优秀，他们帮助我以正确的方式听和写。我有机会和各地的人交谈，语言能力提升迅速。中国远比我预想的美丽，这里的人们也比我想象的更为善良。我许下誓言要走遍这里的大好河山，并且我会每年都回来这里，因为中国就像我的家。

在中国的 6 个月，我从一个几乎不能说简单语句的女孩变成了中文"专家"，我享受与中国人进行悠长的对话，与老人们谈天说地，并且很可能像我妈妈所希望的那样，成为一名优秀的翻译。我拉近了与理想的距离，我那不简单的"中文梦"一次次地实现了！

汉语改变了我的命运

林金丽（柬埔寨）

每个人都有改变命运的契机。一个选择一种人生道路，有时候甚至可以换言之，命运是选择的结果。我改变命运的契机，便是我选择了学习汉语，从此开启了我改变命运的人生道路。

我生长在美丽幸福而历史悠久的东方国度——柬埔寨。我出生在一个小康家庭，父亲在他的年代里也算是一个知识分子。小时候父亲总是鼓励我们读书，我也没有辜负父亲的期望，成绩一直很好。但命运弄人，我在初二时不幸生了一场重病，不得不休学在家养病。那时，我觉得自己的人生没有希望了，会不会就这样永远养病在家，靠年迈的父母来养活？我不敢想……我仿佛跌进了人生深渊。

后来，病总算有所好转，但家里也因为给我治病而变得贫穷。我不想回学校读书，觉得自己有义务赚钱减轻家里的负担，但学历不高找工作不容易。在父亲的建议下，我去了乡里的华校小学学汉语，因为我的家乡有很多中国人来设厂，我希望将来能在工厂里当一名翻译。目标明确之后，我努力学习汉语，冥冥之中总觉得与汉语似曾相识，越学越感兴趣，把找工作之事抛到脑后。父亲看到我喜欢学中文，也就不再提找工作的事。随后我想转到有名的华校——金边端华华校读书，但学费、交通问题让我有点儿泄气。不过，幸运之神眷顾了我，我的汉语老师帮助我实现了人生的第一个愿望。我深知

自己不是华裔子弟，从小学的是柬语，必须比别人更努力才有机会。我在感恩之余，拼命学习汉语，终于，皇天不负苦心人，我考上了金边皇家大学中文系并获得了奖学金。大学里，在中国老师的谆谆教导下，我茅塞顿开，对汉语的热爱一发不可收。

慢慢地，我萌生了去中国留学的想法。为了将之变为现实，我更加勤奋，终于在大二时作为交换生到中国云南大理大学继续读大三、大四。在中国学习的两年时间里，我学到了很多东西，感受到了中国老师朋友们的友好和热情，不管是生活方面，还是学习方面，他们都尽心尽力地帮我。那时候我就在想，毕业后我要在柬埔寨开一家汉语补习机构，把我所学到的汉语知识和中国文化传播给更多的柬埔寨人。

2015年7月22日，我从中国留学回来，就开始着手筹备开办汉语补习机构的事情。我把地点选在了家乡——干拉省必增市，我希望家乡人能像我一样改变自己的命运，不顺从、不悲观、不听天由命。

2016年6月27日，在柬埔寨首都金边，赵金姿发放上次考试的试卷。赵金姿是孔子学院与中国国家汉办派出的第6批赴柬埔寨汉语教师志愿者。（新华社记者张艳芳摄）

一番艰难准备之后，我终于开了一间汉语补习班，名字叫"培德汉语学校"。起初学生只有十几个，但总算是一个开始，从此我开始自己的教师生涯。当我站在讲台上，偶尔会回忆起学生时代。如果没有学习汉语，我现在可能是一名工厂的女工，或者是餐厅的服务员，抑或已经嫁为人妻，开始日复一日的柴米油盐。是汉语，改变了我的命运，我现在已经是一家汉语补习机构的校长，这就是努力学习汉语改变命运的真实自己。

随着中柬两国之间的关系越来越深入，加之很多中国人在柬埔寨开设工厂或公司企业，柬埔寨人学习汉语的热情不断高涨，几乎已经成为一种潮流。现在我的汉语补习机构里学生也越来越多，有 150 人左右，他们大部分是上班族，来这里学习多半原因是学会汉语工资可以增加，或者可以找到更好的工作。

与此同时，我也没有停止学习的脚步。我进入金边孔子学院，以提升自己的汉语水平。我现在最重要的目标就是获得今年孔子学院的奖学金去中国攻读研究生。我会努力，抓住每一个让自己变得更好的机会。

汉语为我插上梦想的翅膀

金玲（柬埔寨）

夜晚洗漱完毕后来到书房，从书架上拿起一本最近爱不释手的中文散文小说，轻翻几页后，思绪飘到四年前。

四年前的选择改变了我的生活。

2013 年，中国国家主席习近平提出"一带一路"倡议，给当时迷茫的我带来了希望，倘若我能学好中文，将会为我以后的职业生涯增加有力的筹码，同时也能对自己的国家有所贡献。求学心切的我，收拾行囊，离开老家来到金边柬埔寨王家研究院孔子学院学习汉语。

不得不承认，初次接触汉语时，怎一个"苦"字了得。难以忘怀那些挑灯苦读的夜晚，那些暗淡无风的闷热日子，还有课堂上全神贯注的神情。不过，努力终究会有回报，渐渐地，我找到了学习汉语的乐趣，也终于掌握了那美妙动听的汉语拼音，那充满着美和力的汉字，学会用中文表达我的思想，抒发我的感情。我觉得，汉语中最有意思的是"哭"和"笑"字，"哭"上面的两个口像我们的双眼，眼睛下有一滴水，就是"哭"；而"笑"就像一个人在笑，两眼像月牙眯成一条缝。

我喜欢在汉语文学中无尽地徜徉，我痴迷于李白那粗犷豪放的诗，喜欢张爱玲文笔优美的小说，陶醉于百听不厌的中文歌曲，同时我也开始参加各种国内外的中文比赛。2014 年，我参加了大学生汉语桥比赛，站在聚光灯下的国际舞台上，声情并茂地将自己与汉语的不解之缘娓娓道来，并取得了三等奖的好成绩！

这对于曾经是一个普普通通乡下女孩的我来说，何止是开开眼界呀！掌握了汉语之后，我逐渐变得更加自信，更加活泼开朗，喜欢与人打交道，与以前沉默寡言的自己相比判若两人。因为汉语，我实现了到中国旅行、留学的梦想；因为汉语，我交到了许多来自五湖四海的朋友；也因为汉语，我在柬埔寨中资企业中找到了一份自己喜欢且待遇不错的工作，穿着西装，踏着高跟鞋，参加各种会议，偶尔还有机会去中国培训。在朋友眼里，我是一个特别自信并且有趣的女孩。我深深地知道，这些都是汉语在潜移默化中带给我的改变。

得益于习近平主席提倡的"一带一路"，许多中资企业来到柬埔寨投资兴业，给我们这些会汉语的柬埔寨人提供了很好的机会。但身为一个柬埔寨人，我发现依然有很多柬埔寨年轻人像四年前的我一样，迷茫，不知何去何从。

2014年6月11日，在柬埔寨首都金边，当地中学生观看第七届"汉语桥"世界中学生中文比赛柬埔寨赛区决赛。（新华社记者李弘摄）

　　我希望自己的故事，可以给那些迷茫的朋友们带去一点小小的启发。我非常庆幸自己当初果断地选择了学习汉语，也庆幸自己一路走来对汉语矢志不渝。与其说我选择了汉语，倒不如说是汉语选择了我。

　　弯弯的月牙高悬上空，夜深人静，我轻轻地合上书，享受此刻的宁静。明天又是崭新的一天，背上汉语的行囊，勇往直前，我会发现自己离梦想又近了一步。我坚信，只要坚持不懈，汉语一定会让我飞得更高更远！

实现梦想的神奇钥匙

哈密（阿富汗）

我叫哈密，来自一个历史悠久而充满魅力的文明古国——阿富汗。它坐落在亚洲的心脏地区，是从中国通向地中海地区的古老丝绸之路的必经之地，也是"一带一路"沿线国家之一。

"一带一路"建设旨在积极发展与沿线国家的经济合作伙伴关系，共同打造政治互信、经济融合、文化包容的命运共同体。而我的人生轨迹，也因此而发生了改变。

高中的时候，我从来没想过会将中文作为我的专业，更没想到有一天我会去中国读书。2010 年 3 月，我在喀布尔大学开始学习汉语和接触中国文化。一名老师曾这样说："你们别看在社会上你们专业没有其他专业受欢迎，但你们的专业是一把进入社会的钥匙。"为了进入社会，为了发展自己的能力都需要这把钥匙。

从那时起我慢慢对中国的语言和文化产生了浓厚的兴趣。2014 年年底，我以优异的成绩从喀布尔大学孔子学院（中文系）毕业，恰逢喀布尔大学正在招聘本土汉语教师。经过精心的准备和中国老师的指导，我顺利通过面试和试讲，正式成为喀布尔大学中文系的汉语教师。我认真备课，积极组织课堂教学，想尽一切办法激发阿富汗学生学习汉语的兴趣和积极性。同时，我也深刻体会到，想要成为一名合格的汉语教师，不仅需要具备语言能力，更

需要了解中国文化与社会，我还有很长的路要走。

2015年是阿富汗和中国建交60周年，也是"中阿友好合作年"，对我来说也是非常难忘的一年。我作为喀布尔大学孔子学院中文系的一员，有幸参加了一系列重大纪念活动，见证了这一历史时刻。

2015年1月20日在庆祝中阿建交60周年的纪念仪式上，我作为阿富汗代表用汉语进行了发言，喀布尔大学孔子学院中文系的学生们分别用两国语言唱了两国国歌。我感到非常荣幸和激动。11月3日，中国国家副主席李源潮为纪念中阿建交60周年到访阿富汗。中国驻阿富汗大使馆请我们再次出席活动，我有幸见到了中国国家副主席和我们国家的总统，并与他们握手交谈。我人生中第一次深刻地感受到，学习中文，学好一门语言，会对一个人的人生产生这样巨大的影响。我希望自己能成为中阿友谊的使者，为两国交往贡献自己的一份力量。

经过在阿富汗两年的汉语教学，我体会到要想进一步提高阿富汗的汉语

图为本文作者哈密。（图片由作者本人提供）

教学层次，我需要继续进修汉语，加强专业知识。2016 年，通过老师们的帮助和我个人的努力，我有幸申请进入孔子学院奖学金南亚国家汉语师资班项目硕士专业。我非常地欣喜和激动，能够被华东师范大学这样的名校录取。几个月的学习生活中，老师们渊博的学识和耐心的教导让我畅游在知识的海洋中，而丰富多彩的课外活动，如参加衢州的祭孔大典、国际文化节表演话剧《蔡文姬》等，都让我受益匪浅。

我很喜欢中国人的热情态度和努力精神，关注着中国每一方面的事情，看中国体育赛事时像中国人一样给中国队加油助威。我是阿富汗人，但中国是我第二个家。汉语这把神奇的钥匙，为我打开了一个新的国度，这里悠久灿烂的历史、热情友善的人民、自强不息的精神，都令我神往。

阿富汗和中国历来就是友好邻邦，随着"一带一路"倡议的实施，两国之间将会开展和加强各个层面的交流与合作。我希望早日成为一名合格的汉语教师，编写适合阿富汗汉语教学的教材，将"汉语"这把神奇的钥匙教给更多阿富汗人民，为推动两国之间的友谊和发展做出贡献。

在学习中国书法的道路上

索兰（俄罗斯）

　　我来中国读硕士研究生的第一学期，连一分钟的空闲时间也没有。对我来说，这里的一切都是新的，需要努力适应，再加上每门课程大量的作业、不断地办理必要手续……常常让我应接不暇。到了期末，我感觉到这种生活方式对心理状态的不利影响：我变得很不耐烦，容易生气，朋友也开始批评我喜欢小题大做。让我开始放松、心态得到调整的，是我的新爱好——书法。

　　第二学期的时候，我有机会去免费试听中国书法课。体验结束后我很兴奋，充满热情地想我一定要写得像老师一样好，于是决定继续学下去。但一个月的课程后，我发现现实并不那么理想。我虽然听得懂老师讲解的书法理论，如"心正则笔正""初学分布，但求平正"，但还不能悟到其意义。而且，我在初学阶段的最大错误是：盲目地模仿字帖，没有养成写字前思考的习惯。结果，一开始，练习书法不仅没有帮助我放松精神，反而使我变得更紧张，如果一个字很长时间写不出来，我就会把刚写的好几张纸都撕掉并扔到垃圾桶里。

　　练习书法半年后的一天，我像平时一样去上课，发现只来了我一个学生。老师说，因为人少，可以多聊一些书法理论。半年前我肯定会反对，因为觉得书法理论很枯燥，而且完全没用。但那天的书法理论课完全改变了我对练习书法的思考角度，老师讲的东西我都听懂了，而且还敢于提出自己的想法。

老师注意到了我的变化，他说，过去的半年是积累，现在到了领悟的时刻。书法知识不可能一下子就咽下去，应该慢慢地、一步一步地来吸收。从那天起，我开始看相关书籍，鉴赏名家作品。这对我提高书法水平有很大的帮助，让我逐渐开始从"写毛笔字"变成"写书法"。

从练习书法开始到现在快两年了，我接触到的每一位老师都让我获益匪浅。第一位书法老师刘静老师教给了我基础知识，如怎么选帖、永字八法、临帖方法等，而且激发了我对书法理论的喜爱。北语的张颖潮老师经验丰富，用外国人容易听懂的语言解释了我之前没有完全理解的道理，还帮助我通过了书法考级。陈大志先生提供了好多参加相关活动的机会，包括他个人举办的书法公开课、"书画频道走进北京语言大学"活动、书法展览等。书法考级中心的王晓光老师让我的字变得更自然生动，还告诉了我不少秘诀，而且这位老师的年龄与我相近，所以我们很谈得来，成了很好的朋友。

很多人问我，为什么选择学中国书法，而且回国后还打算学下去？想要

来自俄罗斯的索兰向观众展示书法作品。（图片由本文作者提供）

全面地回答这个问题，恐怕需要很长时间，简单来说：第一，学中国书法帮助我更深刻地理解中国传统文化、了解中国人的思维方式，这对将来想成为汉语老师的我来说非常重要；第二，学习中国书法让我为自己感到骄傲，充满信心，因为很少有外国人会写书法，甚至很多中国人也从来没拿过毛笔；第三，练习书法能帮助我调整心态，学会"任凭风浪起，稳坐钓鱼船"。最后一点对我来说很关键，这也是我开始学中国书法的根本原因。在练习书法时，我常常忘记一切，脑海中只有我正在写的字。更有意思的是，急性子的我在练书法时连语速都会慢下来。中国有句古语"字如其人"，即从字中可以看出其为人。对我来说，也可以说是"人如其字"，因为练习书法帮助我克服了心理方面的缺点。

经过不断的练习，我有了一些小收获：书法等级考试通过了六级，2016年秋天我的书法作品首次参加书法展览，2017年1月初参加了书画频道春晚节目的录制。

书法将是我一生最大的爱好，我会尽我所能提高书法水平。有人说，音乐是无形之声，而书法是有形之声。我希望，我在纸上创造的"有形之声"让人喜欢，而且今后我也会向更多的俄罗斯人介绍独一无二的中国书法！

汉语和中国带我登上联合国论坛

多依娜（摩尔多瓦）

"哈喽！你是哪个国家的？是俄罗斯的吗？"

"不是，我来自摩尔多瓦。"

"摩尔多瓦？是一个城市吗？它是属于俄罗斯吗？是在非洲吗？摩——什么？我从来都没有听说过这个国家……"

"摩尔多瓦位于欧洲东南部，是一个很小的国家，在罗马尼亚跟乌克兰之间……"我解释道。

"天呐！你的汉语怎么说得这么棒！你在中国待了多长时间了？"

"7年。"

"你叫什么名字？"

……

不管是同学，还是出租车司机、导购，甚至是路人，都会把这些问题作为我们第一次聊天的开始。令人奇怪的是，他们问题的顺序都是一样的。

总体上讲，生活在国外主要的不同就是：国籍取代了个性。有时候，"你叫什么名字？"这个问题，大多是一种礼貌的问候。因此，个人便担负起了一定程度上公众团体的集体责任，他（她）往往代表着一种民族或国家背景。例如，我来自摩尔多瓦，作为一个摩尔多瓦公民和全球公民已经变成我的生活方式和个人形象。

在中国，我学到了什么是国际交流，同时我也认识到，这是挑战自我非常重要的一个过程。现在，我的朋友遍及全世界，其中有很多人对我的国家不是很了解，于是我会用更大的热忱去描述或者解释"摩尔多瓦是什么样的"。同时，我也通过别人的眼睛去重新认识和了解我的祖国。我喜欢她与之前有所不同，因为当我们与地球的另一边分享着我们共同的信仰和风俗习惯时，我有了一种回家的感觉。我认为，再也没有比国际文化交流更有效的方式来培养我们的乡恋情怀和爱国情操。

我是一个幸运儿！我来自摩尔多瓦一个传统的教育家庭，但中国这一美丽的国度就像我的人生导师。在这里，我不仅拥有难得的机会来学习真正地道的汉语，而且可以了解千年的中国文化，以此来培养和提高我的个人品质。坦白地讲，学习汉语真的很难！但是世上无难事，最重要的是有一个很好的学习方法——那就是与当地人直接接触交流。

2015年夏天，来自摩尔多瓦共和国的多依娜作为汉语组十个学生代表之一被选拔到纽约联合国总部参加"多种语言、一个世界"全球青年论坛比赛。（图片由本文作者提供）

万事开头难。刚开始学习的时候，我感到手心冒汗、舌头麻木，以至于我除了艰涩地说出"你好吗？"，其他什么都说不出来。但到后来，通过经常跟当地人接触交流，我仿佛变成了一个雪球，不断壮大，而且更加有兴趣学习汉语，不断寻找提高我口语水平的机会。我发现淳朴的兰州人有自己的忧虑、固守的规则和思维方式，这对我来说比学校学到的东西更有价值，因为这些东西在任何书和材料中是找不到的。

中国和汉语改变了我的生活！可能这是一句陈词滥调，可是对我而言没有比这个更真实的感想了！因为中国确实打开了我的眼界、拓展了我的思维，并让我重新认识这个世界。

说到这里，我的思绪把我带回到从前——当我参加各种国际比赛和当地比赛的时候。其中印象最为深刻、也是我最意想不到的一次比赛是 2015 年的夏天，我被选拔到纽约联合国总部参加"多种语言、一个世界"（Many Languages, One World）全球青年论坛的比赛。我作为汉语组十名学生代表之一，与其他五种联合国官方语言组同学一起讨论相关议题。这对我来说是一次很大的突破，是对我努力付出、勤奋学习汉语的嘉奖和肯定，也是我作为一个全球公民更好的证明。这次比赛让 40 多个国家和地区的学生代表相聚在一起，围绕着世界青年议题交流和分享想法，同时也象征着这将是一个未来世界交流的有力平台。比赛带给我巨大的意义就是，当我们在一起分享着相同的价值观和信仰的时候，世界是那么的小，虽然我们的宗教和肤色不同，但是一点都不影响我们的交流；而且，当我们为了同一个目标牢牢地凝聚在一起，我们的力量又是如此之大。这让我也意识到，一个人掌握了国际通用语言后应有的伟大使命——肩负起文化交流桥梁的重任！而我是多么地乐意！

我们的世界是如此的美好，我们应该多分享一些美好的东西，少一些民族成见和误解。作为一个身在中国的摩尔多瓦公民，我时常努力打破中国人对西方文化老旧观念的坚硬外壳；在中国境外，我也会努力破除一些

人对中国文化的成见。掌握一门语言对每个人来说都是一种优势，因为只有这种方式能够填补文化空白，同时让我们可以有"四海之内皆是家"的感觉。

中国——我的第二故乡，我爱您、敬您！

留学

爷爷最后的礼物

阿基斯（乌兹别克斯坦）

　　在每个人心中，祖国一定是这个世界上最优秀、最温暖的地方。当然，我也不例外。但是除了祖国以外，我还深深爱上了一个有着灿烂文化和悠久历史的国度——中国！而我的中国情缘则源于爷爷送给我的最后的礼物……

　　那是在我大概六岁的时候。当时爸妈忙于工作，无暇照顾我，我就跟爷爷奶奶一起生活。爷爷奶奶对我很好，很宠爱我。一天，爷爷神秘地把我叫到他的房间，拿出一个古朴的木质盒子，我迫不及待地打开它，一个刻有植物花纹的圆筒状东西赫然出现在眼前，圆筒上的银色已经被黑色逐渐覆盖，好像历经了沧桑。

　　爷爷语重心长地说："这可是个宝贝，是我们祖先传下来的。它源于中国，是清朝后期的银器，是当时中国官员送给我们国家领导人的礼物。"爷爷说自己年龄大了，记性不好了，要我替他好好保管。我用双手紧紧捧着这个贵重的礼物，好像接受了无比艰巨的任务。想象一下，一个六岁孩子收到一个有着百年历史的礼物时的心情，那种激动实在无法用语言来表达。我记得当天晚上我一夜都没有合眼。

　　这件事发生后不到一年，爷爷就去世了。我心里还有很多话没跟他说，还有很多关于那个礼物的问题没来得及问他。我只知道这个礼物是很重要的，但为什么他在那么多孙子里只把它送给了我？可能因为我是他最小的孙子，

他最宠爱我，也可能还有其他原因，但是答案我永远不会知道了。我很珍惜爷爷送给我的最后的礼物，它牵动着我心底对中国的那份向往。

后来在中学历史课上，我第一次听老师介绍中国的历史和文化，一下子就对中国产生了好感。课外时间我到处查阅与中国有关的资料，也看了很多成龙的电影，我彻底被中国悠久的历史和博大精深的文化迷住了。我下定决心要学好汉语，要到中国亲自感受它的魅力，当然也为了爷爷送给我的最后的礼物。我们那个时候小男孩的理想通常是当警察、消防员之类的，而我当时的理想却是学汉语，到中国看看，仿佛到了中国我就会离爷爷更近一点。

2010年，我又向我的梦想迈进了一大步：我考上了乌兹别克斯坦国立世界语言大学中文系。在那上的一门门课程激励着我更加热爱中国。中国老师不仅教我们汉语，还认真讲解中国的历史和文化，以及中国人的思维方式。那时候，我对每一节课都充满期待，每天都会学到新的知识，我对中国的了解也越来越多。

在辽宁师范大学学习中文的乌兹别克斯坦留学生阿基斯始终珍藏着祖父临终前送给他的一件来自中国的礼物——晚清的银器。（图片由本文作者提供）

通过学习，我发现乌兹别克人和中国人的思维方式、饮食习惯各有特点，但也有很多相同的地方。2013 年，经一位中国老师推荐，我成功拿到了去中国读本科的全额奖学金。真不敢相信，我的中国梦开始了！

在中国读本科期间，我克服了各种困难，经过不懈努力，顺利拿到了本科学位。我对此还不满足，觉得应该继续深造。2016 年，我又获得了孔子学院奖学金，有机会在辽宁师范大学攻读硕士研究生。

现在，我已经来中国四年了，跟中国人一起生活、学习，用汉语跟人交流，说汉语就好像说母语一样习惯。我已爱上这里的一切。我爱中国，爱它悠久的历史，灿烂的文化，以及光明的发展前景。我爱中国，就像鲜花热爱土壤，可以让我不断地吸取文化的营养；我爱中国，就像孩子依赖母亲，这个接纳我、培养我的国度是我的第二故乡；我爱中国，就像学生敬重老师，对这个古老而又有活力的国家充满敬意。我相信，我会通过自己的努力一步步实现我的中国梦。

有时候回头想想，我真不敢相信这一切，我学习汉语和到中国求学的经历一幕幕浮现在脑海，很幸运我一路走来如此顺利。感谢中国给了我追逐梦想的机会，感谢中国向我打开了通往理想的大门！而此时，爷爷送给我的最后的礼物还带在身上，我已不再去想它到底是什么，背后有着怎样的故事，我觉得是它让我与中国结缘，是它指引着我来到中国，实现我的中国梦！这样足矣。

我会把爷爷这最后的礼物带在身上，直到永远……

父女两代人的北京情缘

迪丽娜·米来提（哈萨克斯坦）

　　我的父亲1968年毕业于北京师范大学，毕业后他开始从事汉语和哈萨克语的翻译工作。儿时记忆中最深的莫过于书房里父亲伏案疾书的背影，那时的他总是很忙碌，晚饭后就会回到书桌前继续读书写作，有时我会蹭到父亲身旁，他会将我抱起放在腿上，左手搂着我，右手写写停停，偶尔放下笔用食指轻轻敲击着书。

　　随着我渐渐长大，看着书架上署有父亲名字的书越来越多，我也逐渐明白父亲的工作。父亲参与编辑和翻译的作品一直陪伴我成长至今，父亲对北京的热爱，对汉语的热爱也深深影响着我。就这样，在2012年，我怀揣着对北京的向往来到了北京攻读汉语国际教育硕士。从此，北京成为了我一生都会怀念的地方，因为我要学好汉语的梦想在这里正式开启。

　　北京的留学时光如果可以倒流，我希望能够再来无数次，在北京学习生活的日子是我最快乐的时光。为了学好汉语，学校的图书馆成了我的第二个家，每天我都会泡在图书馆里看书。从现代汉语、汉语语法等专业课的书籍再到各种各样的小说、诗集和散文，书中优美的语句，身临其境的描写，故事主人公的喜怒哀乐都通过一个个汉字呈现在我眼前，无不让我兴奋，让我痴迷。我时常会想，怎样才能将我学到的所有知识教给我的学生，怎样能让更多人爱上博大精深的中国文化。我也感叹父亲是怎么把这些深奥的汉语句子翻译成哈萨克语，而我自己再怎么尝试都只能翻译出句子的表面意思，无法表达更深层的含义。

在北京读书时，同学们来自世界各地，让我也接触到了各国的文化，我也将哈萨克斯坦介绍给了更多人。而最让我难忘的是和同学们一起表演相声。此前，我除了在电视上看过相声，并未真正接触过这门艺术，甚至连怎么开口说都不知道。于是，我托朋友找了一位会说相声的老师，从租借服装、练习台风开始做起。整整两个星期的时间里，我游走于北京城找灵感写相声词。为了我热爱的中国传统文化的演出，这一切付出都很值得。演出的成功让我对中国文化更加热爱，我的梦想也在一步步变为现实。

如今，汉语在全球都受到瞩目。在全世界都在学习汉语的热潮中，我希望我是最努力的那个。2013年习主席在哈萨克斯坦纳扎尔巴耶夫大学演讲时曾用到哈萨克斯坦伟大诗人、思想家阿拜·库南巴耶夫的一句名言："世界有如海洋，时代有如劲风，前浪如兄长，后浪是兄弟，风拥后浪推前浪，亘

哈萨克斯坦国立民族大学孔子学院教师迪丽娜·米来提在北京外国语大学留学获得硕士研究生学位时的照片。（中间为迪丽娜，图片由本文作者提供）

古及今皆如此。"这句话让我想到中国古代伟大教育家、思想家孔子的一句话：
"后生可畏，焉知来者之不如今也？"。同样意思的两句话，用汉语表达，用
哈萨克语表达，让我有着不一样的感受，古人的语言更让人着迷！

中哈关系现在正稳步发展。同时，两国关系的未来与两国青年一代的前
途紧紧相连。这就是为什么哈萨克斯坦有越来越多的人愿意学习汉语和了解
中国文化的根本原因。习主席提出的建设丝绸之路经济带倡议与纳扎尔巴耶
夫总统宣布的"光明之路"新经济政策不谋而合，带给双方前所未有的交往
与合作机遇。学好汉语，了解中国文化，让我们青年一代可以牢固抓住这样
的大好机遇。

中国早已成为我的第二故乡，在哈萨克斯坦逐渐发展的今天，我也希望
第二故乡的明天更灿烂，更美好。年轻的我们需要奋斗、奋斗、再奋斗！让
我们共同为我们美好的未来点赞！

我的汉语，我的梦

阿力（乌兹别克斯坦）

  我叫阿力，同学都亲切地称我阿力哥，这称呼真有点儿中国南方的味道。再加上我白白净净的外表，别人还真以为我是中国南方小哥，可是我来自遥远的北方国家——乌兹别克斯坦。

  乌兹别克斯坦是著名的"丝绸之路"古国，处在亚洲大陆中心的位置。在古代，这里可曾是丝绸之路的中心地带，在东西方贸易、文化交往中发挥了重要的桥梁作用，至今这里一些城市还保留着许多古代集市遗址。如果你有兴趣去参观，请我做导游，我的汉语现在可是顶呱呱的，保证讲解到位又风趣。

  说起学汉语，首先要感谢我哥哥。哥哥说我是语言天才，因为除了母语，我还会讲俄语、乌克兰语，还有英语。随着越来越多的人学习汉语，哥哥鼓励我也学习汉语，因为现在我们塔什干流行"汉语热"，大家都说"学会中国话，朋友遍天下"！结交天下朋友，那可是我的梦想啊。为了实现梦想，要学习汉语！虽然听说汉语有点难，但是我是语言天才呀，OK，学就学！于是，我在塔什干孔子学院报了名，正式开始了我的汉语学习。

  告诉你，我学习外语的秘诀，那就是——努力。别笑！鲁迅先生说过："哪里有天才，我只是把别人喝咖啡的工夫用在了工作上罢了。"我每天上午上课，下午复习，做作业，练习听力。休息的时候，我都在听中国歌曲呢。我们老师推荐我们听邓丽君的《甜蜜蜜》，因为这首歌曲很慢，而且歌词也容易明白。

尽管我是顶天立地男子汉，也喜欢听那柔美甜蜜的女声呢！

功夫不负有心人，我的汉语的确学得又好又快，但是老师也指出了一个小问题，那就是我的声调很有"外国味道"，因为我贪图学得快，没有注意模仿发音。自从老师指出这个问题后，我非常重视发音了。我发现"跟读"是个练习发音的好方法，听一句跟读一句，一直这样练习，不仅练习了听力，也练习了口语。现在如果你有机会听我讲汉语，一定会夸我发音标准，字正腔圆。当然，这样讲多少有点吹牛的意味，不过我介绍的"跟读"好方法，学习汉语的朋友还是可以借鉴的。就这样，在孔子学院努力学习了四个月汉语，我顺利通过了 HSK3 级，并成功获得孔子学院奖学金，可以去中国学习一年。到中国留学的梦想实现了，我为自己感到骄傲！

2016 年 9 月，我来到了中国的江苏大学。江苏大学坐落在中国的南方小城——镇江，镇江人自豪地称自己的城市是"美得让人吃醋"的地方。江苏大学很美，也很大。这里有来自 100 多个国家的留学生，有少数欧美学生，很多印度和非洲学生，也有东亚、东南亚国家学生。我们有不同的肤色，不同的语言，不同的文化和习惯，但是大家又都有一个共同点，那就是都会说汉语。我们用汉语交流，尽管有

来自乌兹别克斯坦的留学生阿力与他的同学们欢庆中国春节。（左一为阿力，图片由本文作者提供）

的同学汉语只会一点点，但那并不妨碍我们交朋友。来到中国，我真的实现了"学会中国话，朋友遍天下"的梦想！

大家都知道，学习一门外语，环境至关重要。来到中国的5个月里，我的汉语水平突飞猛进。我交了很多中国朋友，跟他们在一起，我要说汉语；出门购物、打车，我要说汉语；去医院看病，我也要说汉语。我现在不仅能听懂普通话，还能听懂一点镇江方言。

我喜欢旅游，放假时，我常常去各地旅游，感受中国不同地方的风土人情，听不同的方言。尽管听不懂，但是我喜欢听。我希望将来能做个国际导游，给到乌兹别克斯坦旅游的中国朋友做导游，也给到中国旅游的乌兹别克斯坦朋友做导游。所以，除了学习汉语，我也努力地学习中国的历史和文化，了解中国的传统习俗和民间艺术。

感谢江苏大学的老师和朋友，让我的汉语水平取得了突飞猛进的提高。更感谢江苏大学让我在这里收获了美好的爱情，得到美好的爱情是每个年轻人的梦想，是汉语这个"月下老人"帮我实现了这个梦想。

在乌兹别克斯坦我一直没有遇到令我心仪的女孩，没想到在江苏大学的短短5个月里，我竟然遇到了一位漂亮聪明的姑娘，她也是乌兹别克斯坦人。我竟然在中国找到了乌兹别克斯坦女朋友，而且我们俩竟来自同一个城市，真是不可思议！汉语让我们相识，汉语让我们相知，汉语让我们相爱！她的汉语比我好，常常帮助我。爱情的力量是伟大的，我常常对自己说：一定学好汉语，不能让美丽的她对我失望。这也是我学习汉语的巨大动力！镇江流传着很多美丽的爱情故事，比如白蛇传呀，董永和七仙女呀……别忘了，朋友，以后，我们的爱情故事也是其中之一哦。

汉语，感谢你！你帮我实现了朋友梦，爱情梦。不久的将来，你还会帮我实现我的导游梦。人们会看到一个颇受欢迎的名叫阿力的帅哥导游穿梭于中乌丝绸之路上！

感悟"四知堂杨"

社建（巴基斯坦）

　　两年以前，当我背上行囊，踏上来北京交通大学留学之路的时候，如果你问我："嘿！社建！你觉得到中国你能得到什么？"我肯定会笑着回答："那还用说？肯定是更流利的汉语啊！"

　　可是，两年后的今天，如果你再问我这个问题，我可能会沉思以后告诉你：除了汉语和一些专业知识，在中国我还获得了一些更为宝贵的东西，比如说，成长中的信念。

　　肯定有人觉得很奇怪，这是什么意思啊？别着急，下面我就先给你讲个关于"四知堂杨"的故事。

　　东汉时候，有一个人叫杨震。一天晚上，他的一个下属为了升职，来向他行贿。但是杨震并没有接受。那位下属说："现在是晚上，你放心吧，不会有人知道的！"杨震却坚决地说："天知道，地知道，你知道，我知道，你怎么能说没有人知道呢？"行贿的人听了，顿时觉得既惭愧又感动。其他人听说了这件事之后，都很赞叹。后来的杨姓人也都愿意把杨震认作先人，并且在自家的门楼上挂上一个大匾额，上书"四知堂杨"四个大字。

　　这个故事是我在北交大留学时，我的班主任老师在文学作品选读课上讲给我们听的。

　　你或许不能想象当时我听了之后，心里激起了怎样的浪花。

　　那时候我已经离开家乡一年了，每天都很想念远在巴基斯坦的妈妈。这个故事让我一下子想起了她曾经说过的话，她说："儿子啊，你千万不要撒谎，做坏事！如果有一天，你不小心做了坏事，那么一定要勇敢地承认！因为你的一举一动老天都会看到。"

　　从小我就知道，妈妈对我寄予了无限的期望。她多么希望我能成长为一个正直、善良、清白的人！

　　可是我呢？想到这里，我的心里不由得一阵阵惭愧起来。

　　那段时间，我有些迷茫，每天都过得浑浑噩噩。从来不抽烟的我，竟然也学会了抽烟，还喝酒、睡懒觉，开始不做作业……我都做了些什么呀！

　　我懊恼极了，一个声音在我脑海里回响起来：社建！你来中国到底是为了什么呢？难道就是为了把自己的灿烂前途慢慢消磨掉吗？！

　　我一下子清醒过来。我仿佛又看到了妈妈那张远在故乡、望子成龙的脸庞，看到了妈妈眼中殷殷的期盼，听到了她声声的叮咛……

来自巴基斯坦伊斯兰堡孔子学院的学生社建是北京交通大学孔子学院奖学金生。这是他在北交大课堂上课的情景。（前排左一是社建，图片由本文作者提供）

　　我握紧了拳头，下定决心对自己说："我要成为一个诚实的人，我要创造出自己的一番事业，我不要等以后因为虚度年华而悔恨，因为碌碌无为而羞耻。我要重新开始，做一个努力向上，不畏艰险的人。"

　　于是，从那天开始，我戒了烟、戒了酒，重新踏上了充满阳光的路途。

　　如果说人们学得的知识像是果树上结出的果实一样累累喜人，那么我觉得通过挫折、思考、反省而产生的信念更像是果树的根，根牢牢地扎进土壤里，为我每天的努力拼搏源源不断地提供养分，让我每天都感觉有使不完的劲。

　　真没想到几千年前的中国古人杨震，通过他留下来的故事，竟在千年以后为来自异国他乡的我点亮了一盏明灯。这一刻，我更加体会到了中国文化的博大精深。以前我就知道巴基斯坦自古以来就是丝绸之路上的重要一环，这一刻，我忽然明白，在这条路上千年以来穿梭的，不仅是各色各样的商品，更蕴含着中国这个文明古国自强不息的精神和信仰。

　　人的一生很漫长，或许将来有一天，我从事的工作会变，生活的环境会变，甚至所说的语言都可能改变，但在中国得到的这份关于人生的信念，将会一直牢牢镌刻在我的脑海里。因为我知道，树叶逃不过四季，果实逃不过轮回，但根基会一直就在那个地方。

我的汉语梦

明月（吉尔吉斯斯坦）

每个人都有属于自己的梦想，也许这个梦想很大很远，也许这个梦想很小很近，而一个人的成长过程也是追寻梦想、实现梦想的过程。

从小时候起，我就有过各种各样的梦想。当我进入大学，接触到汉语、了解到中国的时候，我被中国悠久的历史和灿烂的文化震撼了，被中国的自然风光和人文环境吸引了。于是，我有了一个新的梦想——去中国，去看看龙和熊猫的故乡，去学习神秘而有趣的汉语。

为了实现这个梦想，我上大学时选择了汉语教育专业。刚刚接触汉语的时候，感觉汉语真是太难了，尤其是汉字和声调，和我以前接触过的语言都不一样。但或许就是因为汉语是这样特别，让我觉得它有一种特别的魅力，这支持着我一直坚持学下去。

当我学习遇到困难时，得到了来自父母、朋友和老师的鼓励与支持。孔子学院的老师们既亲切又耐心，而且非常专业，在他们帮助下，我一次次克服学习汉语的瓶颈，汉语水平有了很大提高。我慢慢感觉到，一步一步，我离我的梦想越来越近了。

2014 年 9 月，我的梦想终于成为了现实：我有幸获得了吉尔吉斯斯坦国立民族大学孔子学院的奖学金，踏上了向往已久的中国土地，来到扬州大学学习汉语。刚来时，一切都是那么陌生：陌生的面孔、陌生的环境、陌生的

文化。来到一个陌生的国度，我有时也不免感到孤独和寂寞。好在我遇到热情友好的中国人，他们热情的笑脸就像阳光，使我感觉很温暖。在生活和学习上，我都得到他们的帮助。中国是一个文明、包容、和谐的国家，我来到这里有了一种家的感觉，从此，我再也不感觉孤独了，并且我爱在这里的每一天。

在学习汉语的过程中，我还了解了很多中国传统文化。老师们在课上对中国的传统文化进行了详细讲解，孔子、老子、孟子等中国的先哲为后人留下的宝贵精神财富，更让我受益匪浅。

中国地大物博，优美的自然景色和其中蕴藏的历史文化更令我心驰神往。读万卷书，行万里路。我在学习汉语之余，参观了中国很多名胜古迹，到过人间天堂苏州、杭州，去过六朝古都南京，还去过孔子的故乡山东曲阜，登上了泰山，从而对中国古诗"会当凌绝顶，一览众山小"有了更深刻的感受。我用我的双脚，走遍了我梦想到达的地方。

中国的古诗词、书法、国画和美食文化无不吸引着我。来中国的四个月

来自吉尔吉斯斯坦国立民族大学孔子学院的学生明月，2014年9月—2015年7月在扬州大学海外教育学院学习时与同学合影留念。（左四为明月，图片由本文作者提供）

里，我每天都有很多收获。当我学习古诗词的时候，仿佛在聆听历史的声音；当我学习中国书画的时候，如同走进了历史的画卷；当我欣赏中国工艺美术、品尝中国美食的时候，好像生活在人间天堂……生活中的中国元素是我快乐的源泉，是我学习的动力，是让我的生命充满活力的血液。我已深深地爱上了中国，中国是我的第二故乡，也是我梦想起航的地方。

　　我的专业是汉语教育，我一直想当一名最好的老师，让人们更好地了解中国。现在我有了更大的梦想。古代的丝绸之路连接亚欧大陆，是古代东西方文明的交汇之路。而我的祖国吉尔吉斯斯坦曾是古丝绸之路沿线的重要国家，曾见证丝绸之路的繁华以及它对东西方文化沟通所发挥的重要作用。今天"一带一路"倡议的提出，对正致力于大力发展经济的吉尔吉斯斯坦而言，无疑是新的机遇。现在我更想当一名促进吉尔吉斯斯坦与中国经济文化交流的使者，让两国人民更好地互相了解，增进各方面的合作交往，让两国人民世世代代友好下去。这是我的人生梦想，我会为之而努力。我在中国放飞了我的梦想，相信我的中国梦一定会实现！

身在塞尔维亚，心在中国

克里斯蒂娜·米西奇（塞尔维亚）

世上有各种各样的爱情。我们可以爱上一个人，爱上一幅画、一首诗，也可以爱上一门语言。我常常告诉朋友：汉语就是我的大爱。我与汉语的"爱情故事"萌生在塞尔维亚。当我第一次听到汉语、第一次写下汉字时，我便知道我找到了人生的方向。从那天起，为了探索汉语的奥秘，为了能够学好汉语，我走上了一条艰辛的道路。

我们学习一门新的语言，实际上就是学习并熟知另一种思维方式。中国人与塞尔维亚人的思维方式从表面看似乎截然不同，但从骨子里看，我们就会发现中国人和塞尔维亚人之间有许多相似的地方，也许这源于我们两个国家的传统友谊，源于我们情同手足的诚挚感情，而中国这个大哥哥有许多值得塞尔维亚这个小弟弟学习的地方。

大学毕业后，为了能够更好地了解中国文化，了解中国人民，我去了北京读研究生。在北京读书的日子是我有记忆以来最开心的日子。我不但能近距离地了解中国人，反过来也有机会更全面地了解自己，了解自己的长处和缺点，真正体悟汪国真先生诗句的真谛："没有比脚更长的路，没有比人更高的山。"这句诗正体现了中国人民独特的精神，他们热情、吃苦耐劳、对目标不轻言放弃。这是一个真正令人敬佩的民族！可以说，如果没有在中国的这段生活经历，没有中国朋友给我的帮助，就没有今天的我。

2014 年我刚到中国时，发现以前学的那点汉语知识只不过是沧海一粟。我下决心要利用在中国的每一分、每一秒来提高自己的汉语水平，充实自己。中国朋友纷纷帮助我，他们的热心程度出乎我的意料，让我惊喜连连。有时候甚至开出租车的师傅也会帮我纠正汉语，还热心地教我老北京方言和俚语。

记得 2014 年中秋，我们几个塞尔维亚学生打算去西安参观中国古代灿烂文明的代表——秦始皇陵兵马俑。火车上，我们认识了一对卖菜的农民老夫妇。他们想和我们聊天，可他们说的方言我们一个字都听不懂。看到我们困惑的样子，他们便掏出纸笔写下问题："你们是哪国人？"发现我们能看懂写在纸上的汉字，他们十分高兴，就兴高采烈地和我们"笔谈"起来。那天，我们不发一言却谈天说地，聊得十分尽兴。这一独特经历让我意识到汉字的重要性——对于幅员辽阔、方言众多的中国，它是人们沟通交流的重要工具。它不仅是一种文字，更是文明的奇迹！每当塞尔维亚朋友问我：中国文明最神奇的是什么，我都会说：中国文明最伟大、神奇的就是中国人和汉字！

塞尔维亚留学生克里斯蒂娜·米西奇与在中国结识的卖菜阿姨合影留念。（左一为克里斯蒂娜，图片由本文作者提供）

　　留学生活中给我留下深刻印象的还有一次旅行。那是上完研一的时候，学校安排我们留学生去江西进行文化考察，体验传统的中国，一个和北京这样的大城市完全不同的中国。那天早上，太阳刚害羞地和我们打了招呼，我们就已出发直奔江西最迷人的景点之一——三清山了。走在山中，开始时我还后悔为什么以前没好好学摄影，拍不出山里的美景，可是不一会儿我就领悟到了：山的灵魂是我无法捕捉的，它就在这一方、这一刻存在着，与这天地融为一体。我们能够带回去的也不是一张照片，而是在它怀抱里迈下的每一个细微的脚步，并把它们珍藏在心里一辈子，永远伴着我们以后的人生。我将永远记得迈步云间的这份感受。

　　其实，这就是中国。不论我们从哪儿来，不论在中国待了多久，不论今后将身处何方，我们心里都会珍藏着一个小小的中国：它可能是火车上的一次邂逅，可能是跳广场舞大妈的一个优雅舞姿，也可能是卖菜阿姨的一个亲切笑容，甚至是打麻将时的一阵喧哗。但不管怎样，它们都是我们珍藏在心底的在中国留下的一个个足迹，这些足迹将连接成我们走向未来的道路。

　　今天，我在孔子学院当汉语老师，把我心中的这个中国讲给我的学生听。看着他们好奇的眼睛，回答着他们充满童真的问题，我心中的中国会一次次栩栩如生地浮现在眼前，它从不曾离开过我。

中国与我的缘分

傅婷莉（波兰）

中国与汉语是我的一切。中国对我而言，是七月的午后，远离城市喧嚣遥远农村校园的慰藉；是附近市场嘈杂声和喇叭声渐渐消失后的宁静；是雾霭缓缓的沉淀；是黄昏临近，落日余晖与晚霞在天空中浅蓝色与橙色交织的呈现。

中国对我而言，是被青蛙呱呱叫声和蝉鸣声吵醒的闷热夜晚；是弥漫着茉莉花香味的白天；是吃着麻辣火锅、泪水潸然而下的感觉。中国对我而言，是元旦、除夕重庆街头五彩缤纷的气球漫天飞舞的感人情景；是广州小路落叶纷飞的画面。

中国是青葱翠绿的颜色，是无数奇妙而神秘的风俗的发源地。中国使我了解了世界，了解了自己。我在中国建立了很多新的友情，很多记忆永远不会忘记。总而言之，中国对我来说代表着全部酸甜苦辣的人生。

我叫伊莎贝拉·弗利斯，中文名字叫傅婷莉，来自波兰，今年 23 岁，是中文系的学生。2014 年 9 月，大学二年级的时候，我参加了交换生项目，第一次去了中国，在重庆的长江师范学院学习一年。我将来打算当中文老师，因为这样我就可以教学生漂亮的汉字，向他们展示汉语的魅力。

其实，我的梦想已经实现了，2015 年 9 月，我在波兰一所初中当兼职汉语教师。我还记得一个学生跟我说的一句话："你讲的课总是很好玩，很有意思，

我们都喜欢。"我听了以后，感觉心里非常温暖。

2016年6月，我获得汉学系本科学士学位。我的毕业论文是关于古代和现代的中国家庭，内容包括传统中国家庭的结构，当代中国人的童年生活以及对家乡的情感等。那一年，我也获得了孔子学院一学年研修生奖学金，来到广东外语外贸大学汉语高级班学习。

汉语富有创意，能激发人的想象力，我每天在学习中都会有新的层出不穷的惊喜。汉语的神奇总能激励我的意志，引发我的好奇心。

作为一个波兰人和未来的汉语研究者，我非常注意观察中波两国在各个方面的快速发展。波兰是中国在东欧最重要的经济、文化和贸易伙伴之一。2015年11月，波兰总统与波兰企业家来到中国参加中国—中东欧国家领导人会晤。2016年6月，中国国家主席习近平抵达华沙，对波兰进行国事访问，同波兰总统及总理会谈，讨论双边贸易、金融投资、"一带一路"建设等问题。两国一致同意建立全面战略伙伴关系，并签署了涉及信息互联互通、基础设施建设、产能、教育、文化、税务、质检、海关、航天等

照片上是来自波兰的留学生傅婷莉，她获得了广东外语外贸大学孔子学院奖学金，在中国学习一年时间。（图片由作者本人提供）

领域一系列双边合作文件。

我认为，中波之间的交流方兴未艾，希望我能学好汉语，将来有足够能力从事促进中波友好的工作。我希望越来越多的中国人到波兰旅游。波兰的城市充满历史感，文化、文学和艺术气息浓厚。外国人一到波兰就能感受到波兰人民的热情好客。波兰的地理位置很独特，北部靠近波罗的海，南部是喀尔巴阡山脉和苏台德山脉。游客们能享受到各种各样的运动，欣赏到美丽山川的风景。

我还记得，高中毕业前我一直想学心理学，但经过深刻思考后转变了想法，改学中文。现在回想起来，我与中国早已结下了缘分：小时候我很喜欢看迪士尼动画片《花木兰》；我曾有一本关于中国的杂志，第一页上就是长城的照片；我很喜欢丹凤眼，记得大约六岁时，我常站在镜子前，眯着眼睛把眼角吊起来。

我觉得，不管在学习方面、经济交流方面还是在文化交流方面，我们都应该记住"有志者事竟成"，付出百折不回的努力，坚持不懈地去追寻自己的理想。

最后我想跟大家分享一句我最喜爱的歌词："时间无言，如此这般，明天已在眼前，风吹过的，路依然远，你的故事讲到了哪儿。"无论我的人生走哪一条路，我都知道这条指引我的道路上一定会有中国的影子。我期待着中国给我带来更多的惊喜。

"言以爱传，爱以言传"

叶达夫（以色列）

我曾经在鲁迅的小说《阿 Q 正传》里读到一句话："人以文传，文以人传。"这句话很有意思，我想借用它来概括我过去三年的经历与感受，我想说："言以爱传，爱以言传"。

爱情与语言是分不开的

三年前，我从孔子学院申请到了去中国学习汉语的奖学金。由于早就对中国云南充满向往，所以我选择了去云南师范大学留学。刚开始，我没有多少朋友，就常去我们宿舍一楼看书，跟别的同学交流。有一天，我正在做作业，一位泰国女生走过来，问我能不能帮她的朋友学英文。我很爽快地答应了她。而她的朋友——那位在我帮助下顺利完成英文作业的女孩，后来变成了我的女朋友。所以，我敢说，我的爱情就是从外语开始的。

爱情和语言有很多相同的地方

当你爱上另一个人，你天天都在发现新世界。你愿意去了解对方，并且充满兴趣。这与学习外语非常相似。在学外语时，你天天都在发现新世界，不管是词汇、语法还是它们背后的各种文化特点，都会带给你崭新的知识与观念。

我是以色列人，我的女朋友是泰国人。但是，我不会泰语，她也不会希伯来语。至于她的英文水平，通过那次帮她做作业我就知道我们很难用英文来交流。所以，中文成了我们主要的交流语言。

　　但问题是，当时我们的汉语水平也不好。我用中文说什么，她总是假装听得懂。她回答什么，我也假装听得懂。而实际上，我们俩根本没弄明白对方说的话。

　　中文有句俗话，"距离产生美"，语言的距离让我们用心去猜测对方的意思、想象对方的美好，这让我们感受到爱情的甜蜜。然而，随着情感的加深，我们需要更深入的交流，比如我们俩产生误会时，我需要向她解释。这让我们俩很认真地去学习中文，因为每个新词对我们来说都是一个很好的机会，可以加深我们互相的认识，表达对对方的感情。

2014年11月2日，在以色列特拉维夫大学举行的中华文化体验展上，学生在茶艺展台品茗。这是特拉维夫大学孔院为庆祝孔子学院在海外成立10周年而举办的"孔子学院日"系列文化活动的一部分。（新华社记者李睿摄）

当时，我用在课堂上学过的成语和词汇，给她写了一首中文歌——《住得不太近但天涯若比邻》。我在歌词中写到：

你说你不知道为什么你爱我

但从你的眼睛我看到一个小笑容

你说你不确定是不是真爱情

我爱你那么多你不相信

住得不太近但天涯若比邻

我的心你的神

你的手在我的脸

在她生日那一天，我准备把这首歌送给她。我去学校附近一家酒吧，跟老板说，在这个晚上，能不能让我临时上台演唱这首歌。老板很爽快，不但同意让我上台，还问我要不要伴奏。到了晚上，为了给她惊喜，我请她的朋友假装说要喝啤酒把她拉到这里。她一到酒吧，我就弹着吉他开始唱歌，那时，我已经不把中文当外语了，中文是我们俩的沟通方式，那些汉字是从我心里流出来。她听到一半，终于听明白这首歌是我送给她的，她激动地哭了。

爱情是一辈子的过程，学外语也是

我想，爱上另一个人，哪怕一起过一辈子，你也还是对她有一些地方不能完全明白。语言也是这样，你去学一门外语，不管你付出多少努力，学习多长时间，总还会有一些地方让你感到迷惑。学外语的过程中往往会感到失落，但不管怎么说，你总会找到一条路走。很多时候，你想表达的意思和你实际的表达有很大差异，但不管怎样，你把自己表达出来了，别人就有理解你的机会，这是最重要的。谈恋爱往往也是如此。

和女朋友刚开始约会时，我告诉她，我最喜欢三明治，但问题是我没有说

"吃"这个词。这让她以为"三明治"是一个地名。她想让我开心，为了带我去看"三明治"，她到处找人问"三明治"在哪里，但总是找不到。后来，我知道这件事后笑得不行。我带她到一个快餐店，指着三明治说，你看，三明治就在这里，这时她才知道原来那是一种食物，不是一个地方。

谈恋爱时，你也会展示出你自己隐藏的一些特点，有些是你一个人时没法展现的，甚至你原来都不知道自己拥有这个能力，但受到对方启发，反而会让你去探索自己的潜力。学习语言也是如此。如果不跟对方对话，那么语言又哪来的生命呢？

爱连接着我和我的女朋友，因为我们互相鼓励，互相帮助，互相学习。爱也连接着我和中文，因为我的爱情故事离不开中文，它是我恋爱的语言。

所以，最后我想说：亲爱的中文，我爱你！

美美与共，天下大同

毕美珍（尼泊尔）

"各美其美，美人之美，美美与共，天下大同。"这是我在来中国之后学到的一句话。老师说，这是处理不同文化关系的箴言。起初读到它的时候，我觉得十分难以理解，然而随着时间推移，生活中不断出现的文化冲击让我开始领悟这十六个字所包涵的意义。每一个民族，都有自己优秀的文化传统，同时应当赞美其他民族的优秀文化并向其学习。就这样，各个民族、各个国家互相包容、互相学习，那么，我们就可以展现一个多彩的世界。

我出生在一个美丽的国家——尼泊尔，那里风景优美，民风淳朴。中国和尼泊尔同是"一带一路"国家，一起在为丝绸之路的复兴贡献着自己的力量。中国是我们的友好邻邦，是一个拥有深厚文化传统的国家，它从小就吸引着我。

终于，在一年前，我很幸运地获得了孔子学院奖学金，来到上海的华东师范大学学习。我来中国遇到的第一个困难是语言问题。当我踏上中国的土地时，心中充满期待，也非常忧虑。那时的我完全不会说中文，面对陌生的城市和环境，因为语言障碍而产生的麻烦，让内心有种说不出的不安全感。无论我去买东西，还是去饭店，事事都很难顺利进行。因为交流困难，我也很难交到中国朋友，这让我很沮丧。

此外，中国人和尼泊尔人的生活习惯也有很大不同，比如：中国人喜欢晚上洗澡，而我们喜欢早上洗澡；中国人吃晚餐是在晚上六、七点，然后就早早睡觉，第二天早早起床，而我们通常到晚上九、十点才吃晚饭。

看来，在这里学习与生活，除了要克服语言障碍，还要克服文化障碍啊！

曾经发生过一件小事让我印象深刻。中国人吃饭用筷子，而尼泊尔人习惯用手。我刚来时不会用筷子，所以有一次在食堂就用手吃饭。我的举动引来周围同学不少异样的眼光，虽然没有听到任何人的嘲笑，但我仍然觉得非常尴尬。从那之后，我开始学习用筷子吃饭。现在，我已经可以很熟练地使用筷子。

但正是这些差别和不适应，让我不断进步，逐渐爱上中国，慢慢学会说汉语、写汉字，并开始关注中尼文化上的差异。

我感觉中国人比尼泊尔人更勤奋，中国人往往工作认真踏实，非常负责任。虽然我认为尼泊尔人很努力，但相对来说中国人更加勤劳。为什么这么说？因为我在上海已经一年多了，这里每天都在发生新变化，这座城市的快速发展给我留下了深刻印象。中国人的勤劳应该就是中国发展迅速的原因之一。

2010 年 3 月 27 日，在尼泊尔首都加德满都，由河北经贸大学和加德满都大学合办的加德满都大学孔子学院的中国老师在周末沙龙上教学生使用筷子。（新华社记者何险峰摄）

虽然中国人和尼泊尔人有很多不同的地方，但是我们也有很多相同的地方，比如我们都是热情好客的民族，也同样爱好和平，尊重自己和他国的文化，并积极地帮助别的国家。

我在中国一年多了，越来越喜欢这个富有魅力的国家。当前中国人民正在努力实现"中国梦"，而尼泊尔人民同样有着"尼泊尔梦"。作为友好邻邦，我们需要互相合作，共同发展，追求共同繁荣的梦想。

如今的我正在中国学习，不仅学习中国的语言，也学习中国的优秀文化和中国人民的优秀品质。这些正是我对"十六字箴言"的切身理解和实践。

美美与共，天下大同。真心希望我们两个国家更加友好，中尼两国人民更加团结。愿"一带一路"沿途各国间的友谊更加灿烂夺目！

大爱无疆

纳吉布（阿富汗）

"从东往西本无界……由心到心本无界……爱如丝绸般飘逸……踏过万里的足迹，让我遇见你——中国"，伴随着广播里优美的旋律，我又一次哼唱起这首最喜欢的中国歌曲《丝绸之路》。提起丝绸之路，几乎每个中国人都耳熟能详，而对我这名外国人来说，同样有着特殊的意义。

我叫纳吉布，是地地道道土生土长的阿富汗人。儿时，中国古老神秘的文字让我好奇；长大后，中国悠久文明的历史让我痴迷；现在，中国精致厚重的传统文化让我魂牵梦绕。于是，我来到了中国这片土地。

小学时我就经常听周围人说"汉语复杂、难学"，当时我特别好奇："汉语到底是一种什么样的语言，为什么这么难呢"？

初中时我有幸遇到了到过中国的老师和同学，他们告诉我汉语打招呼是"你好"，离开时说"再见"，这样的发音真是太美了！于是，我对中国产生了向往，能说这么美的语言的国家会是一个什么样的国家呢？我一定要去看看！

高中时，我了解到喀布尔大学有孔子学院，有了它的推荐就可以到中国读书。所以，我毫不犹豫地报考了这所大学。

2010 年，怀着激动的心情，我走进了喀布尔大学。在那里，我遇到了来自中国的郭老师，他既友好又热情。是他让我了解了更多关于中国的故事，

也更坚定了我学习汉语的信心。大二选择专业时，我毅然选择了中文系，成为唯一一个选择中文系的学生。在通过面试的那一刻，全家人都为我鼓掌喝彩。

一年半后，我获得孔子学院奖学金，如愿来到了魂牵梦绕的中国。中国人非常善良热情，在学习上生活上一直耐心地帮助我，让我感觉就像在阿富汗一样。中国已经成为我的第二故乡。大学毕业后，我选择继续到中国读研究生。2015年9月，我再次踏上了这片热土。

从最初的对汉语好奇，到后来对中国的向往，再到后来在中国留学，我与汉语越来越近，与中国越来越亲。

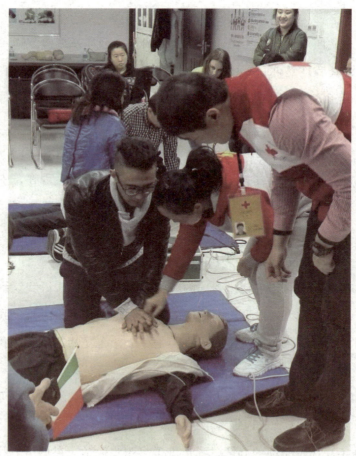

辽宁师范大学奖学金获得者，来自阿富汗的纳吉布在大连练习心肺复苏技术。（中间为纳吉布，图片由作者本人提供）

2013 年，中国国家主席习近平提出"一带一路"倡议，旨在发展与沿线国家的经济合作伙伴关系，共同打造政治互信、经济融合、文化包容的利益共同体、命运共同体和责任共同体。而我的祖国阿富汗处于亚洲的中心地带，丝绸之路通过阿富汗贯穿亚欧大陆。如今，阿富汗也成了"一带一路"倡议的受益国。"一带一路"架起了阿富汗和中国之间的桥梁。作为第一故乡是阿富汗、第二故乡是中国的我，倍感骄傲和自豪。与此同时，我也开始思考要为两国的友好交流做点什么。因此，就在这个美丽的海滨城市——大连，我开始了我的公益服务之旅。

通过学校引荐，我参加了外籍义工组织，经常参加一些公益活动，比如环保活动、去养老院看望孤寡老人、去儿童村看望孤儿、为贫困山区的孩子捐书捐衣服。我还因此被评为大连市慈善总会星级义工。

我刚到辽宁师范大学国际教育学院读研究生不久，学院一名 23 岁的俄罗斯学生维克多在宿舍突然昏迷不醒，经医院诊断为糖尿病酮症酸中毒，随时有生命危险，随即转入重症监护病房。维克多家庭条件困难，无力承担每天上万元的医疗费，于是学院内部展开了为维克多捐款的活动。老师同学们还把募捐信息转到社交媒体上，希望在更大范围内为维克多筹款。我也参与了其中。很快，朋友、老师、同学以及很多素未谋面的网友纷纷解囊相助，善款从四面八方汇集到大连，让维克多得到了及时医治。经过十余天紧急抢救，维克多终于脱离了危险。连医生都说，维克多能醒过来真是一个奇迹！是所有人的善良和爱救了维克多！是跨国界的大爱唤醒了维克多！

这件事让我深深感受到了中国这个国家和人民的大爱无疆。我相信，只要人人都献出一点爱，世界将变成美好的人间。这更坚定了我继续从事公益活动的决心。

2016 年，我有缘结识了大连市红十字会的杨杰会长。我向他提出了创建"大连市红十字会外籍人士急救救护技能培训服务队"的构想，得到了杨会长的大力支持。此后，我积极参与到了队伍创建和活动组织中，我们的志愿服务

队主要是为在大连市生活、工作和学习的外籍人士提供急救知识培训。

　　现在，我已深深地爱上中国！今后，我会学以致用，做更多事情，为阿中两国数千年的友好往来、为两国的文化交流和经贸往来做出自己的努力。我相信，"一带一路"建设必将造福两国人民、造福世界人民，因为"大爱，无疆"！让爱带爱，我们一起行！ 🔴

梦想

知识改变命运　梦想点亮未来

江柏利（柬埔寨）

　　远远的街灯明了，好像闪着无数的明星。天上的明星现了，好像点着无数的街灯。远远的街灯亮着，照亮了路上的行人。天上的明星闪着，指引着人们梦想的路……如果说，知识是我人生中一盏明亮的灯，那汉语便是我人生中一颗璀璨的星。

　　记得 2012 年，刚从中学毕业，站在人生十字路口的我感到很迷茫，不知道今后该何去何从。我想踏入大学校园，但苦于家中欠下巨额外债，生活都成了问题，年事已高的父母无力再供我上学。当时，为支撑这个家庭，姐姐去了韩国打工。为节省开支，整整两年，她都没回一趟家，独自一人在异国他乡过着窘迫的生活。直到 2014 年，家里情况有所好转，但依旧捉襟见肘。那一年，为了减轻家中负担，我开始做兼职，赚钱的同时最大限度提升自己的工作能力，以便在将来工作中可以脱颖而出。

　　然而，现实是残酷的，在竞争激烈的社会中拼搏了一年后，稚嫩的我早已是遍体鳞伤。我那时深深感觉自己能力不足，所以又开始学习，以便为今后打下坚实的基础。

　　美丽的中国一直是我内心的向往，这让我有了清晰的目标，要把中文学好，以便今后在工作中可以与中国人毫无障碍地交流。为实现这个目标，踽踽独行也好，结伴同行也罢，我都会全力以赴。

　　功夫不负有心人。慢慢的，我发现我的汉语水平突飞猛进，对中文从一窍不通到后来学会了拼音、语法，再到汉字的书写等等。2015年，为了心中的梦想，我毅然决然地辞去了工作，报考了大家公认非常热门的汉语专业。从那时候起，我天天心无旁骛，专心读书，下定决心要把中文学得更好。因为我深知中华文化博大精深，自己的学识仅仅是皮毛而已。

　　中国的魅力不可挡，中国深厚的历史文化亦深深吸引着我，让我情不自禁地爱上了这个拥有独特魅力的语言。

　　光阴似箭，日月如梭。时间在不知不觉中稍纵即逝，犹如白驹过隙。而我的学习在老师们的谆谆教导和无微不至的关心下不断开花结果。他们为我无怨无悔地付出着，正所谓"春蚕到死丝方尽，蜡炬成灰泪始干"，我想这正是对老师们最真实的写照。

　　我依然清晰地记得那是一个阳光明媚的周末，在老师和同学的支持与鼓励下，我毫不犹豫地报名参加了"汉语桥"比赛，并告诫自己：即使一败涂地，我也会坚定不移地走向梦想舞台，因为我坚信："有志者事竟成，破釜沉舟，百二秦关终属楚；苦心人天不负，卧薪尝胆，三千越甲可吞吴。"的

2016年3月1日，在柬埔寨首都金边，中柬两国青年进行拔河友谊赛。当日，柬埔寨王家研究院孔子学院、柬埔寨文化艺术部和金边中国文化之家在金边举办活动，庆祝柬埔寨第18个国家文化日（3月3日），促进中柬两国文化交流。（新华社记者张艳芳摄）

确，成功是属于有准备的人的，最终我在柬埔寨赛区的比赛中摘得桂冠，荣幸地代表我的祖国赴华参加了世界"汉语桥"比赛。在后来的世界级比赛中，尽管我以失败告终，但我知道"不经一番寒彻骨，哪得梅花扑鼻香"。因此，接下来的日子，我会鞭策自己加倍努力，百尺竿头，更进一步。

鲜花感谢雨露，因为雨露滋润它成长；高山感谢大地，因为大地让它高耸；苍鹰感谢天空，因为天空让它翱翔；而我感谢曾经的经历，因为有了苦难才有奋斗的动力。

假如人生是漆黑的夜晚，那么汉语便是引着我走向黎明的那颗明星；假如人生是漫无边际的沙漠，那么汉语便是滋润我生命的绿洲；假如说人生是无边无际的大海，那么汉语便是引领我人生方向的灯塔。

总而言之，汉语改变了我的命运。我不再迷茫、不再惧怕这一世在庸庸碌碌中度过。因为我自信，学会了汉语，就可以在未来大展宏图，为人民创造幸福，为祖国的建设添砖加瓦！

我坚信，成功属于坚持不懈的人。世上没有一蹴而就的事情，只有克服重重困难才能梦想成真。如今，我已实现了梦想。接下来，在"一带一路"的宏大愿景和伟大进程中，我将脚踏实地，一步一个脚印，为中柬两国携手并进作出贡献，让两国共同走向梦想的春天。

我的三个中国梦

胡彬彬（缅甸）

梦想是什么？

在邓亚萍眼里，梦想是坚持心中永不服输的信念，只要你肯努力，就一定能够成功……

袁隆平说：我的梦想很简单，我做过两次梦，禾下乘凉梦。我的梦里水稻长得有高粱那么高、子粒有花生米那么大。

我的梦想是什么？

我生长在缅甸中部很美很诗意的一个小城市——彬伍伦，那里的人与人之间很亲切。对我而言，这座城市犹如桃花源一般美好。爸爸和妈妈在这座城市相遇、相知、结合，而我们几个孩子是他们爱的结晶。

从咿呀学语到蹒跚学步，我走着走着就走进了校园。在我印象里，校园生活基本上都是在奔跑中度过的。在缅甸，由于公立学校不开中文课程，所以我们只能在课外学习中文。还记得从五岁开始上学起，每天早上大约五点钟，父母就把我叫醒，梳洗完毕，爸爸的大手就牵着我的小手，走路去中文补习学校，六点钟开始上课。到八点下课后，回家赶紧吃了早饭，换了制服再赶往缅文学校上课。下午三点半缅文学校放学后，赶紧背着书包再跑去中文补习学校上课，直到六点放学回家。从小学到高中的十几个年头，就是在这样的奔跑中度过的。

对中国文化的喜爱，源于父亲。父亲是一名教师，温文尔雅、博学多识、正直刚毅。小时候最喜欢到父亲的办公室，去翻弄他的书本。闲暇时，最喜欢听父亲给我们讲中国故事。赏月时讲的是嫦娥奔月，在院子里那棵桂花树边，在淡淡的桂花香中听父亲娓娓道来吴刚伐桂的传说。端午时节讲的是爱国诗人屈原的故事……父亲的叙说每每令我对中国的一切深深向往。

父亲写得一手好字，我很喜欢偎到父亲身边，看他一笔一画之间，便描出一个个方正帅气的汉字。父亲经常还会考考我，教我认字。当时的惊喜至今记忆犹新，感觉学习汉字就像进入了一个奇妙的世界，一个字、一个词、几个字词之间，或许就是一篇历史故事、一些地理知识，抑或是一段优美感人的传说。从此，我深深地爱上了汉字，也在心里萌发了一颗梦想的种子：

长大后，我也要像父亲一般，写一手好看的汉字，讲很多精彩的故事，让更多的人也像我一样爱上中国故事、中国文化。我，要当一名中文老师。

于是乎，高中毕业以后，我便毫不犹豫地进入当地华校做了一名教师。第一个梦，就这样实现了。然而当时在自己内心深处是有遗憾的，就当时的时局，去中国留学的渠道令人感到遥不可及，所以几乎都没有想过去国外留学深造。所谓"要给学生一

缅甸人胡彬彬从小学习汉语，目前在当地的福星孔子课堂担任华文教师。她梦想着有朝一日再次到中国留学，攻读博士学位。（图右一为胡彬彬，图片由本文作者本人提供）

杯水,自己要有一桶水",在日后的教学生涯中,愈益觉得自己的专业学识不足,在边工作边修读完成本科学位的几年间,萌生出想继续深造,想到中国的高等学府去学习的念想,第二颗梦想的种子撒下了。然而,当时也仅仅是想想,未曾有所行动。

一颗种子的萌芽要天时地利人和。很偶然地,我参加了2010年12月的HSK考试,没想到,这成为开启我第二个梦想之门的钥匙。然而,钥匙有了,没有引导的人,你也不知道怎么去打开这扇窗。

在这里,不得不提一位在缅甸教育界中让我非常敬佩的人物——曼德勒福庆孔子课堂的李祖清校长。在推动缅甸华文教育事业的发展上,李校长是当之无愧的先锋大将。记得在拿到HSK证书后,李校长就鼓励我申请去北京留学,攻读硕士学位,当时我还不敢相信梦想的种子就这么发芽了,反而有些踌躇,有点裹足不前了。李校长和当时的中方院长史芳老师一直鼓励我,让我有了勇气,迈出了向中央民族大学申请留学的步伐,从此打开了我的第二扇梦想之门。李祖清校长和史芳院长真是我生命中的贵人。

转眼间,和民大道别至今已有三个春秋。回想起2011年8月底,初到北京时懵懵懂懂的自己,真是如梦似幻。当时只知道自己到北京是去攻读硕士学位,却没明白这个学位学的是什么、学了以后又能干什么,仅抱着一份喜爱中国文化的热忱,怀揣在中国大学校园学习生活的憧憬和期待,就这样来到北京,进入中央民族大学。在这里,我开始了新的梦之旅。

然而,梦想很丰满,现实很骨感。在民大刚开始学习时,从没真正接触过对外汉语教育的我,被笼罩在强大的挫折感中。幸运的是,教我们的每一位老师都学有专精、教学有方,很快就引导我克服了学业上的不适应。最幸运的莫过于遇到了我的导师——陈作宏老师。

他工作严谨、态度温和,不仅在学习上指导我们,而且在生活上也经常给予我们细致的关怀。我们几位同门偶尔聚在一起做饭时,常会说道:"我们能做老师的学生,真是幸福!"

在写论文过程中，我很多时候对自己信心不足，遇到瓶颈时，老师的一次谈话、一个举动、一个眼神、一个期望、一个微笑，感觉就让自己有了前行的勇气和力量。最令我印象深刻又感动的是，即使老师身体不舒服，也挂念着我们，一直鼓舞着我们，为我们打气。在学成回国教学的岁月里，陈老师为人处世的精神仍时常在我脑海中呈现，让我立志终身将老师作为自己的榜样。

曾经读到过很触动自己的一句话："一位有智慧和人格魅力的教师，在学生眼中是一本永远读不完的书。"然而，若无"专业自信"和"专业底气"，这样的魅力从何而来呢？在回国后几年的教学中，感受更是深刻。一个教师能走多远，他的学生就能走多远。

有学生对我说："老师，我喜欢跟着你学汉语，和你学汉语我很开心。"我的双眼顿时湿润了，幸福感油然而生，一位教师的幸福感和成就感也莫过于此了。这一声"老师"，是一种期待，也是一种信任，更是一份责任。这一称呼代表的是润物细无声的栽培，这种信任驱策着我要更加努力地充实自己。为此，心中常常涌动着一股热流：我还想继续学习，我要继续深造，我要到中国攻读博士学位。于是乎，第三个梦想的种子，已植入心中，虽然还是个未竟之梦。但我相信，在不久的将来，这个梦也会成为现实。

不一样的国家，一样的梦想

木克士（印度）

每个人心里都有想实现的梦想，我也有一个梦想：当一名中国和印度经济问题专家。

印度和中国有很多相似的地方，最突出的一点就是都人口众多，都拥有古老文明。把地大人多又古老的国家发展起来真不容易，但是我在中国读硕士期间亲眼看到了中国的发展。高速发展的中国经济让我很惊讶，因而我想花更多时间留在中国，了解中国。于是，我再一次来中国攻读博士。

我周围的人都说在国外读博士不容易，需要心无旁骛，潜心学习。虽然我来中国前有足够的心理准备，但入读后才感到压力比我想象的还要大。博士课程要求很高，不只是我一个人这样感觉，对像我这样来中国读书的外国博士生来说这都是一个巨大的挑战。

刚开始，我不太适应在华读书生活，但在热心老师和同学们的帮助下我慢慢适应过来了，这让我感到非常温暖。

除了经济方面的学习外，我还对中国文化很感兴趣。导师知道我对中国文化感兴趣，还给我介绍了太极拳老师。因而，读书期间我也感受到了精彩的中国文化，跟着杨氏太极拳第六代传人杨晓玲师傅学习健康养身方式及传统太极拳。业余时间我还去欣赏四川的魅力山水，例如九寨沟、乐山等。在那儿我接触到了神秘的藏传佛教，旅途中还感受到了汶川地震给当地人带来的悲伤和痛苦。这些经历都在我的脑海里留下了深刻印象，增加了我对中国的了解。

在成都生活期间，我看到了成都人的休闲生活方式，并想学习茶艺。所以我经常和中国朋友一起喝茶聊天。提到四川不能不谈美食，其中四川火锅是最出名的，虽然麻辣但是非常好吃，里面的食材及香料种类非常丰富，这让我想起通过古代丝绸之路来到中国的印度香料。

因为我关注中印经济，所以经常习惯性地比较分析中国和印度的差异。我研究中印经贸关系时，一直想会不会有一天中印关系变成美国和加拿大一样类型的邻邦。中国和印度的传统文化、生活方式、人际关系、家庭亲戚关系很接近，这些因素会对我们两个国家提供很大的合作可能。

印度和中国是地球上人口最多的两个国家。中国是亚洲第一经济大国，印度是第三大。我梦想着，会不会有一天能从德里或加尔各答坐火车或开车到成都、上海和北京，会不会有一天能从我的家乡坐飞机直达成都和中国各

2013 年 7 月 18 日，由印度孟买大学与中国天津理工大学合作筹办的印度第一所孔子学院在孟买举行揭牌仪式，中国驻孟买总领事刘友法及印方政府代表出席仪式。（新华社记者郑焕松摄）

个城市，会不会有一天印度人来中国或中国人去印度时能免签入境。我希望中国和印度两个文明古国能有兄弟般的关系，未来成为世界最强大最富裕的兄弟国家。

现在中国提出的"一带一路"倡议，是古代丝绸之路的重生。古丝绸之路是中国连接亚洲、非洲和欧洲的贸易路线，是东西方在政治、经济、文化等方面交流的重要通道。如今中国提出的"一带一路"倡议，在这个全球化时代，其影响力远远超出当年丝绸之路的范畴。

"一带一路"建设不仅会给中国企业和中国公民带来好处，也给沿线国家以及其他国家带来很多发展机遇，会给整个世界带来丰富多彩的未来。

中国最近几年是世界上建楼最多的国家。现在中国的建筑技术越来越先进发达，通过建设"一带一路"，中国的建筑技术可以传授给沿线国家。中国也是世界上发展最快的国家之一，是世界第二大经济体。通过建设"一带一路"，中国的财富可以走出去，在不同的区域，和不同的国家进行不同领域的合作，实现与其他国家的共赢。

印度是"一带一路"沿线国家，我希望更多的印度人来华读书，学成后成为促进两国友好的文化使者，在两国的发展中起到桥梁的作用。我也想成为其中的一员。同时，我也希望更多中国人来印度学习，让两个国家一起协力发展。我认为，"一带一路"铸就的不仅是中国的复兴梦，也是我的梦，还将变成全世界的梦，让世界一起走进美好光明的未来。

我的中国梦

康晓鑫（乌兹别克斯坦）

古时的丝绸之路像一条金色丝带飘扬在历史的长河中，时而清晰可见，时而淹没在金戈铁马荡起的尘烟中。这条道路不但是欧亚地区经济与外交的重要交流通道，也是中西方文明相互碰撞、相互吸取营养的动脉。

我的家乡撒马尔罕，被誉为"东方明珠"的古城，就位于丝绸之路在中亚地区的十字路口。古都撒马尔罕有着 3000 多年的历史，现在是乌兹别克斯坦第二大城市。

我出生在撒马尔罕一个普通的四口之家。爸爸是建筑师，妈妈是医生，还有一个大我 1 岁的哥哥。小时候，妈妈常常和我提起中国，说很想去看一看那个与乌兹别克斯坦有着不解之缘的神秘国度。随着年龄的增长，我也开始向往这个神秘的国度。在家人的支持下，我的高考志愿填报了中文专业。和中国一样，乌兹别克斯坦的高考也是千军万马过独木桥，那是我人生中最辛苦也最努力的一段时光，每天奔波于学校与补习班之间，为了考上理想大学而一刻不停地前进。最终，努力得到了回报，我的成绩名列前茅，还获得了全额奖学金。

进入大学后，我依然每天早起，不是为了躲开早高峰，也不是因为怕赶不上公交，而是因为对中文知识与中华文化的强烈求知欲。王力峰老师，就是她，拉着我的手带我走进了中华文化的世界。第一次听写时，我连"木"

和"不"都分不清楚，但就是在这样的过程中我一点点进步，一点点地更了解中华文化。我学会了第一首中文歌，进行了第一次中文演讲《我爱你中国》……

大二时，我认识了李新娣老师，因为她，我品尝到了美味可口的中国菜，开始了解中国人的习俗，感受到博大精深的中华文化，在我心中孕育了来华留学的中国梦。有一次在她房间学习，中间休息时，她唱了著名的《我的中国心》。从此我爱上了这首歌曲，每逢登台表演，我都会演唱这首歌。

康晓鑫，来自乌兹别克斯坦。作为撒马尔罕国立外国语学院孔子学院学生，奖学金获得者，他现在是上海大学国际关系与外交专业的硕士研究生。（图片由本文作者提供）

2013 年 8 月 3 日，我作为演员登上了民族遗产古装剧院的舞台，在这里我扮演了中国汉代的使者张骞。两千多年前的乌兹别克斯坦被称作西域康国，张骞则是丝绸之路的开拓者，是中国古代著名的外交家。从那天起，我不仅梦想着能有朝一日来华留学，还梦想可以成为来自古代康国的一名外交家。我知道，我的中国梦正悄悄地在我心里生根发芽，不断壮大。

大学四年级时，我又认识了撒马尔罕孔子学院院长刘涛老师、马翠玲老师、于忠元老师、谢江老师还有彭鑫葛老师。2015 年 4 月 28 日，在他们尽心尽力的辅导下，我获得了代表乌兹别克斯坦参加第 14 届"汉语桥"世界大学生中文比赛的机会。5 月，在参与接待上海大学代表团的时候，上海大学的老师们向我发出了去上海大学留学的邀请。

从我的家乡来到了中国——这个在我梦中出现了无数次的国度！在那年的"汉语桥"比赛中我闯进了全球十强，夺得亚洲组亚军，并获得了来华留学的机会。在老师们的帮助下，我的中国梦一点点地实现了！

现在，我是上海大学国际关系与外交专业的硕士研究生。回望这一路，我庆幸自己不曾放弃心中的中国梦，更感谢在我实现中国梦的道路上给予我帮助的每位老师！未来我将与中国的朋友们一道，携手奋斗，让高速铁路和公路取代古时候的驼铃马道，让乌中的友谊之桥如彩虹般美丽。

中国，我想和你一起梦想，一起腾飞

叶欣欣（埃及）

我叫叶欣欣，来自和中国一样有着千年悠久历史和灿烂文化的古国——埃及！

一转眼，我和汉语谈恋爱已经有八年了。因此，我常常做很多与中国有关的梦。下面我给大家介绍我的梦，中国梦，埃及梦。

每一个民族都是一个传奇，每一个时代，每一个人，都有一个属于自己的梦。那么，什么是中国梦？"中国梦"的本质内涵就是国家富强、民族振兴、人民幸福。中国梦也是我的梦。常言道：日有所思，夜有所梦，自从我开始学习中文，中国梦也成了我自己的梦。

五千年的斗转星移，五千年的潮起潮落，五千年的沧桑变化。今天，世界上屹立着这样一个伟大的民族，她走过了千年的风风雨雨，她经历了各种磨难，她孕育了无数的英雄儿女，她书写了浩瀚的人类文明。她，就是一个响彻世界的名字——中国。

我生在埃及，长在埃及，但我在大学四年中学习中文，学习中国历史和文化，还去中国留学了一年，读了中华几千年的历史，亲眼目睹了中国的繁荣与昌盛，我为之激动、骄傲。中国已与我紧密联系在了一起，我为中国欢乐，我为中国喝彩，我对中华民族也更加钦佩！我下定决心，将来一定要当一名优秀的汉语老师，教更多的埃及人学汉语，了解中国这么伟大的国家的历史、文化与文明。我想，在不久的将来，埃及会出现一批批优秀的本土汉语教师，通过汉语教学这个平台，让中埃两国的友谊更为深厚。

我忘不了中国建国六十周年阅兵式上那整齐的军姿队伍，也忘不了北京奥运会这场完美的体育盛会，更忘不了上海世博会那富有创意的场馆。同时，我也忘不了中国的多灾多难，从南方洪水到特大雪灾，从汶川地震到西南大旱再到青海玉树地震。中国人以一方有难八方支援的光荣传统，在众志成城、同舟共济的奋勇拼搏中，战胜了一次又一次的困难与挑战！中国在日益强大，世界对中国的认可与称赞也有目共睹。我身为埃及人，也为中国感到骄傲和自豪！

2013 年 4 月，中国驻埃及大使宋爱国在埃及《金字塔报》上发表了题为《中国梦，埃及梦》的署名文章，阐释了"中国梦"的内涵和实质。他在文中说："中国是世界的中国，'中国梦'不仅属于中国人民，也属于埃及，属于所有友好的阿拉伯国家和发展中国家。"

是的，中国梦，不仅属于中国人，

叶欣欣是埃及开罗大学孔子学院的学生。她认为中国梦不仅属于中国人，也属于埃及人。叶欣欣的梦就是希望自己的国家埃及也像中国一样繁荣富强，与中国挽起手来，共同实现两个民族的伟大复兴！
（图片由作者本人提供）

也属于我们每一个埃及人，我的梦就是希望我的国家埃及也像中国一样繁荣富强，与中国挽起手来，共同实现两个民族的伟大复兴！

上帝没有给我翅膀，却给了我一颗会飞的心，一个会梦想的大脑。让世界和平，让中国和埃及都社会稳定，邻里和睦，家庭和美，人民幸福，经济发展，国力强盛，这就是我的梦，这就是埃及的梦！

雄关漫道真如铁，是对梦想的追求；而今迈步从头越，是对梦想的执着！国之梦，我之梦。此刻，梦已起航，心亦飞翔。

中国，我想和你一起梦想，一起腾飞！

达梦中国

大马（尼泊尔）

我叫大马，来自尼泊尔。

尼泊尔和中国隔山相望，两国有上千年友好交往历史。晋代高僧法显、唐代高僧玄奘都曾到过佛祖释迦牟尼诞生地蓝毗尼（位于尼泊尔南部）。唐朝时，尼公主尺真与吐蕃赞普松赞干布联姻。元朝时，尼泊尔著名工艺家阿尼哥曾来华监造北京著名的白塔寺。新中国成立后，周恩来、邓小平、江泽民等中国国家领导人都曾来尼泊尔访问。在"一带一路"倡议的实施中，尼泊尔和中国正在建立和发展世代友好的全面合作伙伴关系。

两个民族之间的友好交往就是两个国家人民之间的交流。建设"一带一路"，就是为了让更多的人通过这条路去了解彼此。迄今为止，中国已经在100多个国家和地区建立了孔子学院和孔子课堂。2011年，我的学校"LRI国际学校"也建立了"LRI孔子课堂"。幸运的是，我通过这条路来到了中国。

我在小的时候在课本上学过关于孔子、毛泽东和万里长城的文章，也读过关于中国的英文版小说。这让我从小对中国充满了向往。我想去长城，登高远望，做一名好汉；我想去看兵马俑，感受2000多年前中国军队的威严；我也想去鸟巢、水立方，看看美丽的奥运会场……我想去的地方很多，想知道的更多。我还有个梦想，希望一边提高汉语能力，一边把尼泊尔的小说翻译成中文，把中国的文学名著翻译成尼泊尔语，介绍给两国人民。

　　追梦的道路并不是一帆风顺的。经济的问题、学业的压力、亲人的催促，有时甚至让我开始怀疑起自己的选择。有一次因为经济困难，我已经3个月没有交房费了。我在长大后第一次流下了眼泪。流泪不是因为担心明天没饭吃，而是因为我的梦想好像就要在这里终结。最终，是BICC的桂帆老师帮助了我，让我有了在中国继续学习的机会。最重要的是，我得到了笔名：宗达梦。

　　其实在中国留学期间，要感谢的人真不少。傍晚人民广场教我练习汉字的师大退休老教授、一起过年过节的苏哥哥一家……2015我的祖国遭受强震袭击时，"祝福尼泊尔"的微信群里，老师们夜以继日地忙碌，为我祖国的兄弟姐妹提供帮助；中国社会各界纷纷捐钱、捐衣物药品等物资……那时，我深刻体会到了超越民族界限的人间大爱。

　　三年时间，我收获满满，也一步一步接近自己的梦想。我多次参加海外汉语教师培训班，翻译了教科书汉语900句、纪录片《塑梦橙巴》和一本尼

2012年7月16日，加德满都大学孔子学院的学生们在尼泊尔首都加德满都庆祝建院5周年。当天晚上，中国和尼泊尔各界来宾约200人欢聚尼泊尔首都加德满都的安娜普尔纳酒店，共同庆祝加德满都大学孔子学院创建5周年。（新华社发　普拉丹摄）

泊尔的著名小说。我参加了中国—东盟教育交流民族文化研究论坛，并在会上做了关于"民族文化之民族语言的保护与发展"的报告。

我现在在四川师范大学攻读文学博士，学习中我读到一篇古文《蜀之鄙有二僧》，讲的是四川有两个和尚，一个穷一个富，两人都想去南海，富和尚筹备了几年始终没有成行，穷和尚立志后只带了一瓶一钵，最终成功到达南海。

这篇文章对我触动很大，我感觉自己就像那个穷和尚，有了信念就开始出发。人有时候不知道从哪里来，到哪里去，但无论何时都不要放弃追求梦想。我也相信，如果那个穷和尚一路上没有别人的帮助，只凭一瓶一钵是肯定无法走到南海的。感谢"一带一路"建设中所有真诚、热心的人对我的无私帮助，因为来到中国，我的世界多了一种新的可能。

风雨无阻随缘故，
无惧狂风漫长路。
心中有梦往亮灯，
互通有无育达梦。

我的中国爱和中国梦

许怀玉（泰国）

"爷爷你画的那些四四方方的东西是什么？""爷爷你唱的咿咿呀呀的是什么歌呀？""爷爷你为什么总是朝着一个方向看呢？"这是小时候的我经常用泰语问爷爷的问题。后来我知道了，那些四四方方的东西是汉字，咿咿呀呀唱的是京剧，爷爷总看的那个方向是中国。

我叫许怀玉，来自泰国南部。我的中文名字是爷爷取的，寓意是怀念祖国，也希望我能像中国古代的君子一样比德如玉。你们猜得没错，我的爷爷是中国人，因此我是中泰混血儿。但是很遗憾，爷爷很早就过世了，我的父母也只会一点点汉语，所以我没能从小就很好地学习汉语。但是我始终对中国和中国文化充满了浓厚兴趣。可能是因为中国文化独特的魅力，也可能是因为我骨子里流淌的中国血液，跟中国有关的一切总是深深地吸引着我。

如今，无论你身处世界哪个角落，要想和中国划清关系几乎是不可能的。吃的、穿的、用的，甚至是交通工具，到处都是中国的影子，汉语也在日常生活中变得越来越重要。在泰国，甚至节日和生活习惯都渐渐地增添了许多中国色彩。每逢春节，很多泰国人会和中国人一起庆祝，在泰国的华人都会去寺庙里看京剧表演。我刚记事的时候曾经跟爷爷一起去过，京剧演员精致的服饰和妆容定格在我的瞳孔中，高亢的嗓音，至今都在我耳边回响。我疯狂地迷恋上了中国文化，想要更多地了解中国。我开始学写毛笔字，唱汉语歌等。因为只学过汉语拼音，所以练字就变成了模仿涂鸦，我并不知道书写的汉字的意思。

高一时我开始系统地学习中文，不过说汉语的机会很少。那时学校里来了一位中国老师，长得非常漂亮，特别有耐心。中国文化太让我着迷了，我迫切地想要从这位中国老师那里了解中国，认识中国。通过她，我才知道，汉字就像一幅幅生动的画，每个汉字背后都有一个有趣的故事。京剧脸谱那五彩斑斓的颜色，蓝色代表刚强骁勇，红色代表忠勇侠义，黑色代表直爽刚毅，白色代表阴险狡诈，这些半点儿都马虎不得。除了有美味的中国菜，中国风景优美，地域广阔，有草原、山地、盆地、丘陵、平原、高原，气候多种多样，真是地大物博。

后来，我开始到中国旅游。我第一次来中国时去了一个南方省份——海南。海南的气候跟泰国差不多，风景非常漂亮，但我并不满足，我想在中国多停停，多看看。

习近平主席提出的"一带一路"倡议，不仅促进了中国的发展，还带动

2015年9月12日，在位于曼谷的泰国易三仓大学孔子学院，学生们在上汉语课。当日，泰国易三仓大学孔子学院在曼谷揭牌，成为第一所设立于泰国天主教大学内的孔子学院。（新华社记者李芒茫摄）

周边国家一起共享发展成果。中泰两国之间的交往正在变得更加密切，贸易、旅游也在迅猛发展，这些都是发生在我们身边最真实的变化。最值得一提的是，我终于有了来中国留学的机会。

在老师的帮助下，我有幸来到美丽的冰城——哈尔滨求学。哈尔滨与泰国完全不一样，这里四季分明，春天绿叶发芽，象征着希望；夏天很热，像极了哈尔滨人的热情；秋天一片金黄，我在泰国从来没有看到过金色的叶子；冬天的哈尔滨，是一座你来了就不想走的城市，到处都能看到美丽的冰雕和雪雕。特别是冰雪大世界，那里就是一个童话王国！

也是哈尔滨的冬天，让我发现了最可爱的人。因为天气很冷，道路上都是冰，很危险。为避免交通事故，很多人穿着颜色鲜艳的衣服，手拿工具从早到晚清理冰雪。朋友告诉我，他们半夜也会工作，因为晚上街上车少，工作起来更方便。我想他们一定很辛苦、很冷、很累，因此由衷地敬佩他们。我还看到这里很多饭店、咖啡店的门上写着：请环卫工人进来喝点热水。我认为他们都是善良的人，我也尊敬他们。

哈尔滨人非常善良，非常热情。有一次我看到马路上有一辆车开不动了，好多人都帮司机推车，最后帮助车发动起来。中国有一句话：众人同心，其利断金。我想他们的行动就是对这句话最好的诠释。中国人很愿意帮助别人，哈尔滨人更是这样。虽然天气很冷，但善良的心会让人觉得很温暖。

我很喜欢中国，喜欢哈尔滨，喜欢哈尔滨人。因为他们是善良的，乐于助人。不仅是中国文化，这里的一切都是那么美好。这让我对中国的爱变得更加深切，我不由得有了自己的中国梦——做一名快乐的汉语教师，去帮助那些曾经和我一样，想了解中国、认识中国，想学好汉语的人。告诉他们四四方方的汉字背后的故事，教他们唱咿咿呀呀的京剧，帮他们来中国实现他们的中国梦想。

我要把中国正能量不断传递下去，传递这份温暖，正如当初我的中国老师那样。我的力量可能很小，但我愿意一直坚持下去，为中泰两国之间的交流贡献我的一点力量。

丝绸之路上的追梦人

何枫（伊朗）

小时候爸爸教我看地图，他指着丝绸之路告诉我，这里是伊朗，那里是中国，两国自古就是朋友，有着深厚的历史和文化渊源。我脑海中经常会出现这样的画面：古人骑着骆驼，带着香料，在沙漠中行走……

和彼时相比，今天的伊朗和中国之间却是相对陌生的。中国人对伊朗的了解很少，在他们印象中，伊朗是个不断有战争的中东国家。同样，伊朗人对中国的了解也非常肤浅，他们认为，中国就是武术，汉语就是在石头上被刻记的一些画儿。

不知从何时起，我从喜欢看地图上的丝绸之路，变成了丝绸之路上的一名追梦人。8 年前，我高中毕业那一年，刚好赶上伊朗唯一一所大学招汉语专业学生。那所大学三年招一次生，我报名参加考试，考试成绩也刚好够汉语专业录取分数线。一切就像命运安排好了一样，我和汉语结下了不解之缘。

初学阶段我有过迷茫，汉语入门非常难，加上我时常担忧毕业后的就业情况，曾经有几次想放弃学习汉语，换一个专业。可是，一想到儿时的梦想，我就打消了换专业的想法。只要努力，肯定能学好汉语，坚持就是胜利！就这样，我把学习汉语当做一件乐事，虽然前行的路遇到不少困难曲折，但我一点点地前进，每次跨越一个障碍物，就收获一份成功的喜悦。从开始学说话，从日常会话，到国际政治、金融贸易话题，我掌握的词汇越来越多。博大精

深的中国文化像一位慈祥的母亲，从很远的地方，向我招手。

大学四年的学习转瞬即逝。我的汉语水平越来越好，还找到了比较好的工作。但是，我的内心始终无法平静，这就是我要的生活吗？我梦想的丝路在哪？带着这样的疑惑，我说服了家人，来到中国留学。

在我努力实现梦想的过程中，一个男孩子出现了。他在同校高年级法语班，在我准备去中国的时候向我求爱，并且决定陪我一起来中国。他就是我现在的丈夫帕尔洒。就这样，在丝路梦想途中，我还收获了爱情。

来自伊朗的何枫是中央民族大学汉语国际教育硕士奖学金毕业生，希望将来做一名文化交流的使者。她在民大申请了国际汉语教学博士，获得了中国政府奖学金，实现了自己读博士的梦想。（图片由作者本人提供）

2014年，我和丈夫来到中国，在中央民族大学开始攻读汉语国际教育硕士。我发现，我的周围有很多和我一样，被中国迷住的外国人，他们从世界各地来到中国学习汉语和中国文化。就像几千年前，人们通过丝绸之路来中国寻找丝绸、瓷器。

在中国的留学生活对我的成长有很大的帮助。我不但能在课堂上学到很多知识，还有机会参加各种活动，结识新的朋友，感受中国文化与伊朗文化的共性……学得越多，我越觉得自己的知识储备不够。于是，我又和先生一起，在民大申请了汉语国际教育博士。

在中国留学的这几年，是我生命中最美好的日子。我们要把原汁原味的中国文化带到伊朗，和朋友分享我们在中国学习的经历和感受，还想让更多的伊朗人知道，中国除了武术之外还有更多的精彩：中国画、中国菜、中国书法、中国音乐……现代中国和伊朗经济社会的发展，更需要我们这些文化使者，担负传承和传播民族文化的重任。

感谢丝路，感谢汉语，给了我生活，给了我爱情。感谢丝路上每一位帮助我们的人。最后我仅以萨迪的一首诗歌作为我这篇文章的结尾：

昨天已逝，对明天也不必多想，

而应当紧紧地抓住今天不放。

同一条带　同一条路

刘美（白俄罗斯）

我叫柳德米拉，中文名字叫刘美，我来自美丽的万湖之国——白俄罗斯。

小时候我想变成一只鸟儿，展开翅膀，飞越天空，在整个世界翱翔。长大后，我爱上了旅行，希望游遍世界、了解不同国家民族风俗。

尽管各国文化千差万别，但人们的心里都抱有一个共同的理想——追求幸福、珍惜爱情和友谊、向往更美好的未来。这些共同点比那些在历史演变过程中呈现出的差异都要重要。这些共同点使各国之间建立合作组织、签署合作协议、为保护我们共同的家园——地球而团结一致。我们都处在同一条轨道、同一条带、同一条路。

中国国家主席习近平 2013 年提出的"一带一路"倡议就是基于不同国家平等互利、包容互鉴、合作共赢的精神，以及为共同发展、合作与繁荣而齐心协力的思想。

虽然"一带一路"倡议提出只有 3 年多的时间，但这一倡议已经在欧亚大陆各国逐步推进，获得了沿线国家政府和老百姓的支持。新丝绸之路已经成为许多人的新梦想——关于以和平、合作、相互支持、互利共赢原则为基础的共同世界的梦想。

近年来我很清楚地感觉到，我个人的梦想与中国、与"一带一路"倡议的实施越来越近。

白俄罗斯作为沿线国家之一，也在积极参与推动"丝绸之路经济带"建设的实施。我在白俄罗斯的明斯克国立语言大学担任汉语老师，给学生教汉俄翻译课。我的很多学生都进入驻白中国公司工作，我为他们感到高兴。当老师虽然不容易，但这一职业使我实现了人生价值：帮助别人、提高素养、培养有用人才，宣扬爱国、爱生命、爱劳动的精神。

同时，我从事汉俄翻译工作，并有幸亲历"一带一路"倡议的发展。来白俄罗斯访问的中国代表团越来越多，各种文化活动、商务论坛以及研讨会举行得也越来越频繁。这些活动使白中各领域的合作不断扩大和深化。

作为一名翻译，我很荣幸能够帮助中国和白俄罗斯业务界人士进行沟通，能够在"伟大之路"上作出一点贡献。在这一路上，我遇到了很多令我印象深刻的人，碰到了不少让我难忘的故事。其中最特别的一次，是2014年夏天陪同新华社"新丝路·新梦想"大型集成报道采访车队。

刘美来自美丽的"万湖之国"——白俄罗斯。（图片由作者本人提供）

　　新华社采访车队在古丝绸之路起点西安启程，途经中国陕西、甘肃、新疆和哈萨克斯坦、俄罗斯、白俄罗斯、波兰、德国等国家，在近一个月内横跨欧亚大陆，行程数万公里。我很荣幸有机会在白俄罗斯境内为车队当向导，自白俄罗斯东北边口岸——白俄罗斯与俄罗斯边境走到西南边的口岸——白俄罗斯与波兰边境。我们参观了白俄罗斯最有名的旅游景点——涅斯维日建筑群、布列斯特要塞、别洛维日密林等。虽然这些地方我以前都去过，但是那次陪报道车队时，我有机会"以外国人的眼光"重新欣赏祖国的魅力和灵魂，有时感到骄傲，有时感到悲伤。

　　"新丝路·新梦想"报道团记者全程都在进行录像、采访，积极提出有关白俄罗斯的问题。这是我翻译经历中好奇心最强的一个代表团！我也很乐意向他们介绍更多关于白俄罗斯的知识。不过，车队记者本身具备很广泛的背景知识，有时还会讲一些我不了解的白俄罗斯的事情。

　　短短4天过得很快，这次经历给我的触动很大。我希望所有人、所有国家都能珍惜今天的和平时光，互助互利。这就又回到了"一带一路"构想上了。

　　中国有句话叫"十年树木，百年树人"。我与中国的故事已经有十年了，可以说，已经种下了树，并有了初生的果子。我真诚地希望，我的中国故事会延续下去，我也会不断地提升高度，培养出更多优秀人才！

"一带一路" 梦在飞翔

如意（匈牙利）

　　我叫考尔绍伊·茹然娜，是匈牙利一名普通的汉语教师。在我很小的时候，有一次过生日，妈妈送给我一把尺子，上面印着一只栩栩如生的猴子和一些像图画的方块符号，我很喜欢那把尺子，也很好奇那些图案是什么。后来，我在电视上看到了成龙的电影，这才知道，尺子上的方块符号就是神奇的中国汉字！从此，要学汉语、要去"美猴王"的故乡，成了我少女时代的梦想。

　　那时候，在我生活的小城市没有人懂汉语，更没有现在这样的孔子学院。当我知道匈牙利首都有大学可以学汉语后，我开始刻苦学习。2005 年，我如愿以偿地考上了著名的罗兰大学中文系，从此走上了实现梦想的路。

　　在罗兰大学，我先后两次参加孔子学院举办的"汉语桥"比赛，两次获得匈牙利赛区第三名。后来我又特别幸运地得到中国和匈牙利两国政府的资助，到中国黑龙江大学、山东师范大学进修。在那里，我结识了很多中国朋友，他们的热情给我留下了很深的印象。我忘不了哈尔滨冰雪大世界的冰灯，东北虎林园里神态各异的老虎让我真正领会到成语"生龙活虎"的含义。

　　中国提出"一带一路"重大倡议后，匈牙利积极响应，两国教育领域的合作更多了，我的梦想也插上了机遇的翅膀。

　　两年前我申请到孔子学院奖学金到上海复旦大学留学，攻读汉语国际教育硕士学位。这次留学经历丰富了我的整个人生，我不仅提高了汉语水平，

剪纸、篆刻、太极拳的研习更让我深刻感受到中华文化的博大精深。我爱上了每天早上起床后，眺望远处那高高的东方明珠塔的感觉，我也喜欢夜幕降临时黄浦江边华灯初放的情景。每当这时，我就特别想和远在匈牙利的家人一起分享中国生活的点点滴滴。

毕业前夕，姐姐在听我多次描述中国的美丽之后，决定来上海旅游了。我带着她登上环球金融中心 100 层高的楼顶，俯瞰整个上海市，直到落日西沉，街灯点亮，刹那间的感觉简直无法用言语来形容，上海真美！中国真好！

也正是这一次中国之行，让我的姐姐也有了学汉语的梦。现在，她已经是匈牙利罗兰大学孔子学院的学生，通过一年的汉语学习，她顺利考过了 HSK 二级。

从复旦大学毕业后，我参加孔子学院海外本土教师的选拔考试，以优异的成绩被孔子学院录取，成为匈牙利匈中双语学校的本土汉语教师。其实还在罗兰大学中文系上学的时候，我就在这所学校实习过，辅导这里的匈牙利

2016 年 12 月，如意在昆明举办的第十一届孔子学院大会开幕式上发言。（图片由本文作者提供）

孩子学习汉语。那时我常常想，如果我小时候也有这样一所可以学中文的学校该多好啊，现在的孩子们多么幸运，中国的"一带一路"和匈牙利的"向东开放"会让这些爱学汉语的孩子们飞得更远更高。在匈中双语学校的实习经历坚定了我要做汉语老师的决心，我要弥补小时候没有机会学汉语的遗憾，尽力教好那些爱学汉语的小朋友们。如今我学成毕业，成为这里的正式汉语教师，更感觉到肩上责任的重大，我希望我对汉语的热爱，能感染到周围的每一个人，我所学到的汉语知识，能够让每个学生受益。

令人欣慰的是，孩子们学习汉语的热情都非常高，我也想尽办法给予他们中国文化的熏陶。我做了很多动物的小卡片，包括十二生肖，卡片上面有图、有匈语、有汉字、有拼音，我将这些小卡片作为奖励发给孩子们，他们非常喜欢，甚至用这些卡片自创游戏，在游戏中进一步加深语言记忆。

2016 年 12 月 10 日，我作为本土汉语教师的代表站在了第十一届全球孔子学院大会开幕式的讲台上，当我向来自世界各地的 2000 多名代表们讲述我的汉语梦时，眼前闪过了我求学路上的一幕幕：对着墙一字一句地练习发音，书桌前每天写 3 个小时的汉字，教室里灯火熄灭后才独自回家，圣诞节身在中国不能和父母团聚……

"一带一路"倡议的目标不止于经济方面的合作，也在扩大教育领域的交流。我实现了儿时的梦想，我姐姐也走在实现汉语梦的路上，我将在汉语教学这条道路上继续前行，让学生们都能学有所成，让他们的梦在"一带一路"飞翔。